KB124314

빛의 과거

은희경 장편소설
빛의 과거

초판 1쇄 2019년 8월 30일
초판 20쇄 2024년 11월 22일

지은이 은희경
펴낸이 이광호
주간 이근혜
편집 이민희 조은혜 박선우 김필균
펴낸곳 ㈜문학과지성사
등록번호 제1993-000098호
주소 04034 서울 마포구 잔다리로7길 18 (서교동 377-20)
전화 02)338-7224
팩스 02)323-4180(편집) 02)338-7221(영업)
전자우편 moonji@moonji.com
홈페이지 www.moonji.com

ⓒ 은희경, 2019. Printed in Seoul, Korea

ISBN 978-89-320-3563-5 03810

이 도서의 국립중앙도서관 출판예정도서목록(CIP)은 서지정보유통지원시스템 홈페이지
(http://seoji.nl.go.kr)와 국가자료공동목록시스템(http://www.nl.go.kr/kolisnet)에서
이용하실 수 있습니다. (CIP제어번호: CIP2019032256)

KOMCA 승인 필.

은희경 장편소설

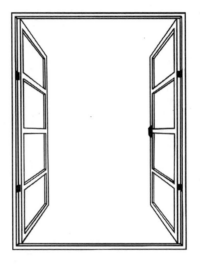

빛의 과거

문학과지성사

차례

2017

1.

가장 친한 친구가 아닌 것과는 상관없이 그녀는 나의 가장 오래된 친구이다.

40년 전 우리는 여자대학 신입생 때 기숙사에서 처음 만났다. 그런대로 가깝게 지내던 사이였다. 그러나 내가 2학년이 되면서 기숙사를 나온 이후 서로 연락할 일이 없어졌고 자연스럽게 멀어졌다. 졸업식 날 강당 앞에서 마주쳐 함께 사진을 찍은 걸로 그녀와의 인연은 끝나는가 싶었다.

대학원에 진학했던 나는 석사과정을 끝으로 공부를 포기했다. 그런 다음 어렵게 취직한 곳이 광고 회사 출판부였다. 그곳에서 다시 그녀와 마주쳤다. 졸업하자마자 입사했던 그녀는 직장 상급자로서 나를 맞이했다.

내 결혼식에도 참석했었다. 회사의 관례에 따라 여성 기혼자에게 주어지는 계약직 전환 서류를 내 책상 위에 갖다 놓은 것도 그녀였다. 회사 안에서 나에게 꽤 깐깐했지만 이따금은 퇴근 후에 생맥주를 사 주며 어려움이 따르더라도 경력을 포기하지 말라고 격려해주었다. 그러면서 자신이 자리를 비운 동안 사무실에서 일어난 일에 대해 자세히 묻곤 했다.

나는 그녀가 대학생 때 알던 것 이상으로 자기 욕망에 적극적이고 사회생활에도 수완이 있다고 생각했다. 그게 아마 30년 전쯤일 것이다.

정작 회사를 먼저 그만둔 것은 그녀였다. 갑자기 사표를 쓰고 사라졌을 때 그녀와 회사 간부를 둘러싸고 몇 가지 소문이 돌았다. 남의 일에 그다지 관심이 없기도 했지만 소문의 진위에 관계없이 그녀의 사생활에 연루되는 기분이라 나는 귀를 기울이지 않았다. 몇 년 뒤에 나 역시 직장을 옮겼고 그렇게 서로 연락할 길이 끊어졌다. 그러는 동안 다시 10년이 흘러 있었다.

그녀가 뒤늦게 소설가가 되었다는 사실은 시내버스를 타고 가다가 라디오방송을 듣고 우연히 알게 되었다. 인터뷰하는 작가의 목소리와 말투가 어딘지 귀에 익어서 주의 깊게 들었더니 이내 그녀의 이름을 확인할 수 있었다. 그녀는 고독과 가난과 가까운 사람들에게서 받은 모욕이 자신을 작가로 만들어주었다고 말했다. 그것이 작품의 모티프가 되었냐는 진행자의 질문에는, 소설이란 자기 인생이라는 집을 부수어 그 벽돌로 다른 새로운 집을 짓는 일이라는 외국 작가의 말을 인용한 뒤 그러나 옛 친구들이 자기 소설을 읽지 않기를 바란다고 농담했다.

일부러 연락을 해볼 마음까지는 들지 않는데 이번에는 어느 카페의 개업식에서 그녀와 마주쳤다. 우리 둘 다 카페

주인과 아는 사이였다. 나는 일 때문에 알게 되었고 그녀는 문화센터를 같이 다녔다고 했다.

카페 주인의 친화력과 장사 수완 덕분에 우리는 한동안 그 카페 단골들과 그룹을 지어 함께 어울렸다. 내 인생에서 가장 힘들고 또 분주한 시기였는데도 웬일인지 나는 시시한 연애담을 공유하고 극장이나 술집을 순례하는 그 그룹에서 빠져나오지 못했다. 그것이 우리의 또 다른 10년이었다.

그 이후부터는 세월이 빨리 흘렀다. 주인의 야심 찬 귀농으로 단골 카페가 문을 닫고 모임이 시들해진 뒤까지도 그녀와는 계절에 한 번 정도 만나거나 연락을 주고받는 관계가 지속되었다. 1년 반이 넘도록 전화 한 통 없이 무심히 지낸 적이 있는가 하면 오타루나 바간 여행 계획을 세우며 낮부터 맥주잔을 비우던 시기도 있었다.

그러는 사이 그녀는 여덟 권의 책을 냈고 그다지 유명해지지는 못했지만 사보에 글을 싣거나 지역 도서관 강연과 생활 수필 심사에 얼굴을 비치는 중견작가가 되었다. 동시에 나의 가장 오래된 친구가 되어 있었다. 끊어진 건 아니지만 밀착될 일도 없는, 간격이 불규칙한 점선 같은 관계였다.

그녀를 절친하다거나 좋아하는 친구라고는 말할 수 없을 것이다. 오래 알아왔던 만큼 서로의 세목에 익숙해서 초보적인 오해 같은 게 없었고, 긴 세월 지켜본 바에 따라 어차

피 바뀌지 않는다는 걸 알기 때문에 부분적으로 너그럽긴
했다. 그러나 그녀에게는 사람을 대할 때 미묘한 권력관계
를 만드는 습성이 있었다. 끊임없이 자신을 중심으로 돌아
가는 관계의 자장磁場을 만들어내고 우월감과 피해 의식을
번갈아 써가며 그것을 정당화했다. 거기에는 증인이 필요했
다. 결국 나로 하여금 위성처럼 그녀의 궤도를 따라 돌며 그
녀라는 일방적이고 변덕스러운 광원을 반사하도록 만들어
버리는 것이다.

나는 나대로 소심함과 자기 합리화의 조합인 어정쩡한 온
건함 뒤에 숨어 그녀의 그런 태도를 순순히 받아들이곤 했
다. 열정은 단호한 구석이 있어서 금세 꺾이지만 친근함은
어느 정도 안이한 감정이라서 사소한 기억의 공유만으로도
쉽게 환기되었다. 그리고 내가 동의하지 않는 채로도 타인
을 이해할 수 있다는, 스스로의 유연함에 대한 자기만족이
어느 정도 그것을 도왔을지도 모른다.

그렇다고 그녀를 싫어했는가 하면 그건 아니다. 그녀가
만들어내는 전도되고 돌발된 상황은 마치 단조로운 여정에
가로놓인 과속방지턱처럼 내 인생에 작은 잠음을 만들며 짧
게나마 그것을 변속했다. 그녀가 나의 가장 오래된 친구인
것은 어쩌면 그 때문인지도 모른다. 그녀가 속도를 떨어뜨
릴 때의 반동으로 나는 흔들렸으며 그때마다 내가 회피해

왔던 것들이 그녀에게로 가서 어떤 파국을 맞이하는지 목도하는 기분이었다. 계속해서 다음 권이 출간되는 문제집 시리즈를 풀어가듯 주어진 생을 감당하며 살아왔을 뿐이지만 어느 순간 나는 그녀에게서 나의 또 다른 생의 긴 알리바이를 보았던 것이다.

2.

그녀의 낭독회에 많은 사람이 오지는 않았다. 지역 도서관의 고정 이용자 몇 명과 독서 모임 회원을 빼면 나머지는 도서관 직원들이 전부였다. 사서가 마이크를 잡고 독서주간 행사를 홍보한 다음 그녀를 소개했다. 그녀가 낭독할 작품은 첫번째 책이자 대표작인 『지금은 없는 공주들을 위하여』였다.

라일락빛 원피스 위에 긴 베이지색 카디건을 걸친 그녀가 의자에서 일어나 인사말을 했다. 제목은 일본 작가의 소설에서 빌려 왔으며 여자대학 기숙사를 배경으로 펼쳐지는 연애소설이자 성장소설이라는 간단한 설명도 덧붙였다.

낭독은 세 파트로 나뉘어 진행됐다. 그녀의 목소리에 사투리 억양은 없었다. 다른 파트로 넘어갈 때마다 그녀는 사이사이 마이크를 내려놓고 탁자 위에 준비된 생수를 마시며 다소 의례적인 상냥한 눈길로 관객들을 바라보았다.

낭독이 끝난 뒤 이어진 질의응답 시간에는 두 사람이 손을 들었다. 슬럼프가 오면 어떻게 하냐는 첫번째 질문에 그녀는 정신이 말을 안 들을 때는 육체를 괴롭히는데, 육체를 혹사시키는 방법은 목적 없이 오래 걷기와 만취 두 가지라고 대답했다. 두번째는 어디에서 소재를 찾는가 하는 질문이었다. 작가란 늘 모든 감각을 열어두어야 하기 때문에 전 생애가 근무시간으로 느껴지지만 덕분에 일상 속에서 많은 소재를 포착할 수 있다고 대답하며 그녀는 이마에 작은 주름을 만들었다. 흔한 물음이고 준비된 대답이었다.

더 이상의 질문은 없었다. 자리가 정리되는 분위기였고 그녀도 책을 덮었다. 사서가 마이크를 잡고 일어나서 원하는 사람은 작가의 사인을 받으라는 안내와 함께 다음 달 행사 일정을 공지했다. 그녀가 앉아 있는 탁자 앞으로 대여섯 명이 줄을 섰다.

줄의 맨 끝에 서 있던 사람은 트렌치코트를 입은 삼십대 여자였다. 피부가 희고 선이 또렷한 얼굴에 긴 히피 펌이 잘 어울렸다. 그 여자는 『지금은 없는 공주들을 위하여』를 건네며 자기 이름은 적을 필요 없고 사인만 해달라고 말했다. 이따금 그런 독자가 있었는데 주로 대상을 정하지 않은 선물용 책인 경우였다.

하지만 그 여자가 내민 책은 표지 색이 바래고 귀퉁이가 닳아서 한눈에도 무척 오래된 책이었다. 그녀가 책에서 시선을 들어 트렌치코트 여자의 얼굴을 올려다보았다.

"엄마 책이거든요."

그 말을 한 뒤 여자는 조금 웃어 보였다.

"지난겨울에 돌아가셨어요."

그러고는 덤덤한 목소리로 유품이라고 덧붙였다.

"아 네, 그러셨군요."

그녀는 짐짓 안타까운 표정을 지으며 사인을 했다. 책을 받아 든 트렌치코트 여자는 가볍게 인사를 하고 자리를 떠났다.

여자의 뒷모습을 멍하니 바라보던 그녀는 낭독회의 피로감이 몰려듦과 동시에 술친구들의 얼굴이 두서없이 떠올랐고 문득 지난가을 이후 나를 만나지 않았다는 게 생각났다. 며칠 간격으로 한두 번쯤 더 그 생각이 스쳐 갔고 2주쯤 뒤에 나에게 전화를 했다.

3.

오랜만의 낮술이었다. 나는 페일 에일을 주문했고 그녀는 그동안 수많은 맥주를 순례한 끝에 다시 라거로 돌아왔다며 필스너를 골랐다. 한 모금 마시더니 자신의 취향은 역시 클래식한 쪽이 맞다며 흡족한 표정을 짓기도 했다. 향이 강한 술은 초심자들이나 좋아할 뿐 금방 질리게 돼 있다는 논평을 덧붙인 뒤 턱 끝으로 내 잔을 가리키는 그녀에게 나는 아무 대꾸도 하지 않았다. 자기를 드러내는 데에서 그치지 않고 남과 비교해서 우위를 차지해야 하는 패턴에는 이미 익숙했다.

한때 그녀는 헤이즐넛 커피만 마시다가 그것이 오래된 원두의 산패를 감추기 위해 향을 첨가한 데에서 시작된 걸 알고 그때부터 향 커피 애호가를 깔보기 시작했다. 스스로의 입맛이 아니라 정보와 평판에 따라 선택을 바꾸었다. 자신은 클래식한 취향이라고 말하지만 실은 취향 있게 보이기 위해서 트렌드에 민감한 것뿐이었다. 말투도 '이거 좋아'가 아니라 늘 '나 이거 좋아하잖아'처럼 주어를 강조했다.

두번째 맥주잔을 날라 온 젊은 남자 종업원이 바닥에 떨어진 내 스카프를 집어 의자 등받이에 걸쳐주었다. 내가 입을 열기도 전에 그녀가 먼저 고마워요,라며 빙긋 웃음을 지어 보였다. 낯선 남자를 대하는 그녀의 기본 태도였다. 딱히 관심이 있어서라기보다 원을 그릴 때 일단 컴퍼스의 각도를 되도록 크게 벌리고 보는 초기 설정 같은 것이었다. 나이가 들어도 바뀌지 않았다. 자신의 표현을 빌리자면 그녀는 마음에 들지 않는 남자라도 일단 줄은 세워놓고 보았다.

그녀는 추억을 주제로 한 고등학교 동문회보의 원고 청탁을 거절했다는 이야기를 꺼내며 이마를 찌푸렸다. 요즘 형편 같아서는 어떤 원고도 거절할 처지가 아니지만 그 시절의 자신은 떠올리고 싶지 않다는 거였다. 그것은 내가 동창회 같은 데에 나가지 않는 이유와 비슷했다. 남들에 의해 소환되는 그 시절의 나도 싫었고, 그들이 알고 있는 그 시절의 나인 척하고 있을 게 분명한 현재의 나도 싫었다.

여러 사람과 공유한 시간이므로 누구도 과거의 자신을 폐기할 수는 없을 것이다. 하지만 편집하거나 유기할 권리 정도는 있지 않을까. 그처럼 과거로부터 거리를 두려는 사람들끼리 너무 오랜 세월을 만나고 있는 것 아니냐고 내가 말하자 그녀는 턱을 치켜들며 참을 수 없이 가벼운 사람들은 모든 게 일회성이므로 그래도 된다고 대꾸했다.

맥주가 세 잔째로 넘어갈 때쯤 낭독회에서 만났다는 트렌치코트 여자 이야기가 나왔다.

"내 책이 유품이라고 하는데 기분이 좀 이상하더라."

"삼십대라면, 그럼 엄마가 우리 또래쯤 되겠다."

"그런가? 그 생각은 못 했네."

그녀는 나와 달리 자신은 자식이 없어서 사람과의 관계를 가족적 서열로 환산하는 선입견에서 자유롭다고 덧붙이기를 잊지 않았다.

우리는 네번째 잔을 주문했다. 나도 그녀와 같은 필스너로 바꿨다.

취기가 올라오면서 우리의 대화는 두서없이 이어졌다. 그 여자의 엄마가 죽기 전까지 책을 간직하고 있을 정도면 열성 팬일 거라고도 했다가 혹시 오래전에 그녀를 알았던 사람일지도 모른다는 데까지 비약했다. 만약 그렇다면 대학 동창일 수도 있고 특히 그중에서도 그 소설의 배경이 되는 기숙사의 사생일 가능성이 많았으며 결과적으로 우리는 누군지 모르는 친구의 죽음을 알게 된 거였다. 딸이 유품에 사인을 받으러 오는 이상한 경로를 통해서 말이다.

그런 이야기를 주고받는 동안 그녀의 입에서는 당연하다는 듯 소설 속 등장인물이 오르내렸다. 물론 나는 모르는 이름이었다. 그녀의 책을 산 적도 읽은 적도 없었기 때문이다. 나는 술기운을 빌려 그 사실을 털어놓아야겠다고 생각했다. 하지만 어느 순간 휴대폰에 들어온 문자를 확인한 그녀는 종업원에게 물 한 잔을 청해 마셨고 파우치에서 거울을 꺼내 립스틱을 덧바르더니 약속이 생겼다며 자리에서 일어났다. 내 술잔에는 아직 술이 남아 있었지만 나도 가방과 스카프를 챙겼다.

그녀와 헤어져 돌아오는 퇴근 시간의 붐비는 지하철에서 나는 술냄새가 날까 봐 고개를 숙인 채 스카프로 계속 입을 가리고 서 있었다. 택시를 탈까 했지만 강남에서 신도시까지의 택시비를 생각하니 엄두가 나지 않았다.

얇은 봄옷을 너무 성급하게 꺼내 입었던지 그날 밤부터 몸살감기가 찾아왔다. 외출을 하지 않고 며칠을 누워 지내는 동안 나는 인터넷 서점에서 『지금은 없는 공주들을 위하여』를 주문했다.

그녀의 소설은 이렇게 시작되었다.

공항이나 콘서트장처럼 낯선 사람들로 붐비는 장소에 혼자 가는 일이 있다. 그럴 때면 스쳐 가는 사람들의 얼굴을 무심코 살피게 된다. 마치 누군가를 찾는 것처럼.

이렇게 많은 사람 중에 한 명이라도 아는 사람이 있지 않을까 생각하는 게 아니다. 그 반대이다. 모르는 사람들의 다양한 얼굴에서 오래전 알았던 사람의 모습을 발견하는 것이다. 비슷한 옷차림이 유행하던 시절의 친구, 비슷한 몸짓과 사투리 억양을 가진 친척, 비슷한 태도와 표정으로 나를 대하던 애인들, 그리고 비슷한 역겨움과 이질감과 환멸을 주었던 과거의 여러 인연들까지.

그런 연상을 통해 되살아나는 모습은 내가 그들을 알았던 젊은 시절의 모습이다. 대부분 소식이 끊어진 지 오래된 옛사람들이기 때문이다. 그들 중 누구도 그립지 않지만 또한 잊히지 않는 것은 무슨 이유일까.

지금 눈앞에 있지만 무관한 현재, 그리고 친밀했지만 지나가버린 과거. 어쩌면 그 둘은 나로부터 비슷한 거리만큼 떨어져 있는 건지도 모른다. 한때 아무리 가까웠던 사람이라도 이제는 개방된 장소에서 스쳐 가는 모르는 사람과 비슷한 정도의 접점을 공유할 뿐이니까.

그럼에도 내 뇌는 끊임없이 과거의 기록을 찾아 헤맨다. 내 머릿속에는 그런 사람들의 기억이 얼마나 많이 간직되어 있을까. 만약 내 인생이 시간이라는 물속에 잠겨 있는 커다란 그물이라면 그런 사람들과 함께한 기억들은 가장 밑바닥에 무겁게 가라앉아 있을 것이다.

스무 살의 내가 바닷가 벼랑에 서서 난생처음 스스로의 그물을 던지는 모습을 상상해본다. 20여 년 전 3월 찬 바람 속에 여자대학 기숙사의 철문을 열고 들어가던 그때. 나는 거기에 무엇을 담고 싶어 했나. 그동안 머물렀던 비좁고 누추한 그늘로부터 떠나 햇볕이 내리쬐는 양지에 첫발을 내딛으며 나는 다가올 미래는 조금은 다른 것이 되리라고 기대했을까.

그러나 그 문 안에서 나를 기다리고 있던 것은 또 다른 욕망과 차별의 세상이었다. 그곳은 공주들의 성이었고 나는 탑의 맨 꼭대기 방에 재봉틀과 함께 내던져진 처지였다. 공주들은 내가 이제부터 시작되는 긴 경주를 통해 얻고자 하는 것들을 이미 갖고 있었다. 그리고 그것은 내 인생 전반에 드리워질 박탈의 전조였다. 이제부터 하려는 기나긴 얘기가 해피엔드가 아닌 것은 그 때문이다.

나는 며칠 동안 감기약을 먹고 낮잠을 자고 일어나서 밥을 챙겨 먹었다. 그리고 차를 우려 마시고 다시 자리에 눕는 틈틈이 그 책을 읽었다. 간간이 책을 덮은 채 두통을 달래는 한편으로 오랫동안 생각에 잠기곤 했는데 그녀가 본 세상이 내가 본 것과 너무나 달랐기 때문이었다.

그때 나는 어느 정도의 거리만 있었을 뿐 우리가 같은 공간과 시간대를 공유하며 나란히 서서 같은 방향을 보고 있다고 생각했다. 그러나 그녀가 본 나와 내가 본 그녀가 마치 자석의 두 극처럼 서로를 밀어내고 있었으므로 실제의 간격은 훨씬 더 벌어져 있었다.

1977

3월
4월

1.

1백 권이나 되었던 세계문학전집 중에서도 제45권 『바람과 함께 사라지다』는 유난히 두꺼운 책이었다. 제3권인 『댈러웨이 부인』이나 제49권 『노인과 바다』와 비교하면 서너 배는 되었다. 중학생 때 그 책을 도서관에서 빌렸는데 딱 한 군데에 밑줄이 그어져 있었다. "군대의 비극은 섞인다는 것이다."

그 문장이 왜 중요하다는 걸까. 도무지 이해가 되지 않았다. 딱히 주제를 함축한 것도 아니고 "내일은 내일의 태양이 뜨리라"처럼 흔히 인용되는 문구에 비하면 너무 평범한 말이었다. 교양인을 자처하는 여중생이었던 나는 나보다 지적 수준이 낮은 사람이 공공 기물을 훼손했다고만 생각했다.

나와 다른 방식으로 생각하는 사람에 대해서는 그다지 상상력이 없던 시기였다. 주어진 대로 수긍해야 하는 미성년으로서 '다름'에 대해 진지하게 생각해본 적도 없었으며, 세상은 정답의 문을 통해 앞으로 나아가는 것이고 그것을 알아낸 사람이 주도한다고만 알고 있었다.

섞인다는 것의 비극 또한 당연히 알지 못했다. 영화 「바람과 함께 사라지다」의 유명한 대사처럼 "솔직히, 알 게 뭔가." 그때 나는 서울과 부산에서는 없어졌다는 고등학교 입시를 코앞에 두고 잠시 사춘기의 허세인 염세주의에 빠져 소설에 한눈을 파는 중이었다. 그리고 또 그 이후의 3년은 대학 문에 진입하기 위한 준비 단계로서 머물렀던 시간일 뿐이었다.

내가 살았던 지방 도시는 이른바 예향이라고 불리는 보수적인 곳이었다. 여학생에게 몹시 엄격해서 공원과 탁구장은 물론이고 극장가와 붙어 있다는 이유로 튀김집 골목조차 출입이 금지되었다. 제과점에서 우연히 만난 국민학교 남자 동창과 같은 테이블에서 단팥빵을 먹었다가 정학을 맞는 곳이었다. 교복 아닌 사복을 입고 외출하면 불량 학생으로 찍혔고 심야 라디오방송에 엽서를 보내는 것도 근신 사유가 되었다.

그 지역의 남고에서는 공공연하게 여고의 점수를 매겨 인기투표를 했는데 그 평가 항목이 조강지처, 애인, 첩, 식모 네 가지였다. 모든 여고생의 이미지는 그중 하나에 속하게 되어 있었다. 내가 다닌 여고는 명문답게 매번 압도적으로 조강지처에 등극했다. 학교의 교훈은 '정숙, 노력, 순결'이었다. 도서관과 입시학원과 봉건시대 규방을 연상시키는 그 세 가지 덕목은 학생들이 밤늦도록 학교의 자율 학습에 매여 있는 동안 자동적으로 단체 구현됨으로써 여성 교육과 부덕의 산실이라는 학교의 명성을 공고히 했다.

26

나는 그 학교의 모범생은 아니었다. 해찰과 잡념에 능통했다. 그러나 눈치 또한 없지 않았으므로 부분적으로나마 모범생 흉내를 내서 그 시스템에 순종했고 그 대가로 서울의 한 여자대학에 합격하여 고향과 부모로부터 벗어날 수 있었다.

부모는 나를 위해 비용 부담이 적고 또 엄격한 사감이 안전하게 지켜준다고 여겨지는 기숙사를 선택했다. 4인실 방이 60여 개나 있는 시설에서는 '다름'이 넘쳐날 테니 소중한 인생 경험이자 추억이 될 거라고도 말했다.

그때까지 다름이란 걸 전혀 겪어보지 못했냐고 묻는다면 그렇지는 않다. 12년간이나 중단 없이 지긋지긋했던 초중등학교 생활 속에서도 타인과 부딪칠 기회는 얼마든지 있었다. 그러나 내가 그 시절 겪었던 것은 다름이라기보다 수직적인 위계와 시비是非였다. 그때그때 적용되는 일관성 없는 규율이 있었고, 없으면 교사나 반장이나 힘센 애들이 만들었다. 남과 다른 것이 그대로 결격사유가 되는 단체 생활에서 내가 누군지 따위를 고민할 기회는 아무에게도 주어지지 않았다.

하지만 기숙사는 출신지와 부모로부터 벗어나 서울 생활을 시작한 이십대 초반 여자 대학생들의 집단이었다. 그들은 각기 다른 지점으로부터 다른 조건을 지니고 떠나왔다.

이제 스스로가 자신의 인생을 꾸려가야 하는 만큼 의식하든 안 하든 자기라는 존재가 다름의 형태로 드러나게 되어 있었다. 같은 생활공간에서 그 다름은 더욱 두드러질 것이다. 그리고 그 개별적인 '다름'은 필연적으로 '섞임'으로 나아가게 되는데, 거기에는 비극이라고 이름 붙일 만한 서투름과 욕망의 서사가 개입될 수밖에 없었다. 다름은 개인성의 독립이지만 섞임이 그 종합은 아니기 때문이다.

그렇다고 그때 내가 섞임의 비극에 대한 『바람과 함께 사라지다』 속 문장을 이해한 것은 아니었다. 나는 허물을 찢고 나오는 나비가 자신이 날아야 할 광활한 하늘을 올려다보듯이 어리둥절한 긴장과 설렘으로 그해 3월을 맞이했다.

첫날을 기억한다. 기숙사 철문으로 들어서자 오른쪽에 수위실이 나타났고 눈앞으로 넓은 잔디밭이 펼쳐졌다. 3월의 잔디는 아직 누런색이었다. 잔디가 끝나는 곳에는 앙상한 등나무 퍼걸러와 벤치가 있었는데 그 뒤로 날카로운 가시철망을 두른 높은 담장이 눈에 들어왔다. 그 맞은편에 베이지색과 자주색이 배합된 4층 기숙사 건물이 남쪽으로 난 수많은 창문을 거느리고 세련된 자태로 서 있었다.

지금도 눈앞에 생생하다. 현관 유리문을 밀고 들어가 신발을 벗고 처음 밟았던 인조 대리석의 단단하고 차가운 감측. 중앙 계단을 따라 위로 뻗은 난간의 우아하게 꺾인 선. 층계참에 서서 잡담을 나누고 있던 상급생들의 낯선 사투리 억양. 그날의 메뉴가 적혀 있던 식당 입구 게시판과 그 너머에서 떠돌던 훈기와 냄새. '입사 환영' 현수막이 걸려 있던 널찍한 홀의 뭔가 뒤섞인 듯한 건조하고 싸늘한 공기. 구석에 놓였던 피아노의 검은 윤기. 커다란 우편함의 수없이 많은 칸들과 깨알같이 적힌 방 호수들.

그리고 한 손에 터질 듯 빵빵한 가방과 종이 쇼핑백을 겹쳐 들고 다른 한 손으로는 이불 보따리를 움켜쥔 채 자꾸만 흘러내리는 핸드백 끈을 지탱하느라 한쪽 어깨를 한껏 추어올린 나, 나를 따라서 두리번거리던 '축 개관'이 박힌 대형 거울 속의 나.

겨울 내내 길렀는데도 머리는 여전히 단발을 벗어나지 못했고 새로 사 입은 뻣뻣한 혼방 코트 아래 비어져 나온 통 넓은 바짓단은 새벽부터 기차역의 먼지를 쓸고 온 탓에 온통 얼룩덜룩했다. 서울 추위가 너무 매정해서인지 얼굴은 잔뜩 얼어 있었다. 그리고 거울에서 반사된 오후 햇살 한 줄기가 한쪽 뺨만을 환하게 물들였다.

2.

사무실 옆 게시판에 방 배정표가 붙어 있었다. 국문과 1학년 김유경. 나는 322호였다.

룸메이트는 화학과 3학년 최성옥과 교육학과 2학년 양애란, 그리고 의류학과 1학년 오현수. 4학년은 많지 않았고 1학년은 방마다 두 명씩이었다.

중앙 계단을 오르면 왼쪽으로 첫번째 방이 301호이고 계단 오른쪽이 마지막 방인 322호였다. 문을 열자마자 먼저 양쪽 벽에 붙어 있는 크림색 이층침대가 눈에 들어왔다. 그 뒤로 나란히 두 개씩 놓인 옷장과 책상도 크림색이었다. 아코디언 같은 라디에이터와 그 위의 창문, 반쯤 열려 있는 초록색 줄무늬 커튼. 그리고 상급생인 듯한 얼굴 둘이서, 하던 말을 끊고 동시에 내 쪽을 돌아보았다. 한 사람은 창가 쪽 책상 앞에 앉고 다른 한 사람은 라디에이터에 엉덩이를 걸치고 있었다.

책상에 앉은 쪽이 3학년 최성옥이었다. 그녀는 짧은 커트 머리와 헐렁한 청바지 차림에 털실로 뜬 스웨터를 걸쳤는데 맨 끝의 단추가 금방이라도 떨어질 듯이 달랑거렸다. 그 단추는 그녀가 다리를 떠는 데 맞춰 리듬을 타면서 스웨터 자락을 필사적으로 붙들고 있었다. 최성옥은 소탈한 인상이었지만 고집 세 보이는 짙은 눈썹 아래 외까풀 눈매가 조금 날카로웠다.

라디에이터에 걸터앉은 쪽은 다른 방에서 놀러 온 최성옥의 친구였다. 사자 갈기처럼 사방으로 뻗친 길고 풍성한 파마머리로 얼굴을 온통 가리고 있는 그녀는 나를 두 번 놀라게 했다. 그녀가 희고 긴 손가락으로 마치 커튼을 열듯 머리카락을 들어 올렸을 때 나는 지금까지 내 주변에서는 한 번도 본 적 없는 미모와 마주쳤다. 그러나 그녀가 입을 열자마자 걸걸한 목소리의 거친 언어가 튀어나오는 바람에 순간적으로 눈과 귀의 인지 부조화를 경험해야 했던 것이다. 그것은 그동안 나의 견문을 넓혀주었던 텔레비전 드라마에서는 들어보지 못한 원색적인 사투리였다. 게다가 특이하게도 그녀는 가늘고 하얀 목에 해골이 달린 투박한 목걸이를 걸고 있었다.

산업미술과 3학년이라는 그녀의 이름은 성승미로 들렸지만 아마 성선미가 맞을 듯했다. 최성옥과는 2학년 때 룸메이트로 만나 친해진 사이라고 말한 뒤 낯선 언어로 뭔가 환영을 겸한 충고를 덧붙였는데, 선배는 아무 소용 없고 같은 학년끼리 잘 맞아야만 지겨운 기숙사 생활을 견딜 수 있다는 뜻 같았다.

방에는 없었지만 2학년 양애란도 이미 입주한 모양이었

31

다. 반대편 창가 쪽의 책상에 몇 권 안 되는 책이 아무렇게나 흩어져 있었고 맨 위에 "Sophomore English"라는 제목이 눈에 들어왔던 것이다. 책이 적은 대신 화장품 바구니는 엄청나게 컸다. 책상 모서리에 기대어 있는 커다란 가방으로 미루어 아마 채 짐도 정리하기 전에 외출한 듯했다.

먼저 이불 보따리를 풀었다. 오른쪽 침대 1층과 왼쪽 침대 2층이 대각선으로 비어 있었다. 최성옥과 양애란 두 상급생이 먼저 자리를 잡은 것 같았다. 하나는 평범한 무채색 사방무늬 침구였고 다른 하나는 러플이 달린 핑크색 캐시미어 이불로 취향이 완전히 달랐다. 무채색 쪽이 단정히 개켜져 있는 데 반해 화려한 이불 쪽은 아무렇게나 내던져져 있었다. 나는 침대 1층에 나의 알록달록한 밍크 이불을 깔았다. 그 자리가 스피커 바로 아래이며 문지기 위치라는 걸 그때는 알 리 없었다.

다음에는 책상을 정할 차례였다. 최성옥과 성선미의 대화에 방해가 될 것 같았으므로 그들과 등진 쪽의 책상을 택했다. 책과 노트를 정리하는 동안에도 그들의 말을 듣지 않으려고 노력해보았다. 여럿이 한방에서 생활하려면 남의 말을 안 듣거나 적어도 안 듣는 척하는 기능이 필수일 것 같았다. 그러나 충청도 출신인 최성옥의 말은 사투리도 거의 없고 느린 편이라 자연스럽게 귀에 스며들었다. 그녀는 2월에 새로 부임한 총장에 대해 얘기했다.

어용 총장이란 말이 여러 번 되풀이되었으므로 나는 처음에 그것이 총장의 이름인 줄 알았다. 어용은 교과서나 세계문학전집에서는 본 적 없는 말이었다. 학생들을 감시하고 붙잡아서 자기 출세에 이용하는 임명 총장은 필요 없다는 말을 듣고서야 비로소 어용도 임명과 마찬가지로 총장 이름이 아니란 걸 깨달았다. 이제 곧 야간대학이나 분교를 신설해서 학생들을 뒤섞고 분산시켜 조종하기 쉽도록 만들 거라고 하자 성선미는 "걸배이만쿠로. 미친갱이 아이가!"라며 맞장구를 쳤다.

최성옥은 학도호국단에 대해서도 비판적이었다. 다시 총학생회 시절로 돌아가 학생들이 직접 학생회장을 뽑아야 한다며 사뭇 진지한 표정으로 다리를 떨었다. 학도호국단이라는 말이 나오면서부터 나는 최성옥의 말에 더욱 귀를 기울이고 있었다. 고2 여름, 꼬박 두 달 동안 학도호국단의 교련 실기대회 준비를 했던 기억이 떠올랐다. 생리통이 심한 날 뙤약볕 아래에서 몇 시간 동안이나 카드섹션을 연습하다가 실신을 하고 말았는데 교련 교사는 꾀병이라며 운동장에 쓰러진 나를 발로 걷어찼다. 아프기보다는 그런 방식으로 주목받는 것이 너무나 창피했기 때문에 나는 죽을힘을 다해 몸을 일으켰었다.

두 사람은 방학 동안 쌓인 이야기가 많은 듯했다. 화제를 바꿔 작년까지 기숙사에서 함께 지낸 졸업생이 부사감이 되었다는 이야기로 넘어갔다. 부사감이면 사감의 앞잡이인데 그 선배는 그런 속물적인 일을 감당할 만큼 눈치 빠른 성격이 아니라며 걱정해주는 훈훈한 내용이었다.

누군가가 쌍꺼풀 수술을 했더라는 소식도 있었다. 또 기숙사의 '퀸카'로 꼽히는 누군가는 집에 내려가 있는 긴 방학 동안 애인을 못 만나다 보니 그만 마음이 식어서 헤어졌다는데, 사실은 남자가 양다리를 걸친 것이 진짜 이유지만 자존심이 상해 지어낸 핑계라는 뒷얘기도 있었다. 그 전말을 전하며 성선미는 누군지 모를 '포시라바친 문디 새끼'에게 욕을 퍼부었다. 성선미의 이야기 속에서 남녀 관계가 등장하면 그 결말은 반드시 비극이었고 유책 사유는 무조건 남자에게 있는 것 같았다.

짐 정리가 거의 끝났다. 들고 올 때는 힘들었는데 막상 풀어보니 단출한 짐이었다. 방 안을 한번 둘러보았다. 방에서 나의 사적인 공간은 침대 아니면 책상이었다. 책상 앞에 앉았다. 이제 뭘 하지. 그런 기분은 좀 낯설었다. 지금까지는 늘 시간표와 조회 종례의 지시 사항이 있었고 사소한 목표나 준비할 게 있었고 엄마를 돕거나 하다못해 잠이라도 자 두어야 했다. 하릴없이 가만히 있으면 교사나 부모로부터 지적을 받고 꾸중을 들었다. 이제부터는 아니었다. 내가 목표를 정하고 나의 일정을 계획하고 관리해야 한다. 그 생각을 하자 홀로 객지에 나와 대학생이 되었다는 사실에 벌써부터 피로감이 몰려왔다.

나는 책꽂이에 꽂아놓은 교재에 무심히 시선을 두다가 별 생각 없이 그중 한 권을 빼서 펼쳤다. 얼마 전까지 수험생이었던 관성도 작용했지만 잡념에 빠져 있을 때마다의 습관이기도 했다. 책을 펴놓고 있으면 교사도 부모도 잔소리를 하지 않았다. 그때 등 뒤에서 웃음소리가 들려왔다. "놀래라, 니 지금 공부할라 카나?" 성선미의 목소리였다. "야무치구로 첫날부터 면학 분위기 단디 조성할라는갑제?" 나는 이내 분위기를 알아차렸다. '노력'은 고등학교 교훈에나 있는 것이었다. 이제 성인이 되어 수도 서울에 살기 시작한 사람에게는 시급히 벗어야 할 촌티이자 제도 교육에 훈련된 미성년자의 '타율신경'이었다. 나는 얼른 책을 책꽂이에 도로 꽂고 책상 밑에 놓아두었던 플라스틱 세면 대야를 집어 들었다.

공동 세면실은 복도 끝이었다. 벽 거울과 세면기가 한 쌍씩 붙어 있고 그 맞은편에 화장실이 있었다. 맨 안쪽 칸은 샤워실이었다. 나는 세면기 위에 대야를 올려놓고 온수 쪽 수도꼭지를 돌렸다. 물은 얼음처럼 찼다. 머리카락을 다 헹

굴 때까지도 온수는 나오지 않았다. 두피가 얼얼하다 못해 감각이 둔해졌고 수건으로 머리를 감쌌을 때는 아예 남의 머리통처럼 느껴졌다.

시퍼레진 입술로 온몸을 부들부들 떨며 어깨 위로는 물을 뚝뚝 떨어뜨리면서 방으로 들어온 나를 최성옥과 성선미가 놀란 눈으로 바라보았다. "온수는 7시부터 나와" 최성옥이 느릿느릿 말했고 "음마야, 이래 추븐 날에 아망시룹다. 이랑 년 알라가 보기보다 독하네" 성선미는 웃음을 터뜨렸다. 내가 다소 거친 동작으로 수건으로 머리를 터는데 2층 침대에서 사다리를 타고 내려오는 기다란 다리가 눈에 들어왔다.

그사이 1학년 오현수가 입주해 짐을 풀고 있었다. 오현수는 키가 크고 마른 몸매에 무표정했다. 짧은 고수머리에다 콧날이 오뚝하고 주근깨가 많아서인지 서양 소년 같은 인상이었다. 그녀는 내게 간단히 눈인사만 던지고는 하던 일을 계속했다.

그녀의 짐은 꽤 많았지만 체계적으로 분류되어 여러 개의 헝겊 주머니에 들었거나 끈으로 반듯하게 묶여 있었다. 내가 알고 있는 것처럼 물건을 포개서 한꺼번에 보자기로 감싸버리는 방식이 아니었다. 노트와 필기구 또한 다양했다. 옷보다 스카프와 양말이 더 많다는 점도 특이했다. 나는 오현수의 가방 속에서 나오는 일제 전기포트와 커피나 설탕이

든 유리병들, 날렵하고 하얀 도자기 잔과 받침 세트의 종이 포장이 벗겨지는 광경을 감탄스러운 마음으로 지켜보았다.

짐을 푸는 내내 그녀는 입을 꾹 다물고 있었다. 경계심이 많은 것인지 까다로운 것인지 알 수 없지만 남의 호감을 얻거나 예의를 차리는 데에 그다지 관심이 없어 보였다. 가장 큰 이유는 나중에 알게 되었는데 치아 교정기 때문이었다.

9시가 가까워지자 스피커에서 점호 준비를 지시하는 음악이 흘러나왔다. 2학년 양애란은 8시 55분에 숨을 헐떡이며 들어왔다. 키가 작고 통통한 편인 그녀는 하얀 얼굴에 눈을 크게 뜬 듯한 표정을 갖고 있었다. 두 뺨이 상기된 탓인지 아이 같은 귀여움이 풍겨 났다. 그녀가 찬 공기가 밴 코트와 머플러를 벗어 의자에 던져놓자마자 우리는 첫인사도 나누는 둥 마는 둥 서둘러 방문 밖으로 나가야 했다.

복도로 나간 순간 나는 눈앞에 펼쳐진 광경에 작은 충격을 받았다. 긴 복도를 따라 희미한 조명이 밝혀져 있고 1층에서 4층까지 수많은 기숙사생들이 모두 방문 앞에 서서 출석체크를 받으려고 대기하는 중이었다. 집이라기보다 수용소 같은 느낌이었다.

아마 건물의 구조 때문이었는지도 모른다. 기숙사 건물은 중정中庭처럼 가운데가 뚫려 있는 구조였다. 그 네모난 빈 공간을 둘러싸고 테두리처럼 복도가 빙 둘러지고 그 뒤로 방들이 자리 잡고 있었다. 복도에서 난간을 잡고 내려다보거나 올려다보면 전체 공간이 한눈에 들어왔다. 부사감을 거느린 사감이 1층에서 4층까지 각 층을 도는 동선도 볼 수 있었다. 그들이 다가오면 방문 앞에서 대기하던 기숙사생들은 차렷 자세를 했고 부사감의 호명에 따라 한 사람씩 대답을 했다. 그런 다음 사감을 향해 함께 인사를 하고 방으로 들어가는 것까지가 점호였다.

방 안으로 들어오자마자 양애란은 의자에 털썩 주저앉았다. 그리고 마치 오래 숨을 참았던 사람처럼 길게 안도의 한숨을 내뱉었다. 희미하게 담배 냄새가 났다. 그녀는 언니네 집이 있는 동네가 얼마나 먼 곳인지에 대해 호들갑스럽게 설명했다. "옛날에 누에 치던 데라서 동네 이름이 잠실이야, 알 만하지?" 저녁을 먹자마자 출발했는데 오는 동안 배가 다 꺼져버렸다는 양애란은 오현수의 책상 위에서 전기포트를 발견하고 반색을 했다.

그녀는 오현수가 끓인 커피를 받아 들며 "역시 맥스웰이야" 하면서 눈을 감고 향을 음미하는 것도 잊지 않았다. 요즘 80원에서 백 원으로 값이 오르기까지 했는데도 다방의 커피는 소문대로 담배꽁초를 우려서 내놓는지 이런 고소한 맛이 나지 않고 텁텁하기만 하다는 불평도 덧붙였다.

빈 잔을 씻으러 함께 세면실에 갔을 때 오현수는 자신의 커피는 맥스웰이 아니라 네스카페이며 고소한 향은 미제 카네이션 프림 덕분이라고 내게 귀띔했다. 또 자신은 동향이라 쉽게 알아들었는데 사실 성선미의 성은 성이 아니라 송이라고도 알려주었다.

그해 3월 3일은 목요일이었다. 몹시 추운 날씨로 기억된다. 기숙사의 첫 밤. 나는 학과 사무실에서 받아 온 수강 신청 카드 작성으로 그날의 일과를 마무리하고 일찌감치 침대에 들어갔다. 엄마와 함께 천변 시장에서 코트를 사고 그 옆 가게에서 고른 밍크 이불에서는 석유 냄새가 났다.

언제인지 모르게 잠이 들었던 모양이었다. 방문 열리는 소리에 눈을 떴다. 방 안이 칠흑처럼 어두웠다. 누군가의 뒷모습이 빠져나가는 문틈으로 아주 잠깐 불빛이 비쳐 들었고 그것이 사라지자 다시 숨 막힐 듯한 어둠이 몰려들었다.

복도에서 발소리가 조금씩 멀어지고 있었다. 그제야 주변 풍경이 어렴풋이 눈에 들어오기 시작했다. 천장이 몹시 낮았고 귀퉁이에라도 갇힌 듯이 잠자리가 좁았다. 조금 지나서야 내가 어디에 있는지 깨달았다. 12시는 기숙사 전체의 소등 시간이었다. 강제 취침 시간인 셈이다.

다시 잠을 청했지만 점점 머릿속이 말똥말똥해지면서 웬일인지 고등학교 시절이 떠올랐다. 운동장의 스탠드를 가득

메우고 뙤약볕 아래 카드섹션을 하던 애들은 지금 다 어디로 흩어져 스무 살의 첫걸음을 내딛고 있을까.

그처럼 뜨거운 태양이 머리 위에서 내리꽂히던 날 우리는 교련 교사의 호루라기와 수신호에 맞춰 각기 정해진 색깔 카드 한 장씩을 일제히 쳐들었다. 카드 한 장의 점들이 모여 하나의 완전한 그림으로 맞춰지려면 전체 학생이 한순간 동시에 집중을 해야 했다. 햇볕조차 집중력을 발휘했는지 얼굴이 타는 듯이 따가웠고 목덜미와 귀 뒤는 땀으로 끈적했다.

한 명이라도 틀리면 우리가 그려야 할 그림 속 파란 하늘에 빨간 점이 생기고 검은 글자의 귀퉁이가 깨졌다. 교사가 호루라기를 불어대고 지휘봉을 내두르며 욕을 퍼부었을 뿐 아니라 스탠드에 앉아 있던 모두로부터 책망과 경원의 눈총을 받아야 했다. 내가 계속해서 잘못된 카드를 드는 바람에 전 학년 학생들이 일제히 분노에 찬 얼굴로 나를 노려보며 끝없이 연습을 되풀이하는 꿈을 꾼 적도 있었다.

기숙사에서 꾼 첫 꿈 속에서 나는 카드섹션을 하고 있지는 않았다. 양손에 짐을 잔뜩 든 채로 내 방을 찾지 못해 커다란 건물을 끝없이 돌아다녔다. 모든 방이 다 비슷해 보였다. 나는 방 번호를 알고 있었지만 그 숫자가 적힌 방문은 아무리 찾아도 없었다. 짐까지 잃어버리는 바람에 되돌아가

그것을 찾아다니는 동안 마침내는 그 번호마저 잊어버리고
말았다. 간절한 마음으로 어딘가에 닿기 위해 끝나지 않는
미로 속을 쫓기듯 헤매는 꿈이었다.

3.

몸과 마음이 분주한데도 시간은 너무나 느리게 흘러갔다. 긴장 속에 지루함이 이어지고, 쫓기면서도 침체돼 있는 이상한 시간 궤도를 통과하고 있었다. 기웃거려야 할 자리는 많았지만 모조리 재미가 없었다. 짧은 시간 안에 새로운 사람들을 너무 많이 만나야 했기 때문인지도 모른다.

송선미의 방은 417호였다. 그 방에도 우리 방처럼 2학년 한 명과 신입생 두 명이 있었다. 최성옥과 송선미는 두 방의 입주자를 한데 모아 환영식을 열어주었다.

점호를 마친 뒤 여덟 명이 모두 417호에 모였다. 바닥에 신문지를 깔고 그 위에 맛동산과 인디안밥과 티나크래커, 콜라와 오란씨와 밀감을 차려놓고 둘러앉아서 한 사람씩 돌아가며 자기소개를 하기 시작했다.

417호 신입생인 식품영양학과 이재숙과 불문과 김희진. 그 둘은 첫인상부터 대조적이었다. 남쪽 곡창지대 출신인 이재숙이 소박하고 무던해 보인다면 김희진은 차림새도 세련됐고 당돌한 분위기를 풍겼다. 종로에서 재수학원에 다녔기 때문에 서울 생활 초보도 아니었다. 그녀는 앞가르마를 타서 자연스럽게 층을 낸 바람머리를 흔들며 여대는 재미도 없고 답답해서 지원할 생각이 전혀 없었는데 예비고사 접수가 안 나와 할 수 없이 오게 됐다는 말로 그 자리의 '여대'생들을 한순간 침묵에 빠뜨렸다. 또 여대를 택할 바에야 이대라도 갈까 했지만 거긴 시험이 논술식으로 바뀌는 바람에 여기밖에 올 데가 없었다는 말에 '여기'에 속한 모두는 일시적으로 얼어붙고 말았다.

최성옥이 기숙사에 들어온 소감을 물으며 화제를 돌렸을 때에도 김희진은 "단체 생활은 적성에 안 맞지만, 하숙보다 싸니까요"라고 까칠하게 대꾸했다. 이재숙은 이층침대가 낭만적이고 식판에 음식을 담아 먹는 식사 시간도 재미있고 또 언니들도 잘 대해줘서 좋다고 대답했다. 입주하는 날 수위가 짐을 들어주는 척하며 손목을 잡아서 첫인상은 안 좋았다는 말에는 모두가 웃음을 터뜨렸다.

웃음소리에 당황한 이재숙이 손을 내저었다. "아니, 제가 예쁘다거나 그런 뜻은 아니구요. 아닌 건 저도 아는데요. 진짜 그 아저씨가 그랬다니까요." 얼굴까지 붉히며 진지하게 해명하는 이재숙에게 송선미가 한마디 던졌다. "안 있나, 이쁘면 그래 못 건드린데이. 니가 쪼깨이 만만해서 그런 기다." 그 말에 이재숙은 무안해하기는커녕 마치 어려운 수수께끼라도 풀렸다는 듯 입을 벌리고 "아하" 하며 고개를 크게 끄덕였다.

417호의 2학년 가정관리학과 곽주아는 긴 생머리를 한쪽으로 모아 어깨 위에 늘어뜨리고 새침한 표정으로 앉아 있었다. 웃을 때면 손을 들어 입을 가렸는데 경상도 억양이 밴 어색한 서울말에다 눈을 천천히 깜빡이고 고개를 갸웃거리는 버릇까지 더해져 마치 어설픈 청순 연기를 보는 듯했다.

그러나 겉모습과 달리 말과 생각은 군인 같았다. 그녀는 자신이 신입생이던 1년 전만 해도 기숙사에 군기가 살아 있었다고 강조했다. 신입생은 환영식 때부터 선배들이 주는 과제를 수행해야 했다. 늦은 밤 불 꺼진 식당에 몰래 들어가 밥과 반찬을 훔쳐 오라거나 사감 전용 신발장의 슬리퍼를 4층 동쪽 세면실의 쓰레기통에 넣으라는 과제였다. 그때에 비하면 지금의 신입생들은 너무 풀어주는 거라며 자신이 그만큼 너그러운 선배라는 쪽으로 결론을 냈는데 진정으로 그렇게 믿고 있는 기색이었다.

이번에도 이재숙과 김희진의 반응은 정반대였다. 이재숙은 말끝마다 싹싹하게 "네, 언니"를 붙이며 고개를 끄덕였다. 김희진은 대꾸 없이 과자만 와작와작 씹고 있었는데 이따금 숨을 짧게 끊어 쉬며 호흡 조절을 하는 걸로 보아 속으로 코웃음을 치는 게 틀림없었다.

같은 2학년이지만 양애란은 곽주아의 말에 그다지 동의하지 않는지 노골적으로 지루한 표정을 지었다. 몇 번이나 자세를 고쳐 앉는가 싶더니 빨래를 걷어야 한다며 중간에 자리에서 일어났다. 짧은 순간 최성옥과 송선미의 눈이 마주쳤다. 곽주아는 양애란의 뒷모습이 문 뒤로 사라지자마자 다시 신입생을 위한 충고를 이어갔다. 사감에게 찍힌 기숙사생들의 말로를 예로 들었는데 첫번째가 바로 흡연 사건이었다.

몇 년 전 기숙사에서 소등 시간 이후 켜놓은 촛불로 큰 화재가 났다. 그래서 지금의 신축 건물이 지어졌고 각 방 천장에 화재경보기가 설치되었다. 방에서 담배를 피우면 즉시 화재경보기가 울리고 천장에서 물이 쏟아진다는 사감의 경고가 사실인지는 알 수 없지만 어쨌든 아무도 방에서는 담배를 피우지 않았다. 대신 옥상으로 갔다.

옥상은 빨래를 너는 장소이기도 했는데 밤까지 걷지 않은 홑이불에 담뱃재가 튀어 구멍이 난 적이 있었다. 부사감이 알아내서 고자질하는 바람에 담배를 피운 기숙사생은 퇴사를 당해야 했다. 원래는 벌을 받고 끝날 만한 사안이었지만 그 기숙사생이 고분고분하지 않은 탓에 중징계가 내려졌다는 소문이었다. 사감은 평소에 건방지다거나 의심스러운 대상을 찍어두었다가 점호 때 슬쩍 다가가 머리 냄새를 맡아보곤 했다. 약삭빠른 기숙사생이라면 다방에 오래 앉아 있다가 방금 나왔다는 등의 핑계로 빠져나가기 마련이었다.

곽주아의 말이 끝나기를 기다렸다는 듯 최성옥은 그 화재로 받은 보험금이 2천만 원 가까이 되는데도 학교 측은 학생들의 등록금에서 기숙사 신축 기금을 떼 갔다고 느린 어조로 덧붙였다.

사감의 눈 밖에 나는 두번째 항목은 서류 위조와 거짓말이었다. 기숙사에는 9시 점호를 받지 않아도 되는 증빙서류로 외출허가증과 귀가허가증이 있었다. 외출증이 있으면 10시까지 들어와도 되는데 연극이나 음악회 티켓 같은 증거물이 있어야 하고 어쨌든 까다로웠다. 귀가증은 집에 다녀올 때 허락을 받는 용도였다. 놀랍게도 중고등학교 성적표처럼 보호자의 도장이 필요했다.

단체 활동을 기피하거나 규율을 거부하면 응징하는 것 또한 사감의 고유 업무였다. 그 명분으로 평소에 마음에 들지 않는 학생을 이유 없이 괴롭혀도 되는 권한이 있었다. 한 가지 다행스러운 것이 사감에게는 애인이 있었다. 당연히 연애는 금지 사항이 아니었다. 휴일마다 우아하게 차려입고 외출하는 사감은 '여자와 집은 꾸미기 나름'이 입버릇이었다. 특히 중성적인 옷차림을 싫어해서 그런 옷을 입은 사생들이 눈에 띄면 게을러 보이는 데다 본데없이 막 자란 티가 난다며 잔소리를 하곤 했다. 노출이 좀 있거나 튀는 옷차림이면 그것 역시 지적감이었다.

자정이 가까울 무렵 모임이 파했다. 우리가 돌아왔을 때 양애란은 방에 없었다. 최성옥은 책상으로 가서 책과 노트를 챙겼다. 12시 소등 이후에도 밤새도록 불을 켜놓는 2층의 학습실에 가려는 거였다. 최성옥이 단과대 수석으로 입학한 이후 한 번도 장학금을 놓치지 않았다는 건 송선미가 말해주어 알고 있었다.

나와 오현수는 각자의 세면 대야를 들고 세면실로 향했다. 오현수의 아이보리 비누로 손에 거품을 내며 우리는 417호 사람들에 대해 이야기를 나눴다. 배짱 있고 직설적인 김희진에게 호감을 느낀 나와 달리 오현수는 김희진이 시선을 끌고 또 세게 보이기 위해 일부러 삐딱하게 구는 것 같다며 고개를 내저었다. 곽주아가 선배 노릇에 그렇게 열을 올리는 걸 보니 자주 부딪칠 게 뻔했고 또 이재숙과도 잘 어울릴 것 같지 않다는 데는 의견이 일치했다.

며칠 사이 깨친 사실이지만 공동생활에서 가장 두려운 것은 고립이었다. 정보를 얻지 못하면 뒤처지고 다수에 끼지 못하면 손해를 봤다. 이곳은 숨을 곳이 없는 공동 공간이었다. 그런 점에서 고립은 차별보다 더 눈에 띄었다.

다음 주에는 기숙사에서 전체 환영회가 열렸다. 저녁 식사 시간이 끝나고 나는 오현수와 함께 1층 홀로 내려갔다.

오렌지색 투피스 안에 리본 블라우스를 받쳐 입고 커다란 진주 브로치를 단 사감은 듣던 대로 멋쟁이에 달변이었다. 전통 있는 명문 여대임을 내세우는 건 여고 시절 교장과 비슷했다. 사회에서 보는 이곳 기숙사생의 이미지가 엘리트와 현모양처의 이상적인 조합이라고 강조했다. '1등 신붓감'이라는 기숙사생의 이미지를 지키기 위한 고충도 털어놓았다.

그중 하나가 쓰레기통에서 끊임없이 나오는 생리대의 처리였다. 한동안은 뒷마당에 모아놓고 태웠는데 동네 주민의 항의가 빗발쳤다. 수상한 검은 연기도 연기지만 온 동네에 퍼지는 고약한 냄새가 더 문제였다. 지금은 멀리 실어다가 버리고 있는데 비용이 만만찮다며 얼굴을 잔뜩 찡그렸다.

사감의 말이 끝나자 사회자 지시에 따라 퀴즈 게임이 시작됐다. 이어지는 댄스 타임에는 스피커를 연결해 음악도 틀었다. 사회자와 몇몇 상급생들이 가운데로 나가 과장되게 몸을 흔들며 분위기를 띄웠고 그들을 둘러싸고 춤추는 무리가 하나둘 늘어났다.

무리 안에서 김희진은 금방 눈에 띄었다. 판탈롱과 핑크색 꽃 남방셔츠에 바람머리를 나풀대며 맵시 있게 춤추는 김희진의 옆에는 엇박자로 무릎을 꺾는 어설픈 동작으로 깅중거리는 이재숙도 있었다. 이재숙은 위아래로 푸른색 체육복을 입고 있었는데 왼쪽 가슴에 박힌 고등학교 마크가 선명했다.

그것으로 환영회가 끝난 게 아니었다. 기숙사 내 여고 동문회도 있었고 학교에서도 오리엔테이션을 겸한 전체 신입생 환영회를 했다.

소개를 하고 환영을 받고 그룹이 만들어지면서 다들 자기 자리를 찾느라 분주했다. 언제나 그렇듯 나는 중간 지대에 어정쩡하게 서 있다가 간혹 무언가에 떠밀리게 되면 아무것도 결정 못 한 표정으로 거기 휩쓸리곤 했다.

4.

아침 7시가 되면 스피커에서 흘러나오는 클래식 음악 소리에 눈을 떴다. 아니 정확히 말하면 음악을 입힌 지글거리는 소음과 그 소음에 짜증을 부리는 양애란의 새된 목소리에 눈을 떠야 했다. 양애란은 소리를 지르면서 동시에 이불 속에서 발을 구를 수 있는 운동신경을 갖고 있었는데 그녀의 침대는 내 머리 바로 위였다.

아침 식사는 반드시 룸메이트 네 명이 함께 식당의 지정된 자리에서 먹어야 했다. 부사감이 자리를 돌면서 빠진 사람을 체크했다. 그리고 왜 아침 식사에 오지 않는지 룸메이트들에게 물었다. 늦잠을 잔다고 하면 잔소리를 들으러 사감실로 불려 가야 했고, 아프다고 하면 병문안을 빙자해 사감이 방을 사찰할 수도 있었다. 양애란도 두어 번 아침 식사에 빠졌다가 사감이 정오 무렵 문안 인사를 오는 바람에 한쪽 눈에 아이라인을 그리다 말고 기침을 하는 척 얼른 두 손으로 얼굴을 가려야 했다.

아침 메뉴는 구운 흔적이 있는 딱딱한 식빵과 우유였다. 식판 위에는 기름이 겉도는 식은 달걀프라이 혹은 삶은 달걀이 한 개씩 담겨 있었다. 신입생들은 처음에 식판에 빵을 수북이 쌓아놓고 먹었다. 그러다 차차 양이 줄어드는데, 두

장쯤이 되면 기숙사 생활에 어느 정도 적응한 것이었다. 비로소 개별적 입맛이 가동되는 단계라고 할 수 있다.

오현수는 처음부터 두 장 이상은 집지 않았다. 삼각뿔 모양의 비닐 우유 팩에 빨대를 꽂을 때도 늘 깔끔하게 한 번에 성공이었다. 나는 각도와 힘 조절에 실패해서 빨대가 구부러지기 일쑤였는데 오현수가 날렵한 조준으로 대신 꽂아주곤 했다.

기숙사 식당이 가장 북적거리는 건 점심때였다. 오전 수업을 마치고 돌아와 곧장 식당으로 달려가거나 오후 수업에 들어가기 전 밥을 챙겨 먹는 기숙사생들의 온갖 종류의 신발이 마치 덤프트럭에서 쏟아놓은 듯 현관 바닥에 어지럽게 깔려 있곤 했다. 식당 아줌마가 김이 모락모락 나는 찐 밥을 내오면 길게 줄을 서서 기다리던 학생들이 반찬이 담긴 식판 위에 순서대로 밥을 푸기 시작했다.

그에 비하면 저녁 시간의 식당은 여유가 있었다. 바쁘거나 인기가 많거나 돈이 많은 기숙사생들은 저녁 식사 시간에 모습을 찾아보기 어려웠다. 그래서인지 혼자 저녁밥을 먹고 있으면 그 세 가지에 더해서 친구마저 없다는 생각에 처량한 기분이 드는 것도 사실이었다.

나는 그럴 염려가 없었다. 오현수가 거의 언제나 방을 지키고 있었기 때문이다. 오현수는 외출과 사교에 그다지 관심이 없었다. 그러면서도 의류학과답게 옷차림에 취향이 뚜렷했고 맛이나 소리에도 예민했다. 주장을 내세우지 않고 말수도 적었지만 한편으로는 분위기 파악이 빠르고 호오와 의사 표현도 분명해서 종종 나를 놀라게 했다. 참견은 싫어했어도 논평할 때는 신랄했다. 기숙사에서 신문을 구독하는 사람이 적지 않았는데 거기 더해 그녀는 스크랩 노트까지 갖고 있었다.

그녀의 침대 구석에 기대어 있던 클래식 기타도 내게는 뜻밖의 물건이었다. 오현수가 화장실에 간 사이 외출에서 돌아온 나는 그녀를 찾기 위해 이층침대 사다리에 올라갔다가 처음으로 기타를 발견했다. 그녀가 음악을 좋아한다는 건 알고 있었다. 책상에 앉아 헤드폰을 끼고 자신의 카세트라디오에서 흘러나오는 클래식 음악을 듣곤 했기 때문이다.

오현수에게는 길고 지긋지긋했던 초중고 단체 생활의 정서에서 이탈한 무엇인가가 있었다. 취향을 갖는 일은 번거로움을 감수하는 개인행동이란 점에서, 그리고 비용을 요구한다는 측면에서 꽤나 적극적인 행위였다. 그것은 이전까지 내가 알지 못했던 종류의 '다름'이기도 했다.

기숙사는 구성원들에 따라 각기 방의 분위기가 달랐다. 점호 시간 후 대부분의 방에서는 카세트라디오를 통해 「밤과 음악 사이」나 「밤을 잊은 그대에게」 같은 에프엠방송이 흘러나왔지만 조용히 면학 분위기를 잡는 방도 있었다. 친구들의 모임 장소가 되어 언제나 왁자지껄한 방이 있는가 하면 일찍 불을 끄고 잠자리에 드는 방, 저녁마다 간식을 사 와서 먹자판을 벌이는 방 등 다양했다. 전공이나 취향이나 청소 의지에 따라서도 방 분위기가 조금씩 달랐다. 전기포트에 라면을 자주 끓여 먹는 방은 창턱 위에 가지런히 놓인 볶음고추장과 콩자반 병이 당당히 방의 인테리어를 담당했다.

그러므로 방에서 풍기는 라면 냄새를 싫어하고 무엇인가 먹고 난 뒤 매번 양치질을 해야 하고 절대로 플라스틱 양치컵에 커피를 마시지 않는 오현수는 그곳에서 결코 일반적이지 않았다. 점호 시간 이후 헤드폰으로 클래식 음악을 듣는 것도 일종의 독립성을 얻기 위한 선택이었다. 그럼에도 오현수가 잠음이 심한 방 스피커 소리에 귀를 기울여야 하는 데에는 이유가 있었다.

저녁 시간의 적요로움을 깨고 기숙사가 소란스러워지기 시작하는 때는 점호 시간이 가까워지면서부터였다. 귀사하는 발소리로 현관이 북적댔다. 특히 기숙사생이라면 누구나 현관에 들어서자마자 신발을 벗기 전에 달려가야 하는 곳이 있었다. 사무실의 창문 앞. 거기 붙어 있는 메모지 때문이었다. 노트장을 뜯어낸 그 메모지에는 방 번호와 기숙사생들의 이름, 그 옆에 시간과 한두 개의 단어가 암호처럼 반복해서 적혀 있다. 남, 남, 여, 남. 가끔은 서울대 남, 고대 남, 엄마, 여 선배.

사무실에서는 아침 9시부터 저녁 6시 사이에 기숙사생에게로 걸려온 전화를 받아주었다. '옥자 씨'라고 불리는 사무실 직원이 교환원을 겸하고 있었다. 메모지에 적힌 것은 그녀의 필체로 남겨진 통화 기록이었다.

엄마에게서 걸려온 전화를 받았을 때 겪었던 첫 전화 연결의 감동은 잊을 수가 없다. 방 안의 스피커가 갑자기 툭 터지면서 잠시 지글거리는 소리가 나면 방에 있던 모두가 동작을 멈추고 거기에 시선을 집중한다. 이윽고 옥자 씨의 목소리가 들려온다. "322호 김유경, 김유경." 딱 두 번 부른 다음 조용해진다. 마치 멀어지는 옥자 씨의 소매를 붙잡기라도 하듯이 다급하게 "네! 네!" 소리쳐 대답하면 그제야 다시 통신망이 연결되는 소리와 함께 "전화요" 혹은 "면회요"라는 무덤덤한 목소리가 들려온다.

면회는 물론 여자에게만 허용돼 있으므로 학교 친구이기가 십상이었고 조금 느긋해도 되었다. 그러나 전화라면 곧바로 문을 박차고 나가 슬리퍼가 벗겨질 듯 학습실을 향해 뛰어가야 한다. 낮의 학습실은 전화를 받는 장소였다. 탁자 위에 놓인 검은 전화기의 송수화기를 들고 숨 가쁘게 여보세요,라고 말하면 대부분 상대방도 여보세요,라고 대꾸하기 마련인데 그것이 기다리던 사람의 목소리일 경우 순간 다리가 풀려 의자에 주저앉아버리는 것도 무리가 아니었다. 서부전선도 아니고 극지 원정대도 아니지만 그 못지않게 벅찬 느낌을 주는 통신 구조였다.

그 귀한 전화가 걸려왔는데 방에 없었다면, 그것이 바로 메모지의 기록으로 남는 것이다. 옥자 씨는 물론 '메모를 남기시겠어요?' '누구라고 전해드릴까요?'라고 결코 말하지 않는다. 전화는 부재를 알리는 즉시 끊어지며 그 내용은 걸려온 시간과 함께 대개는 옥자 씨가 파악한 유일한 정보인 성별로만 기록되는 것이다. 그리고 그 기록은 기숙사생 전체에게 공개되었다.

스무 살 무렵의 여대생들이 2백 명 넘게 모여 사는 장소에 전화번호는 단 두 개만 주어졌다. 그 번호에 연결되기 위해 상대방은 수없이 다이얼을 돌려야 했을 것이다. 가까스로 전화가 연결되었는데 통화를 할 수 없다면 안타깝고 실망스러운 일이지만 그렇다고 행여 올지도 모를 전화를 위해 외출을 안 할 수는 없는 노릇이다. 오현수가 양애란의 총애를 받게 된 것은 바로 그 때문이었다. 늘 방에 틀어박혀 있는 오현수는 양애란에게로 걸려온 전화를 대신 받아 전갈을 전해주는 연락원 역할이 가능했다. 양애란은 더 이상 2시 30분에 전화를 걸어온 '남'이 누굴까, 내가 그 시간에 수업이 있

다는 걸 알 테니 남자친구는 아니고, 그나저나 4시에 걸어
온 또 다른 '남'과는 동일인일까 아닐까, 하는 식의 퀴즈 풀
기를 하지 않아도 되었다.

　얼마 안 가 오현수는 양애란에게 세 명의 남자친구가 있
다는 걸 알게 되었다. 양애란은 그러고도 꾸준히 미팅에 나
갔다. 세 남자 모두 아직 '오리지널'은 아니라는 이유였다.
지금까지 미팅을 60번쯤 했다는 말에 놀라는 나와 오현수
에게 양애란은 기숙사생 중에 백 번을 목표로 삼는 80번대
기록 보유자가 두 명이나 있다고 알려주었다.

　기숙사에 살면서 미팅을 피하기는 쉽지 않은 일이었다.
학기 초에는 주선하는 선배들의 체면을 차려주기 위해 따라
나서는 경우도 많았다. 또 그 무렵은 점호가 끝나자마자 친
구와 주선자 들의 방을 오가며 보고 형식으로 나누는 화제
가 온통 미팅이었으므로 소외감을 느끼지 않으려면 어느 정
도 분위기에 동참할 수밖에 없었다.

　게다가 그룹 미팅에 수를 채우지 못했거나 갑자기 빈자리
가 생기면 주선자들은 기숙사로 뛰어와 대타를 찾았다. 현
관에 지켜 서 있다가 신입생이 들어오면 아무나 붙들고 미
팅에 나가자고 잡아끄는 일이 다반사였다. 기숙사가 미팅을
위한 일종의 물류 창고인 셈이었고 일단 필요한 물량은 채
울 수 있었던 것이다.

5.

양애란이 현장 경험이 많은 실전파라면, 남을 도와준다는 구실로 참견하고 가르치기 좋아하는 곽주아는 자칭 이론가였다. 322호와 417호의 신입생들이 함께 첫 미팅을 나가기 전날 밤, 넷은 417호에 모였다. 곽주아가 사전 교육을 자청했던 것이다.

먼저 미팅의 종류. 딸기밭을 함께 가면 딸팅, 야유회를 가면 야팅이었다. 남녀 수를 다르게 그룹을 만든 뒤 파트너로 선택되지 못한 사람을 퇴장시키는 피보기팅도 있었다. 곽주아는 야외로 나갈 경우 귀가 시간을 체크할 수 있도록 반드시 시계를 차야 한다는 팁을 주었다. 상대생과 공대생은 현실적 비전이 있어 환영이지만 법대생은 대개 장남에다 고리타분하기 십상이고 문과생에는 샌님과 또라이가 섞여 있으니 조심하라는 충고도 했다.

서울 출신들이 데이트 코스를 많이 알고 있어 재미도 있고 도움이 되지만 순진하다고 얕볼 수도 있기 때문에 그들에게는 되도록 깍쟁이처럼 굴어야 한다, 또 사법연수원 같은 데서 들어오는 미팅에는 이미 중매로 팔려나간 기혼자들이 기분 전환으로 나오는 경우가 있으므로 먼저 손가락의 반지 자국부터 체크할 필요가 있다, 종합상사 신입 사원 등

사회인 미팅은 결혼을 염두에 둔 만큼 발랄함보다는 정숙함으로 어필해야 하고 그리고 남자가 스킨십을 하려고 하면,

곽주아는 거기에서 말을 끊고 "아, 너희는 어리니까 아직 거기까지는 알 필요 없겠구나"라며 새침하게 고개를 젖혔다. 그러고는 다시 천천히 눈을 내리깔더니 이것이야말로 미팅의 기본 정신이라며 마치고 돌아올 때에는 반드시 기숙사 방문을 발로 차고 들어와야 한다고 강조했다. 파트너에게 과자나 아이스크림 같은 걸 사달라고 해서 두 손 가득 들고 들어오라는 뜻이었다.

"그쪽도 학생인데 왜 그런 부담을 줘요?"이재숙이 안경알 너머에서 눈을 동그랗게 떴다. "마음에 드니까 돈을 쓰는 거 아니겠니? 그건 여자 능력이야." 곽주아는 한 손으로 머리카락을 넘기며 말을 이었다. "근데 요즘 신입생들은 우리 때랑 좀 다른 것 같아. 파트너가 마음에 안 들어도 저녁은 꼭 비싼 걸로 얻어먹고 오더라니까." 그것은 명백히 김희진을 겨냥한 말이었다. 김희진이 신입생답지 않게 명동이나 남산 어딘가 고급 식당에서 노블 와인을 곁들여 '칼질'을 하고 왔다며 노숙한 티를 낸다는 건 나와 오현수도 이재숙에게서 들어 알고 있었다.

곽주아가 계속했다. "너희들 덕수궁 뒤에 세실이라는 경양식집 모르지? 나 첫 미팅 때 파트너가 거기서 함박스텍을

사 주더라? 근데 난 배부르다고 밥만 먹었어. 사 준다고 덥석 얻어먹는 건 자존심 없어 보이거든." 곽주아의 말이 끝나자마자 김희진이 받아쳤다. "배부른데 왜 밥을 먹어요? 고기를 먹어야지. 칼질 못 하니까 쪽팔려서 그랬죠? 내숭 떠는 게 더 촌스러운 거 아닌가."

곽주아가 뭐라 대꾸하기도 전에 이재숙이 얼른 입을 열었다. "언니, 저라도 밥만 먹을 것 같아요. 밥이 먼저죠, 반찬은 그다음이고." 그러나 곽주아는 촌스러움이라는 안건에서 이재숙의 재청이 자신의 주장을 뒷받침해주지 못한다고 여겼는지 김희진을 향해 바짝 눈꼬리를 치켜세웠다. 그때 송선미가 콧노래 소리와 함께 방으로 들어오지 않았다면 분위기가 더 험악해졌을 수도 있었다.

송선미는 걸을 때마다 콧노래를 부르는 습관이 있었다. 곡목은 주로 패티 김의 「장미와 빤따롱」이었다. 빠빠라빠 빠빠라빰 빠빠라 빠라라빰. 바람이 분다. 사랑의 바람이 분다. 장미는 피었다지만 가시를 조심하세요. 판탈롱에 선글라스 샤넬 넘버 파이브. 살랑살랑 걸어가네. 명동에서 만난 사람 잊어버리고서 정릉에 랑데뷰. 마음이 부드러워서 거절을 못 한답니다. 빠빠라 빠라 빠라바빰.

그 노래를 처음 들은 것은 입실 환영식에서였다. 417호의 첫인상은 약간 으스스했는데 송선미의 책상 앞에 걸린 커다란 그림 때문이었다. 검은색 물감이 두껍게 칠해진 바탕 위에 희미하게 드러나는 해골과 모래시계, 넘어진 술잔 따위가 그려져 있었다. 그 뒤로 촛농이 흘러내린 촛불이나 줄이 끊어진 목걸이, 뽑힌 깃털 같은 것이 흩어져 마치 죽음의 그림자 같은 것이 어른대는 느낌이었다. 그러나 자신이 그린 그 섬뜩한 그림 앞에서 송선미는 허세에 가득 찬 노래 가사에다 코믹한 콧소리를 섞어가며 우스꽝스럽게 몸을 흔들었다.

사자 갈기 같은 긴 파마머리를 뒤로 젖히고 허스키한 목소리로 노래를 부를 때의 송선미에게서는 어딘지 히피의 분위기가 풍겼다. 자유롭고 퇴폐적이면서도 공허한 슬픔 같은 것이 깃들었다고나 할까. 다음 순간 마치 그런 것을 거부하기라도 하듯이 곧바로 원색적인 사투리로 허튼 농담을 던져대 스스로 분위기를 깨버리지만 말이다.

미팅에 대해서라면 송선미도 들려줄 말이 없지 않았다. 물론 성공적인 미팅을 위한 바람직한 길잡이와는 거리가 먼 내용이었다.

남자들이 여자를 대하는 태도는 단세포 아니면 속물이다. 그 둘의 차이 또한 별로 없다. 둘 다 여자와 잘 궁리만 하는데, 단세포는 자기 전이고 속물은 잔 뒤라는 차이뿐이다. 여자 앞에서는 똑똑한 체하고 폼을 잡지만 자기들끼리 있으면

허구한 날 하는 얘기가 똑같다. 여자들 점수 매기기가 주된 화제이며 누구는 못생겨서 얼굴에 보자기 씌우고 해야 한다는 둥 우연히 지켜진 처녀성은 가치가 없다는 둥 키득거리는 가운데 동료애가 싹트는 게 남자다.

송선미에게는 한 살 아래 삼수생 남동생이 있었는데 겨우 그런 얘기를 하기 위해 친구들끼리 밤마다 모여서 라면을 끓이고 중국 음식을 배달시키고 술잔을 기울이더라는 간증을 보태기도 했다. 어릴 때부터 주변 친척들을 비롯해서 아버지 회사의 수많은 직원들까지 그녀 주위를 염탐하던 남자들을 경계심을 갖고 지켜본 바에 따르면 모든 남자가 다 비슷하다. 결론은 한 가지, 여자를 대할 때 남자에게는 영혼이 없다.

곽주아는 이마를 살짝 찡그리고 듣고 있다가 결국에는 자기 주장과의 교집합을 발견해내고는 정색한 채 우리에게 충고했다. "선미 언니 말이 맞아. 여자는 그래서 자기 몸단속을 잘해야 하는 거야. 남자한테 약점 잡히면 안 되니까. 성경에도 있잖아. 언제 올지 모르는 신랑을 위해 등잔에 기름을 채워놓고 기다리는 신부들만 잔치에 초대받을 수 있어."

곽주아는 이론가의 권위를 되찾아서 다시 미팅의 오리엔테이션을 이어가려 했다. 남자가 애프터를 신청하면 약간의 뜸을 들인 뒤에 받아들일 것, 남자가 여자를 데리러 오도록 장소는 학교 근처로 잡을 것 등등 주로 밀고 당기는 줄다리기 기술에 대한 내용이었다. 그러나 네 명의 신입생은 이미 그녀의 말을 귀담아듣지 않고 있었다. 오현수는 덤덤했고 김희진은 지겨워 죽을 것 같은 표정이었다. 미팅에 가장 적극적인 이재숙조차 혼잣생각에 잠겨 있는 눈치였다.

하지만 첫 미팅이라니, 누구에게나 궁금하고 기대가 되는 일이긴 했다.

다음 날 우리 넷은 함께 기숙사를 출발하여 미팅 장소에 나갔다.

파트너를 정하는 티켓은 나와 오현수가 만든 것이었다. 미팅을 주선한 선배가 일련번호만 붙이지 말고 독특한 티켓을 만들라고 주문했기 때문이다. 오현수가 색지를 오려 만든 여덟 장의 카드에 내가 이름을 하나씩 적어 넣었다. 노란색 카드에는 각기 안나, 앨릿사, 롯데, 엘리자베스를 적었고 푸른색 카드에는 브론스키, 제롬, 베르테르, 에른스트를 적었다.

티켓을 하나씩 골라 펼쳐본 남학생들의 반응은 제각각이었다. 뜨악한 표정을 짓던 남학생은 소설 속 주인공의 이름이란 걸 알자 유치하다는 듯 픽 웃었다. 외국 이름을 좋아하는 건 사대주의 아니냐며 짐짓 트집을 잡던 남학생은 안나 카레니나를 끝까지 안나 카레리나로 발음하며 톨스토이에 대해 알은체를 했다. 롯데라는 이름을 보더니 "뭐야, 껌이잖아. 입속의 연인 롯데껌!" 하고 광고 문구를 흉내 내며 너스레를 떠는 남학생도 있었다. 그는 스스로 재미있는 농담이라고 생각했는지 모두가 웃을 때까지 그 말을 반복했다. 그리고 아예 관심 없다는 듯 파트너를 정하는 용도로만 사용하고 곧바로 티켓을 구겨서 버리는 남학생까지.

일단 커플이 만들어지면 둘이서 자리를 옮기는 게 순서였다. 그러기까지는 함께 모여 앉아 자기소개를 하며 첫인사를 나눴는데 남학생들은 학교만 같을 뿐 서로 잘 모르는 사이 같았다. 재수를 했냐는 둥 국민학교를 몇 살에 들어갔다는 둥 서로 나이를 따져 서열을 정하는 게 화제의 전부였다.

첫 미팅이 긴장되는 건 어느 쪽이나 마찬가지일 것이다. 그리고 첫번째라고 해서 반드시 특별하란 법도 없다. 아니 첫번째부터 특별한 일이 일어날 리 없다는 게 정확한 표현일 수도 있다. '혹시나 했지만 역시나였다'라는 유행어가 만들어진 것은 그만큼 그 말을 적용시킬 경우가 많다는 뜻이었다.

일찌감치 기숙사로 돌아온 나와 오현수는 저녁 시간을 놓쳐 함께 만둣집에 갔는데 돌아오는 길에 골목에서 김희진과 그녀의 파트너를 만났다. 안나와 브론스키 커플이었다. 단정한 베이지색 점퍼와 진 바지를 입은 브론스키에 비해 블루진 카바에 통가죽 통굽 구두를 신고 링 귀고리를 단 발랄한 차림의 김희진은 조금 튀어 보였다. 앉아 있을 때는 잘 몰랐는데 브론스키는 키가 크고 호리호리한 체격이었다. 김희진을 옆으로 내려다보며 서로 보폭을 맞춰 천천히 걷는 모습은 그런대로 잘 어울렸다.

김희진은 가벼운 눈인사와 함께 우리 곁을 지나쳐 가려 했다. 하지만 나와 오현수를 알아본 브론스키가 마치 오랜만에 만난 소꿉친구라도 되듯이 반가워하는 바람에 걸음을 멈춰야 했다. 브론스키는 서글서글한 웃음을 지으며 내게 물었다. "제롬은 벌써 왔다 갔나 보죠?" 아마 내 파트너가 나를 기숙사까지 배웅하고 돌아갔다고 생각하는 모양이었다. 나는 애매한 웃음으로 인사를 대신한 뒤 걸음을 빨리해 그들에게서 멀어졌다.

기숙사 철문을 들어서면서 오현수가 지나가는 말투로 내게 말했다. "네가 알릿사였다는 걸 기억하네?" "엘리자베스 님은 역시 예리하다니까." 나는 짐짓 장난스럽게 맞받았다.

롯데, 그러니까 베르테르의 연인이었던 이재숙은 점호 시간이 다 되어서야 헐레벌떡 뛰어 들어왔다. 그녀는 우리 넷 중에 발로 방문을 차고 들어온 유일한 여주인공이었다.

6.

기숙사로 들어가는 데에는 세 가지 길이 있었다.

하나는 학교 캠퍼스를 통과해 후문으로 나오는 방법이다. 그러면 골목 하나를 사이에 두고 기숙사의 철 대문이 나타난다.

학교에 오갈 때 기숙사생들은 대개 그 경로로 다녔다. 바로 그 이유 때문에 기숙사생을 찾아온 남자들이 그 골목에서 서성이는 광경을 흔히 볼 수 있었다. 남자들은 지나가는 기숙사생을 붙들고 몇 호의 누구를 불러달라거나 쪽지를 전해달라고 부탁한다. 기숙사는 물론이고 여자대학 캠퍼스에도 남자의 출입이 금지되던 시절이었다. 그러다 보니 만나려던 여학생이 캠퍼스나 기숙사 안으로 들어가버리면 뒤따라갈 수 없는 남자들이 주먹으로 담벼락을 치는 시늉을 하는 게 유행이었다.

무턱대고 기숙사 철문 앞에 앉아 죽치는 방법으로 자기의 열망과 순정을 증명해 보이려는 저돌형 행동파 남자들도 있었다. 그것은 학교 앞의 〈숙 다방〉이나 〈운채〉에서 몇 시간 동안 줄담배를 피워가며 기다리는 정통파보다 추위를 덜 타는 체질과 더불어 상당한 뻔뻔함이 필요했지만 원하는 여학생과 마주칠 확률은 90퍼센트가 넘는다. 기숙사생들은 무슨

일이 있어도 점호 시간인 9시까지는 그 길로 돌아왔기 때문
이다.

다른 하나의 길은 노선버스가 다니는 아래쪽 큰길에서 시
작된다. 제과점과 옷가게 사이의 골목으로 접어든 뒤 가파
른 오르막길을 한참 동안 걸어 올라가야 하는 경로이다.

그 길은 두어 차례 꺾이면서 더 작은 골목들로 나뉘는데
첫번째는 세탁소가 있는 쪽으로, 두번째는 구멍가게 쪽으로
방향을 잡아야 한다. 세번째 모퉁이에서부터는 그대로 기숙
사의 높은 담벼락을 끼고 올라가면 된다. 철문 앞에 이를 즈
음이면 누구나 숨소리가 가빠지게 돼 있다. 하지만 버스 정
류장에서 가장 가깝기 때문에 외출했던 기숙사생들은 대개
그 길로 귀사했다.

저녁 8시가 넘어 어둠이 깔리면 그 좁은 골목길은 조금씩
소란스러워지기 시작한다. 시간이 지날수록 걷기보다 뛰는
기숙사생들이 많아진다. 바래다주러 온 파트너들도 당연히
함께 뛴다. 그들은 자신이 늦은 저녁 오르막길 달리기의 원
인 제공자라는 사실에 미안한 마음보다는 허용된 최대치까
지 시간을 함께 보냈다는 성취감에 빠져 있다.

학기 초에는 함께 숨을 헐떡이며 기숙사를 향해 뛰는 커
플이 부쩍 늘어난다. 신입생들이 본격적으로 미팅을 시작하
고 상급생은 상급생대로 5월의 축제를 위한 소개팅이 많아

지는 시기이기 때문이다. 그리고, 봄이기도 하고.

9시가 거의 다 된 시각. 한적한 골목 안의 적막이 완전히 깨어진다. 소란스러운 발소리와 구령에 가까운 숨소리, 그리고 그 와중에도 애프터 약속을 잡으려는 다급한 목소리들로 수선스러워져 있을 때 기숙사 철문 앞에 흰 가운 차림의 부사감이 모습을 드러낸다. 두 손을 주머니에 찔러 넣고 슬리퍼를 질질 끌며 나타나지만 2인자이자 수문장의 등장이다. 당황한 외마디와 함께 마지막 스퍼트가 시작된다. 분초를 다투는 질주가 끝나면 작별 인사를 나눌 시간조차 갖지 못한 남자들은 거친 숨을 몰아쉬며 철문 안의 파트너를 향해 연거푸 손을 흔들어 보일 뿐이다.

그리고 9시 정각. 철문이 소리를 내며 닫히는 순간 가까스로 파트너를 문안으로 들여보낸 남자들이 그 앞에서 일제히 한숨을 내쉬는 진경이 펼쳐진다.

곧이어 그들은 허탈하거나 아쉽거나 홀가분하거나 뒤늦게 머쓱해진 얼굴로 하나둘 기숙사를 등지기 시작한다. 담배를 피워 무는 남자들도 많다. 그들이 조금 전 숨 가쁘게 올라왔던 골목길을 다시 터덜터덜 혼자 되짚어 내려가며 기숙사 건물로부터 조금씩 멀어지는 광경은 제법 로맨틱하다.

드물게 반대쪽의 포장도로 쪽으로 가는 남자들도 있었다. 택시를 타려는 것이다. 그게 바로 세번째 길이다.

아래쪽 골목길과 달리 그 길은 제법 넓은 도로이고 위로 올라가면서 찻길과 연결되었다. 그쪽에는 목욕탕과 기사 식당과 미용실이 있고 그 너머는 공원이었다. 공원 옆 골목에는 온천 표지 간판을 단 여관이 몇 군데 있었다. 그래서 공원길 혹은 여관길로 불렸다. 기숙사생들은 저녁 시간에는 그쪽 길로 잘 다니지 않았다.

기숙사생들, 특히 신입생들이 그토록 필사적으로 밤의 질주를 벌이는 데에는 이유가 있었다. 점호 시간에 늦으면 혼자만 벌을 받는 게 아니었다. 같은 방 룸메이트 모두가 사감실로 불려 갔다. 유치한 비난과 뻔한 꾸지람이 무한 반복되는 고문을 한 시간 정도 견디고 나면 단체로 벌칙이 주어졌다. 세번째 길은 그런 경우에 받게 되는 벌 청소 구역이기도 했다.

벌 청소 기간에는 매일 새벽 룸메이트 전체가 떠지지 않는 눈을 비비며 일어나서 청소 도구를 메고 찬 바람 부는 거리로 나섰다. 그러고는 땀이 나도록 빗자루질을 해야 했다. 만약 신입생 때문에 그런 사달이 벌어졌다면 방 선배들의 질책도 견디기 힘들 뿐 아니라 발칙하고 싸가지 없는 양체로 찍혀서 두고두고 기숙사생들의 입에 오르내렸다.

새벽 청소를 하다 보면 평소에 못 보던 것을 보기도 했다. 함박눈이 그친 뒤에야 발자국이 드러나는 것처럼 어떤 비밀은 모두가 잠든 새벽에 실체가 드러나기도 하니까.

귀가증을 끊어 나갔던 기숙사생이 새벽에 '여관길'에서 남자와 팔짱을 낀 모습으로 목격돼 사생들의 입방아를 견디지 못하고 퇴사했다는 이야기. 그와 반대로 남자와 밤을 지내려고 귀가증을 끊었지만 뜻밖에도 그날 싸우고 헤어지는 바람에 갈 곳이 없어져 새벽같이 '공원길'을 통해 기숙사로 들어오더라는 사연. 결과는 역시 기숙사 퇴출이었다.

7.

3월 마지막 주에는 눈이 왔다. 바람까지 불어 허공 가득 뿌옇게 눈보라가 날렸다. 오전 수업에 가기 위해 계단을 내려가는데 기숙사 현관에 몇 명의 상급생들이 서서 검은 리본을 나눠 주고 있었다. 총장 퇴진을 위한 수업 거부가 시작되었다.

나는 리본을 받아 왼쪽 가슴에 꽂았다. 리본을 다는 것은 익숙한 일이었다. 국민학교에 들어가면서부터 반공 방첩을 비롯해 청소 주간, 불조심, 새마을운동, 쥐잡기 등등 온갖 관제 문구가 적힌 리본을 달아왔고 그 리본이 없다는 이유로 교문 앞에서 복장 불량으로 기합을 받기도 했다. 하지만 리본으로 자발적 의사 표현을 한다는 건 처음 알았다. 리본을 거절하는 기숙사생들도 있었고 학교 문을 들어서면서 떼는 학생도 많았다.

오후가 되자 본관의 중앙 계단에서 집회가 시작되었다. 모인 사람은 그리 많지 않았다. 상급생 하나가 탄원문 같은 걸 읽었고 모두 함께 구호를 외쳤다. 몇몇 학생들이 그 앞에서 잠시 걸음을 멈추었지만 더 많은 학생들은 아무 일도 없다는 듯 그대로 지나쳐 갔다. 계단에 있는 얼굴 중에는 눈에 익은 기숙사 상급생들도 끼어 있었다. 최성옥도 그중 하나였다. 나는 조금 떨어진 나무 아래 서 있었는데 나를 발견한 최성옥이 손을 흔드는 바람에 그쪽으로 다가가지 않을 수 없었다.

그날 밤 점호가 끝난 뒤 방의 스피커에서 내 이름이 불렸다. 사감의 호출이라는 말에 영문도 모른 채 사감실로 내려갔다. 나 말고도 여러 명이 불려 와 있었다. 사감이 분노한 얼굴로 '학생의 본분'으로 시작되는 긴 훈시를 시작할 때까지도 나는 신입생이라는 걸 빼고는 그 자리에 불려 온 학생들의 공통점을 깨닫지 못했다. 생각해보니 모두 본관의 중앙 계단에서 만났던 얼굴이었다. 사감은 어떻게 그 얼굴들을 가려낼 수 있었던 걸까.

고등학교 때의 가방 검사가 떠올랐다. 대피 훈련이라며 불시에 학생들을 모두 운동장에 집합시킨 뒤 교사들이 빈 교실을 돌면서 여고생들의 가방을 뒤지곤 했었다. 소지품 검사라는 명목으로 학생들을 학교의 감시 체제 아래 굴복시키려는 폭력적 이벤트였다. 압수품 속에 끼어 들어간 생리대 한 개를 마치 더러운 물건이라는 듯 손가락 끝으로 집어 높이 흔들면서, 자기 물건이면 나와서 찾아가라고 말하던 중년의 남자 선생이 떠올랐다. 그의 음흉하고 득의만면한 웃음은 학생들에게 존중받을 만한 개인의 영역이란 허용되지 않는다는 경고이자 조롱이었으며 그것은 충분히 효과를

71

거두었다. 그때의 오싹함이 생생히 되살아났다.

그 시절은 또 뭔가 학교로 가져오라는 게 많은 시절이었다. 나는 채변 봉투를 정해진 기한 안에 내지 않아 벌을 받았다. 그 봉투 안의 내용물을 제조하고 소지하고 운반하고 제출하는 과정에 대한 모든 상상이 사춘기 문학소녀와는 전혀 타협점이 없다는 사실을 담임 교사에게 납득시키기는 불가능했다. 교련 교사였던 담임은 내 엉덩이에 몽둥이를 갖다 대기 전에 먼저 생활기록부를 펼쳤다. 내가 분기별로 제출해야 하는 폐품을 한 차례 안 냈고 지각을 세 차례 했고 환경미화비를 늦게 냈고 하는 식으로 나의 '전과'를 확인하더니 가중처벌 방식으로 몇 대 맞을지를 산출했다. 그때의 모멸감도 다시금 떠올랐다.

사감실을 나와 방으로 돌아오면서 나는 잔뜩 얼어 있었다. 서울로 대학만 보내주면 아무 생각 없이 공부만 열심히 하겠다는 아버지와의 약속을 생각하면 그대로 침대에 들어가 이불을 뒤집어쓰고 훌쩍거리고만 싶었다.

322호는 평화로웠다. 양애란은 책상에 앉아 모처럼 거울이 아닌 책을 들여다보고 있었다. 가위로 패션 잡지 귀퉁이를 오리고 있던 오현수가 내 쪽으로 고개를 돌렸다. 오현수는 헤드폰을 벗으며 내게 사감실에서 무슨 일이 있었냐고 물었다. 다음 순간에는 양애란도 책에서 고개를 들고 나를 바라보았다. 내가 갑자기 말을 심하게 더듬었기 때문이었다.

다음 날은 검은 리본을 나눠 주는 게 중단되었다. 오전부터 기숙사 현관에 사감이 부사감과 사생 대표를 거느리고 지켜 서서 리본을 적발했다. 그뿐 아니었다. 밤늦게 사감이 불쑥 학습실에 들어와 안을 살펴보는가 하면 부사감이 지하의 세탁실과 TV시청실 등 학생들이 모여 있는 장소들을 수시로 점검하고 다녔다. 동요하지 말고 수업에 복귀하라는 방송도 여러 차례 내보냈다. 그 기세에 눌려 기숙사에는 어느 정도 평온이 찾아온 듯 보였다.

하지만 4월로 접어든 뒤까지 퇴진운동 분위기는 쉽게 가라앉지 않았다. 18일부터는 홈스터디 데이라는 이름으로 사흘 동안 학교가 문을 닫았다.

그 기간 동안 대부분의 기숙사생들은 평소처럼 미팅에 나가고 데이트를 하고 시청 앞과 종로의 소극장으로 연극 「관객모독」과 「에쿠우스」를 보러 가고 벼르던 파마를 하기 위해 미용실을 찾고 단성사와 대한극장에 가고 명동이나 종로로 놀러 나갔다. 그들은 이에리사와 정현숙이 세계탁구선수권대회에서 준우승을 따냈다거나 차범근의 활약으로 한국이 일본을 누르고 월드컵 축구 예선을 통과한 소식을 알고 있었다. 지방대생들의 서울 편입이 금지됐다는 소식에 낙담할 고향 친구들을 떠올리기도 했다.

그러나 가까이에서 많은 대학생들이 연행되거나 수배되었다는 사실을 상세히 아는 사람은 많지 않았다. 나도 그중 하나였다.

8.

106호의 이경혜는 신촌의 〈로터리 다방〉에서 미팅을 하기로 했다. 그녀는 귀여워 보이는 점퍼스커트에 머리띠로 멋을 내고 일찍 기숙사를 나섰다. 먼저 종로서적에 들러 책을 사야 했으므로 약속 장소는 혼자 찾아가기로 했다. 가뜩이나 서울 지리도 모르고 길눈조차 어두운 그녀는 우왕좌왕 30분을 헤맸다. 아버지가 고향의 로터리클럽 임원인 것과 상관없이 실제로 로터리를 보는 것도 처음이었다.

가까스로 다방에 도착해 보니 아는 얼굴은 보이지 않았다. 미팅에 나온 친구들은 짝을 맞춰 이미 다방을 나갔을 수도 있지만 주선자조차 기다려주지 않은 건 좀 이상했다. 다리가 너무 아팠으므로 일단 그녀는 자리에 앉아 커피를 주문했다. 다방 안을 두리번거리고 다니는 동안 구석 자리에 앉은 남학생 몇이 그녀를 흘끔거리는 게 신경 쓰인 탓도 있었다.

그녀는 단발머리를 감쌌던 머리띠를 뺐다가 다시 두르기도 하고 새로 산 전공 책을 뒤적거리기도 하면서 시간을 보냈다. 그러나 약속 시간에서 한 시간 가까이 지났는데도 미팅 그룹은 나타나지 않았다. 불현듯 자신이 약속 시간을 착각했는지도 모른다는 생각이 스쳐 갔다. 그녀에게는 종종 있는 일이었다.

할 수 없이 다방을 나온 뒤 그녀는 새잎이 돋아나기 시작하는 가로수 아래 선 채로 잠시 망설였다. 손목시계를 보았다. 그대로 기숙사로 돌아가면 저녁 식사 시간에 넉넉히 도착할 것이고 그날 아침에 기억해둔 메뉴가 맞다면 그리 좋아하지 않는 질척한 카레를 먹게 될 것이다. 그녀는 한숨을 내쉰 뒤 일단 비어 있는 공중전화 부스로 들어갔다. 핸드백에서 학생수첩을 꺼내 전화번호가 적힌 주소록을 뒤적이기 시작했다.

얼마 전 미팅에서 만난 호감형 남학생은 아직 애프터 만남을 갖기 전이라서 먼저 연락하기가 망설여졌다. 두어 번 데이트를 했던 남학생도 있긴 했지만 그와의 만남이 스스로가 청할 만큼 즐거울 거라는 데는 확신이 서지 않았다. 이경혜는 수첩을 들여다보며 한참 동안 궁리에 잠겼다. 그러느라 누군가 그녀가 기대 서 있는 공중전화 부스의 유리 벽을 두드리는 것도 깨닫지 못했다.

그 남학생은 마치 화장실 문을 노크하듯 똑똑 똑똑 두 번씩 끊어서 신호를 보내고 있었다. 이경혜가 고개를 들자 남학생은 〈로터리 다방〉에서부터 뒤따라 나왔다며 같이 그곳으로 돌아가지 않겠냐고 정중하게 제안했다. 그녀가 선뜻 대답을 하지 않는 게 불안했던지 방금 나간 멋진 여성을 도로 모셔 올 능력이 있는지 없는지 친구들과 내기를 했다는 것까지 털어놓았다.

이경혜는 남자를 슬쩍 훑어보았다. 검은 뿔테 안경과 후줄근한 남방셔츠와 아저씨 같은 시보리 점퍼. 그녀가 좋아하는 세련되고 매너 좋은 타입은 확실히 아니었다. 그러나 공중전화 부스를 가로막은 채 간절한 눈빛을 보내는 것을 고려할 때 그만하면 여대생의 자존심과 정숙한 이미지를 희생하지 않고도 그를 친구들과의 내기에서 이기도록 도와줘도 될 만한 선량함은 엿보인다고 판단했다. 무엇보다 카레가 기다리고 있는 기숙사로 순순히 들어가기가 싫었다.

구석자리의 남학생들은 박수까지 치며 그녀의 귀환을 열렬히 환영해주었다. 그녀를 '헌팅'하는 데 성공한 뿔테 남학생이 의기양양한 표정으로 친구들을 소개했다. 그들은 모두 2학년이었고 같은 서클 멤버였다. 윤동주 시비 앞에 모여서 기념식을 하고 오는 길이라는 말에 이경혜는 그제야 그날이 자신의 미팅 날일 뿐 아니라 4·19 기념일이라는 걸 깨달았다. 새삼 눈여겨 훑어보니 그들 모두 그녀가 평소 탐탁잖게 생각하는 도수 높은 안경과 텁수룩한 더벅머리와 교련복 바지, 셋 중에서 둘 이상을 갖추고 있었다.

맨 안쪽에 앉아 줄담배를 피우는 남학생은 그 세 가지 모두에 해당되었다. 예상대로 그는 매우 진지했고, 나머지 두 남학생이 그녀를 대화에 끌어들이기 위해 화제를 가볍게 바꿔보려 할 때마다 고집스럽게 계속 시국을 들먹였다. 처음에 그녀는 그가 혹시 다른 남학생과의 차별화 전략으로 자신에게 어필하기 위해 똑똑한 척하는 게 아닌가 의구심을 품었다. 그것을 알아내기 위해서 잠시 귀를 기울여보았는데 그러는 동안 그의 이야기에 점점 빠져들었다.

그는 이경혜에게 재야인사들이 '민주구국헌장'을 발표한 사건을 아는지 물었다. 서울대의 유신 철폐 시위에서 학생들이 기동경찰에게 몽둥이로 얻어맞으며 끌려간 걸 아는지, 한신대 학생들이 부활절 수난주간에 정권 퇴진을 요구하는 '고난선언'을 발표해 체포됐고 휴교령까지 내려진 걸 아는지도 물었다. 이경혜는 당황하기 시작했다. 그녀는 자신이 잘 모르는 이야기에 확신을 갖고, 특히나 고유명사와 숫자를 동원해서 설명하는 사람은 무턱대고 신뢰했으며 미리부터 설득당할 준비가 되어 있었다.

관점을 바꾸어 다시 상대를 자세히 살펴본 이경혜의 눈에 골초 남학생은 체격은 왜소했지만 좌중을 리드하는 힘이 있었다. 선배에게서 전해 들은 얘기라는데도 마치 현장에 있었던 것처럼 실감 나게 전달하는 그의 언변에도 완전히 감탄하고 말았다. 남학생은 또 자신의 말을 경청하는 이경혜를 '사치 풍조에 물들고 머릿속은 텅 빈 한심한 여대생들하고는 다른 것 같다'고 추켜세웠다. 사실 이경혜가 설득을 잘 당하는 것은 칭찬을 통한 접근에 유난히 취약하기 때문이었다.

그날 남학생들은 기념식만 하고 온 게 아니라고 했다. 전단지를 나눠 주다가 학생 네 명이 경찰에 끌려갔는데 그중에는 같은 과 친구도 있다. 지금은 긴급조치 9호 시절이다. 영장 없이도 어디로든 끌고 갈 수 있고 직장에서 잘리거나 면허 취소, 강제 폐업이 예사이다. 전단지를 갖고만 있어도 징역 1년 이상이며 의논하는 것조차 예비음모죄에 해당된다. 그 이야기를 듣는 그녀의 팔에 소름이 돋았다.

그녀가 옷소매를 걷어서 "어머, 이것 좀 봐요"라며 팔을 보여주자 남학생들이 일제히 그녀를 안심시키기 시작했다. 학생들이 나눠 준 8절지 전단지는 아무것도 씌어 있지 않은 백지였다고 앞다투어 설명했다. 잡혀가더라도 죄목을 찾을 수 없도록 머리를 쓴 거였다.

그녀는 거듭 감탄했다. 자기가 알던 것과 다른 차원의 세상이 암흑 속에서 정의의 동력으로 바쁘게 돌아가고 있다는 걸 결정적으로 실감한 순간이었다. 머릿속이 바빠졌다. 교회에도 나가보고 스터디 그룹에 들어가 사회과학 공부도 해야 할 것 같았는데 무엇보다 그 남학생들과의 뜨거운 동지애를 주체할 수 없었다.

이경혜는 중문과였지만 부전공이 국문학이라서 나와 〈고전문학개론〉을 같이 들었다. 알고 보니 동향이기도 했다. 그 지역 남고생들의 인기투표에서 늘 애인으로 뽑히는 여고 출신이란 것과는 아무 관련 없겠지만 남자를 대하는 데 친화력이 있었다.

그날 이후 그녀는 볼품없고 말 많은 골초 남학생과 특별히 가까운 사이가 되었다. 평소에 남자의 외모와 조건을 유난히 따지던 그녀로서는 뜻밖의 일이었는데 그녀는 그런 비논리적인 일에 갖다 붙이는 '운명'이라는 말을 기꺼이 사용했다.

논리적이지 않은 대신 일관성은 있었다. 수업 시간의 발표 때에도 그녀가 선택한 주제는 '신라 설화 속 여성의 사랑'이었다. 떠나버린 연오랑을 타국까지 뒤쫓아 가는 세오녀의 적극적 사랑의 심리를 분석했다. 누군가 그녀의 분석이 비논리적인 비약이라고 비판하자 이경혜는 사랑이 논리로 되는 것이냐고 진지하게 반박해 강의실 안에 웃음이 터져 나왔던 것이다.

그녀가 점호를 마치고 322호로 나를 찾아와 지하 매점에 가자고 불러낸 것도 남자친구를 위해서였다. 그녀는 무려 330원을 투자해 호두가 든 '카톤' 아이스크림을 사 주며 내게 도움을 청했다. 남자친구의 부탁으로 미팅할 여학생들을 물색 중이었다. 그런데 조건이 있었다. 남자의 외모나 조건을 따지지 않고 지성인의 양심과 진실함에 더 가치를 두는 현명한 여성이어야 하며 그 현명함 안에는 남자들이란 타고나기를 여자의 외모를 따지도록 되어 있다는 사실을 받아들이는 지혜로움도 포함되어야 했다.

"그러니까 결국 예쁘고 똑똑한 여자를 찾는다는 거야? 남자 쪽은 전혀 아니면서?" 내 말에 그녀는 납작하고 짧은 나무 숟가락으로 아이스크림을 한가득 퍼 올려 입가로 가져가며 대꾸했다. "아니지. 남자들은 똑똑한 여자 부담스러워해. 남자들 이상형은 예쁘고 현명한 여자거든. 나처럼." 그러고는 내가 아이스크림에 나무 숟가락을 꽂자마자 마치 진로방해를 하듯 자신의 숟가락을 그 앞에 바짝 꽂는 거였다.

"난 아이스크림 중에서 카톤이 제일 좋더라. 투게더는 너무 커. 내가 양이 좀 적잖아." 그녀는 아이스크림을 듬뿍듬뿍 떠서 연거푸 삼키고는 차가워진 혀를 굴려가며 부정확한 발음으로 말을 이어갔다. 아이스크림은 그녀의 적극적 공략을 견디지 못하고 벌써 반 이상 사라졌으며 나머지도 급속히 허물어져가는 중이었다.

내가 잠시 속도를 늦춘 것은 양보심이 강해서가 아니라 남자들이 원한다는 현명함의 뜻을 헤아리고 있었기 때문이었다. 결국 여자의 지성은 남자를 보필할 때에만 인정받을 수 있고 여자가 남자를 능가할 만큼 눈치가 없으면 진정으로 똑똑한 게 아니라는 뜻 아닌가. 똑똑한 걸 드러내지 않고 그 똑똑함으로 남자에게 헌신하는 태도를 제멋대로 현명함이라고 표현한 것이다. 이경혜는 수업 시간에 발표한 대로 사랑에 대해서뿐 아니라 남자친구와 관련된 모든 일에 논리를 적용하지 않기로 한 것 같았다.

백지 전단 사건의 뒷얘기를 전해줄 때 그녀는 자기 일인 것처럼 의기양양했다. 경찰은 그 전단지를 물에 담가도 보고 불을 쬐기도 하고 다리미로 달궈도 봤지만 그것은 그냥 백지였다. 결국 연행된 학생들의 죄목은 '이심전심 유언비어 유포죄'로 정해졌다.

이경혜는 남자친구 패거리와 신촌시장 골목의 튀김집에서 막걸리를 마시며 함께 불렀다는 데모 노래까지 흉내 냈다. 2년 전 고대에서 교문 앞에 무장 경찰이 깔리고 장갑차가 학교 안까지 들어갔을 때 학생들이 마치 고장 난 트럭을 밀듯이 죽어라 힘을 합쳐 장갑차를 막아내는 사진이 『고대신문』에도 실렸는데 이번에는 '우리 연대' 차례라는 거였다.

지하 매점은 점호 시간 이후에만 문을 열었다. 저녁을 못 먹었거나 군것질거리를 찾는 기숙사생들을 위해 과자와 음료수와 간단한 요깃거리만 갖춰져 있었다. 사무실에서 전화를 받는 옥자 씨의 동생인 옥영 씨가 물건을 팔았다. 이경혜는 옥영 씨가 직원 주제에 퉁명스럽다며 작은 목소리로 험담을 한 뒤 삶은 달걀을 먹겠느냐고 물었다. 늘 자기 체격보다 작은 사이즈의 옷을 찾고 자기 나이보다 귀여워 보이는 스타일을 추구하는 그녀는 자신의 생각보다 훨씬 많이 먹었다.

내가 고개를 젓자 이경혜는 아쉽다는 듯 천천히 의자에서 몸을 일으켰다. 그 순간 내 머릿속에는 아이스크림에 대한 보답으로 달걀을 사야 했다는 생각이 스쳐 갔고 어쩐지 빚진 마음이 들어버린 나머지 이경혜 자신이 대표성을 갖고 있다고 생각하는 '현명한 여자'에 대해서는 결국 아무런 반박도 하지 못하고 말았다.

〈언어학개론〉 시간에 소쉬르의 통시성과 공시성을 배웠다. 그러나 노교수의 발음을 제대로 알아들을 수 없었기 때문에 랑그나 파롤의 의미를 깨치기는커녕 언어로 하는 소통 자체에 근본적인 회의가 찾아왔다. 〈고전문학개론〉 시간에는 고문으로 된 『한중록』을 읽었는데 교수가 고전의 가치를 강조한 나머지 그것이 생산된 봉건시대를 칭송하고 남존여비와 칠거지악까지 들먹였으므로 따분하기 짝이 없었다. 중고등학교 수업 때처럼 읽기를 지목당할까 스트레스도 받았다.

하지만 봄기운 속으로 졸음을 불러오는 노곤한 〈한국근대문학개론〉 시간에 비하면 그래도 나은 편이었다. 작가로 성공하지 못하고 '선생질'로 늙어버린 교수의 개인사적 회한과 인생에 대한 비관적 전망이 수업 내용의 절반을 차지했다. 나머지 절반은 회의론자답게 무성의한 시간 때우기였다. 일본에서 개최된다는 학회 참석을 명분으로 공식적인 휴강을 할 때가 차라리 알찬 시간이다 싶었는데 그때마저도 과대표와 부대표는 꽃다발을 들고 김포공항에 환송을 나가야 했다.

우리 과는 40명이었지만 모두가 강의에 출석하는 건 아니었다. 빨리 적응한 애들은 자신들이 대학 생활에 적응하지 못한다는 이유로 자주 수업에 빠졌다. 그런 이유라면 나 역시 충분한 조건을 갖췄지만 나는 학교 수업에 빠짐없이 들어갔다. 일단 기숙사에서 나와야만 혼자의 생활이 시작되기 때문이기도 했다. 혼자라는 건 어떤 공간을 혼자 차지하는 게 아니라 타인의 시선에서 벗어나 익명으로 존재하는 시간을 뜻하는 거였다.

때로는 목적 없이 걸었다. 캠퍼스 주변의 주택가를 천천히 걸어 다니며 담장 밖으로 보이는 잘 손질된 소나무와 향나무, 커튼이 달린 이층집 창문들을 보았고 오르막길이 끝나는 곳에서 고풍스러운 성당 건물과 마주치기도 했다. 공원길을 넘어 여관이 보이는 길까지도 가보았다. 공강 시간에도 나는 기숙사로 돌아가지 않고 캠퍼스 안에서 시간을 때웠다.

중간고사를 며칠 앞둔 어느 날 학생회관 앞 벤치에 혼자 앉아 있는데 누군가가 등 뒤에서 어깨를 쳤다. 이경혜였다. 캠퍼스 안에 상주하는 사진사에게 가 스냅사진을 찍고 오는 길이었다. 남자친구가 간직할 수 있도록 선물할 용도였다.

내 옆자리에 앉은 그녀는 저녁에 남자친구와 만나기로 했다며 내게서 약간의 돈을 빌렸다. 그런 다음 갑자기 대학 강의 내용이 너무 뻔하지 않냐고 불평하기 시작했다. 조금 전 스냅사진을 찍을 때 옆구리에 끼고 소품으로 사용했던 〈교양철학〉 노트를 펴서 필기한 내용까지 보여주었다. 거기에는 갈겨 쓴 글씨체로 "인간은 근원적인 피투성 속에서 고독과 불안으로 고통받는다"라고 적혀 있었다. "시험에 나올까봐 받아 적긴 했지만, 너무 뻔한 말 아니니. 도무지가 철학이 없어."

그녀는 요즘 같은 비상시국에 지성의 교두보 역할을 해야 할 대학생들이 강의실에 틀어박혀 백수白手의 탄식이나 하고 있다고 성토하더니 뜬금없이 중간고사를 거부해야 한다는, 진의를 알 수 없는 급진적인 주장을 폈다.

나는 맞은편의 본관 건물에 무심히 시선을 두고 있었다. 강의를 마치고 건물 밖으로 쏟아져 나오는 학생들 사이에 청소 아줌마의 모습이 보였다. 분필 가루가 두껍게 압착된 칠판지우개를 들고 나와 터는 중이었다. 순식간에 흰 가루가 앞이 보이지 않을 만큼 뿌옇게 허공을 덮었다. 학교 복도에서 저런 걸 입에 물고 벌을 받던 게 오래전의 일만 같았다.

그렇다고 멀리 떠나온 것 같지도 않았다. 여전히 나는 무력하고 방어적인 회색 지대에 갇혀 있었다. 나 자신이 실망스럽고 그러다 보니 의욕이 없어 방치하게 되고, 결국 해야 할 것을 제대로 못 해 무력감에 빠지고, 무력감은 쫓김과 불안을 낳고 그래서 자신감을 잃은 끝에 제풀에 외로워지고, 그 외로움 위에 생존 의지인 자존심이 더해지니 남들이 눈에 거슬리기 시작하고, 그러자 곧바로 소외감이 찾아오고, 그것이 또 부당하게 느껴지고, 이 모든 감정이 시간 낭비인 것 같아 회의와 비관에 빠지는 것, 그 궤도를 통과하지 않을 수는 없었다. 이른바 청춘의 방황만이 아니었다.

지난 두 달 동안 나는 내 앞의 문을 열지 못하고 번번이 과거의 나로 굴러떨어지곤 했다. 마음에 들지 않는 세계에서 벗어나기 위해 그 세계의 부당한 규율에 복종했던 미성년 그대로였다.

벤치에서 일어나기 전 이경혜는 대학 생활의 의의를 찾기 위해 교내 신문사 기자 시험에 응시하겠다고 말했고 같이 도전해보지 않겠냐고 물었다. 나는 고개를 돌려 그녀를 빤히 바라보았다. 나의 비밀 중의 비밀이 바로 어린 시절 신문기자의 꿈이었다. 그것이 비밀인 이유는, 그 꿈이 나에게는 가당찮았던 만큼 부끄러운 욕망이었기 때문이다.

나에게는 기자 같은 활동을 꿈꾸지 못할 결정적인 제약이 있었다. 학도호국단 구령을 붙이기 위해 높은 사다리를 기어올라 가는 악몽을 자주 꾸는 이유가 있었고, 마음에 드는 미팅 파트너에게도 결코 먼저 전화를 걸지 않는 이유가 있었고, 수업 시간에 지목을 받을까 봐 존재감 없는 학생을 자청하는 이유가 있었고, 그리고 홈스터디 데이를 이용하여 남몰래 종로 YMCA 건물을 들락거린 이유가 있었다.

하지만 웬일인지 나는 이경혜를 향해 고개를 끄덕이고 있었다. 나는 그 시험에 응시했다. 그리고 내가 어떤 사람인지 알아가는 단계에서 필연적으로 만나야 하는 사람이 그 너머에서 나를 기다리고 있었다.

1977

5월
6월
7월

1.

내가 스무 살이었던 그해 5월 누구나 기억할 만한 중요한 사건은 일어나지 않았다. 캠퍼스의 잔디는 심상하게 푸르렀고 담장 너머로 뻗어 나온 덩굴장미는 붉은 꽃송이들을 매단 채 날이 갈수록 무성해졌다. 골목 어딘가에 머물던 라일락 향기가 숙였던 고개를 잠시 쳐들게도 만들었다. 양품점의 쇼윈도에 반팔 옷이 등장했고 시내버스 안의 공기는 땀냄새가 섞이며 조금씩 텁텁해져갔다.

신문 1면에서 주한미군의 철수와 군축 문제가 들먹여지는 사이사이 대간첩본부는 때맞춰 무장공비의 출몰을 발표했다. 거리의 레코드점마다 서울국제가요제 실황이 담긴 혜은이의 「당신만을 사랑해」가 흘러나왔고 학교 앞 삼거리의 삼강분식에서는 이른 여름 메뉴로 비빔쫄면을 개시했다.

새 학기 자리 찾기의 흥분이 가라앉은 기숙사도 나른한 훈풍이 불어오면서 분위기가 얼마쯤 느슨해졌다. 비슷비슷해 보이던 신입생들은 파마를 하고 굽 있는 구두를 신고 다방과 극장에 드나들고 스터디 그룹과 서클 모임에 참석하고 연애에 열중하거나 좌절하며 조금씩 변해가고 있었다.

양애란에게 그해 5월은 축제로 기억될지도 모른다. 축제

일정이 발표되자마자 그녀는 여러 명의 데이트 상대 중 누구를 파트너로 데려올지 고민에 빠졌다.

오현수는 내심 양애란의 동향 선배를 응원하고 있었다. 그는 정중한 말씨를 사용했고 딱 필요한 말만 하는데도 결코 무례하지 않았다. 또 남의 말을 끝까지 듣고 난 뒤에 대답을 했다. 그에 비하면 돈 잘 쓰고 선물도 잘 사준다는 회사원은 일방적이고 너스레가 심했다. 하나 마나 한 말을 늘어놓은 다음 어느새인가 제 쪽에서 먼저 전화를 끊어버리기 일쑤였다. 그리고 양애란의 리포트를 대신 써주기도 하는 법대생. 그는 어중간한 반말을 썼는데 말끝을 애매하게 흐리는 버릇이 있었다. 거만함과 수줍음의 중간쯤 되는 태도라고나 할까. 그처럼 명쾌하지 않은 사람은 대개 자존심과 콤플렉스 사이를 오락가락해서 상대를 피곤하게 만든다며 오현수는 떠버리 회사원만큼이나 그도 마음에 들어 하지 않았다.

오현수의 인물평은 날카로운 데가 있었다. 관찰과 수집이 취미여서인지 카테고리 분류에도 능했다.

"무조건 키 크고 세련된 남자를 데려올걸." 이것은 내 생각이었다. 양애란은 남에게 과시하는 걸 좋아했고 세상에서 가장 멀리하고 싶은 게 바로 '촌티'였다. 그렇다면 세 남자 모두 아닐 가능성이 컸다.

법대생은 심한 근시였다. 경양식집의 어두운 조명 아래에서 크림수프 그릇에 후추 대신 이쑤시개 통을 열심히 흔들 정도였다. 학교 배지를 꼭 달고 다닌다니 옷차림이 세련되기도 틀린 일 같았다.

회사원은 키가 작았다. 스스로 그걸 의식해서 나란히 걸을 때마다 조금이라도 경사진 길 위쪽에 서기 위해 양애란의 왼쪽, 오른쪽을 옮겨 다니며 걷는다고 했다. 벤치에 함께 앉아 양애란이 어깨라도 기대려고 하면 "잠깐만" 외치고는 허리를 쭉 펴고 고개를 빼서 앉은키를 높인 다음, "이제 됐어" 하면서 양애란의 고개를 끌어다 제 어깨 위에 올려놓았다.

양애란이 동향 선배의 이야기는 잘 하지 않았기 때문에 그에 대한 정보는 거의 없었다. 고향에서는 남고의 학생회장으로 지역 여고생들의 선망의 대상이었지만 서울에서 만나보니 좀 시시하더라는 정도였다. 어쨌든 자랑을 하지 않는 것만 봐도 그 역시 내세울 만한 인물은 아닌 게 틀림없었다.

양애란이 마침내 결정을 내렸을 때 우리는 그야말로 허를 찔린 기분이었다. 축제는 문화 축제와 학술제, 쌍쌍 파티 등으로 사흘에 걸쳐 열렸다. 양애란은 세 행사에 각기 다른 파트너를 초대하기로 결정했다. 그녀의 자원 활용법과 인화의 기술, 사해동포주의는 거기에서 그치지 않았다. 그녀는 겹치지 않게 스케줄을 조정하고 행사 성격에 맞춰 동선을 짜는 데 공을 들였다. 또 축제에 초대하고 분위기를 무르익게 만들려면 일단 데이트를 해야 해서 여간 바쁜 게 아니었다.

하지만 양애란을 결정적으로 바쁘게 만든 것은 따로 있었다. 축제의 필수 항목이라는 PDT, 즉 파트너, 드레스, 티켓 중에서 사실 그녀가 가장 관심을 쏟는 것은 D였다. 그리고 이대 앞 의상실의 맞춤복 외에 다른 D는 거들떠볼 마음이 전혀 없었다. 그녀는 험난한 범지역적 모금 작전에 돌입했다.

식당을 하는 삼척의 부모에게 객지 생활의 애환이 담긴 절절한 편지를 보내 터무니없는 교재비와 실습비를 청구하는 한편 주말마다 버스를 갈아타며 왕복 세 시간 거리의 잠실 언니 집에 들락거렸다. 설거지와 청소를 돕는 척한다거나 중학생 조카의 숙제를 봐준다며 수선을 피우는 것은 기본이었고, 중동 건설 현장에서 잠시 귀국해 사람 만나느라 바쁜 형부의 귀가를 기다렸다가 커피까지 타서 내갔다.

양애란이 점호 시간에 가까스로 맞춰 들어오는 날이 많았으므로 스피커에서 점호 준비 음악이 흘러나오기 시작하면 나와 오현수는 복도의 발소리에 예민해졌다. 평소에는 느긋한 최성옥도 신경이 쓰이는 눈치였다. 최성옥의 관심은 축제가 아니라 코앞으로 다가온 중간고사였다. 장학금을 받지 못하면 아르바이트를 늘리거나 휴학을 해야 하는 그녀로서는 만약 시험 기간 중에 단체로 새벽 벌 청소라도 하게 된다면 더 이상 사람 좋은 선배일 수만은 없는 노릇이었다.

한동안 오현수는 중간고사를 대체하는 중요한 리포트까지 제쳐두고 양애란의 축제 의상 자문에 응해야 했다. 양애란은 오현수의 전공과 취향, 특히 어린 시절부터 누려온 부산의 선진 문물에 신뢰감을 품었다. 오현수의 일제 내쇼날 드라이어와 미제 구디 빗과 머리핀은 아예 양애란의 화장 바구니 옆에 비치돼 있었다.

반면 TBC 텔레비전 채널도 안 나오는 '낙후'된 지역 출신인 나는 김추자 쇼도, 일일극 〈사모곡〉도 본 적 없는 비문화인이었다. 양애란이 한 번쯤 제목을 들어본 적 있는 책을 여러 권 읽었다는 이유로 무시를 당하지 않는 정도였다. 그것마저 자신이 제목조차 모르는 책은 쳐주지도 않았다.

오현수의 스크랩북에는 최신 유행 패션 자료도 있고 고등학생 때부터 모은 일본 잡지 『앙앙』 『논노』의 화보 사진도 많았다. 그러나 양애란의 마음에 드는 옷은 없었다. 그녀가 원하는 옷은, 스스로의 말을 빌리자면, 아주 간단했다. 청순하면서도 화려하고, 세련미와 자연미가 함께 있는, 원피스의 소녀다움과 투피스의 성숙함을 동시에 갖춘, 축제의 대담함을 살리되 평상시에도 입을 수 있는 실용성 높은, 비싸지 않으면서 동시에 고급스러워 보이는 옷이었다.

그런데 세상에 존재할 것 같지 않았던 그 옷은 의외로 이대 앞 의상실에 도착하자마자 쉽게 찾을 수 있었다. 멋쟁이 단골들도 쉽게 소화하기 어려운 디자인임에도 양애란에게 너무나 잘 어울려 깜짝 놀랐다는 의상실 직원은 자신 같은 프로들도 웬만하면 이런 모험은 잘 하지 않는데 쇼윈도에 걸린 옷과 똑같이 만들면 어떻겠냐고 제안했다. 그 말에 양애란은 즐거운 표정으로 벌떡 일어나 허수아비처럼 양팔을 들고 줄자에 몸을 맡겼다는 게 그곳까지 동행해야 했던 오현수의 말이었다.

오현수는 또 양애란의 옷에 대해 전공자다운 우려를 하고 있었다. 그 옷은 프릴이 층층이 달려 키가 작은 양애란의 체형에 어울리지 않았고 실크는 몸의 선을 드러내기 때문에 군살을 커버하지 못하는 소재였다. 특히 어깨가 넓은 양애란에게 목 주변의 넓은 레이스는 되도록 피해야 할 디자인이었다. 화려한 핑크와 노랑이 교차되는 그 프릴 원피스를 입었을 때 양애란은 자칫 어릿광대처럼 보일 수도 있었다.

문제는 그것만이 아니었다. 이대 앞 의상실 점원의 프로 정신은 손님이 선금을 지불하는 순간까지였다. 시간 약속은 전혀 신경을 쓰지 않았다. 축제 때문에 주문이 밀렸다며 가봉 날짜를 세 번이나 어기자 양애란은 있는 대로 신경질이 났고 기숙사 현관에 설치된 하나뿐인 공중전화기 앞을 수시로 들락거리며 의상실에 전화를 해댔다.

그리고 그 소동의 과정에서 1학년 축제 때의 슬픈 사연을 발설하고 말았다. 언니에게서 옷을 빌렸는데 언니도 정장이 그것밖에 없어 15년 전의 결혼 예복을 입어야 했던 것이다. 열아홉 살에 부모님 식당의 단골이었던 나이 많은 현장 기술자에게 팔려 가듯 시집을 가서 가까스로 상경의 꿈을 이룬 언니는 아이 셋을 키우는 동안 정장 입을 일이 없었다. 자신이 결혼할 시절만 해도 한복 아닌 양장 예복이 흔치 않았다고 자랑하며 양애란에게도 옷이 썩 잘 어울린다고 부추기는 언니의 말을 믿은 게 잘못이었다.

축제 날 그녀의 눈에는 캠퍼스를 뒤덮은 세련된 여성 정장만 들어왔다. 양애란은 종일 고개를 숙이고 걸었고 사소한 일로 파트너에게 신경질을 부렸다.

어둠이 내린 뒤 포크댄스 시간이 되었다. 모두 원을 만들 때 그녀는 파트너의 오른쪽에 서 있었는데 그가 두 번이나 왼쪽 여자의 손을 고쳐 쥐는 걸 발견했다. 살구색 원피스 위에 베이지색 마이를 멋지게 차려입은 여자였다. 그날 밤 다방에서 양애란은 그 여자의 손이 너무 작아 미끄러지는 바람에 다시 잡아야 했다는 파트너의 변명을 끝내 믿지 않았다. 그 말이 사실이었다면 그날 양애란의 앙탈이 조금 심했다 한들 파트너가 그렇게 쉽게 헤어지자는 말을 입 밖에 내지는 않았을 것이다.

그때 양애란은 명백히 D에 밀린 거였다. 그리고 그런 실수를 되풀이하기에는 지난 1년 양애란이 각고의 노력과 타고난 끼를 발휘해 이뤄낸 발전은 결코 만만치 않았다. 신입생 때 그녀의 모습을 기억하는 사람들은 하나같이 '개 발에 땀 났다'는 말로 그녀의 변신을 인정했다.

D는 축제 하루 전에야 가까스로 제 모습을 갖추었다. 방문을 열고 들어오며 양애란은 나와 오현수에게 의상실 봉투를 높이 흔들어 보였다. 곧이어 자발적인 패션쇼가 시작되었는데 옷은 의외로 잘 어울렸다. 실크의 고급스러운 광택 덕분에 오히려 군살이 두드러져 보이지 않았고 핑크와 노랑의 색감이 양애란의 흰 얼굴을 화사하게 만들었다. 양애란은 손을 허리에 얹고 방 한가운데에서 한 바퀴 빙글 돌아 보임으로써 프릴이 허공에 솟았다가 살포시 내려앉는 장면을 연출했다.

"돈이 좋긴 좋네." 최성옥도 인정했다. 그녀는 자기 표현이 부적절하다고 생각했는지 "옷이 날개"라고 고쳐 말했다. D에 밀려 파트너와 헤어졌다는 얘기가 떠올라서 나도 무심코 "파트너가 기분 좋겠네요" 하고 칭찬 한마디를 보탰다. 웬일인지 그 말에는 양애란이 고개를 절레절레 저었다. "파트너가 뭐가 중요해. 내 눈에 최고라는 게 중요하지. 남자들, 걔네가 뭘 알아. 립글로스 바른 거랑 군만두 기름 묻은 것도 구별 못 하는데" 하더니 콧노래를 부르며 조심조심 D 를 옷장에 모셨다.

오현수는 양애란이 그 옷을 잘 소화할 거라는 의상실 점원의 입발림 소리가 옳았다고는 생각하지 않았다. 양애란이 한사코 자기 것이라고 덤비는 데야 옷도 어쩔 수가 없었을 거라는 새로운 견해를 내놓았다. 자기가 스크랩해놓은 노라노 양재학원 원장의 인터뷰 기사 제목도 "패션의 완성은 누가 뭐래도 자신감"이라는 거였다.

매사에 자기가 우선인 데다 즉흥적이고 변덕이 심한 양애란에게 전혀 틀린 말은 아니었다. 무엇보다 양애란은 남의 눈치를 잘 살피지 않았다. 말도 직선적으로 내뱉었고 감정을 잘 숨기지 못했다. 대신 속으로 무슨 의도를 감추고 있는지 알아내야 하는 피곤함은 없었다. 정해진 선을 넘을 만큼 타인에 대한 관심이 깊지도 않았다. 그런 점에서는 긴 생머리를 한쪽 어깨 위에 늘어뜨리고 다른 사람의 청순과 정숙까지 관리하려 드는 417호 곽주아와는 정반대였다.

미인도 아니고 고분고분하거나 상냥하지도 않고 요구만 많은 양애란이 왜 남자들에게 인기가 있는지 가장 궁금해한 사람은 이재숙이었다. 대체 비결이 뭘까, 하고 내게 묻기도 했다. 어느 저녁 식사 시간 322호와 417호의 신입생 네 명이 우연히 한 식탁에 앉았을 때 양애란 얘기가 나온 적이 있었다. 그때 김희진은 양애란이 거절하는 법 없이 데이트를 청하는 상대를 가리지 않고 다 만나기 때문이라며, 양애란의 인기에 대해 "알고 보면 헤픈 건데, 착각은 자유"라고 일축했다.

김희진에게는 여러 명의 데이트 상대 중 누구를 축제에 초대하는가 하는 문제는 중요하지 않은 듯했다. 그보다는 자신이 몇 개의 대학 축제에 초대받는가에 더 관심이 있었다. 양애란과 김희진 둘 다 남의 시선이 필요했지만 방향은 약간 달랐다. 양애란은 자기 자신에게 집중했고 김희진은 남들을 자신에게 집중시키고자 했다.

최성옥은 축제에 대해 부정적인 것 같았다. 반정부 시위로 수배자가 늘어나는 마당에 대학생들이 쌍쌍 파티에 열을 올리는 걸 보면 상아탑이란 고사성어가 무색하다고 송선미에게 말했다.

최성옥의 말이라면 무조건 맞장구를 치던 송선미의 대꾸는 뜻밖에도 삐딱했다. "니 이카고 매매 책상에서 글자만 파고 있응께네 쪼매 언선시롭고 억울한갑지?" 그러고는 뜨악하게 바라보는 최성옥에게 "전화번호 함 주봐라. 내 연락해가 그 사람 퍼뜩 서울로 뛰오라 할끼다"라며 짓궂은 표정을 짓는 것이었다. 그제야 최성옥은 어이없지만 싫지만은 않은 표정으로 피식 웃었고 송선미는 "와 이래 좋아하노. 자물씰라카네"라며 짐짓 핀잔을 주었다.

송선미가 사자 갈기 머리를 최성옥 쪽으로 가까이 가져가며 말했다. "날도 천지빼까린데 공부 쯤 미라놓고 놀 수도 있는 기지. 마, 휴가 내라 캐라." "군인도 아니고, 고시생이 휴가가 어딨어." "틈틈이 쉬주야 머리도 잘 돌아간다 안하나? 다 이자뿔고 올라와가 손 붙들고 포크댄스나 추보자 해라." 그다음부터의 대화는 목소리가 낮아 잘 들리지 않았다.

점호 시간이 가까워져 송선미가 방으로 돌아간 뒤 최성옥은 한 손으로 턱을 괸 채 말없이 생각에 잠겨 있었다. 가방에서 학생수첩을 꺼내더니 동그라미 표시로 가득한 달력을 한참 동안 들여다보기도 했다. 결국은 긴 한숨을 내쉬었고, 송선미와 얘기하는 동안 라디에이터 쪽을 향해 돌려놓았던 의자를 책상 쪽으로 바짝 끌어당기고 책을 폈다.

축제에 대해 비판적인 또 한 사람은 곽주아였다. 그녀는 대학 축제가 점점 소비적이고 허영심 많은 겉치레 행사로 전락하고 있다며 차라리 그 시간에 교회 봉사 활동을 찾아보겠다는 말을 반복했는데 다분히 김희진을 의식한 말이었다. 축제가 다가오면서 부쩍 남자에게서 걸려 오는 전화가 많아진 김희진은 그 말의 의도를 알았지만 처음처럼 곽주아에게 노골적으로 맞서지는 않았다. 둘의 신경전으로 방 분위기가 안 좋아지자 송선미가 따로 불러서 얘기를 나눈 뒤부터였다.

알고 보니 곽주아는 일곱 살에 국민학교에 입학했기 때문에 재수를 거친 김희진보다 오히려 한 살이 어렸다. 또래들로부터 항상 어린애 취급을 받아 서열에 집착하는 것이니 이해해주라는 송선미의 말에 김희진이 설득을 당한 것은 물론 아니었다. 오히려 고까운 마음이 더해졌다. 그러나 사사건건 부딪치는 곽주아나 성향이 맞지 않는 이재숙과 함께 지내야 하는 417호에서 서열 1위 선배를 거슬러 좋을 일은 없었다.

축제 때문에 가장 고민이 많은 것은 사실 이재숙이었다. 잔뜩 기대를 했던 만큼 축제 날이 가까워올수록 불안과 초조함도 더욱 커져갔다.

그녀는 첫 미팅에서 만난 베르테르와의 만남을 계속하고 있었다. 당연히 그와 파트너가 되어 양쪽 학교의 캠퍼스를 누빌 거라고 생각했다. 그런데 그에게서 연락이 오지 않는 거였다. 그의 집으로 먼저 전화를 걸어봤지만 아버지가 받는 바람에 놀라서 반사적으로 수화기를 내려놓아버린 이후 다시 연락할 용기가 나지 않았다.

이재숙이 베르테르와의 첫 만남에서 쉽게 공통 화제를 찾아낸 것은 야구 덕분이었다. 그녀는 고등학교 때부터 책상

102

속에 트랜지스터를 숨겨놓고 수업 시간에까지 몰래 중계방
송을 들을 만큼 고교야구의 열성 팬이었다. 군산상고 김용
남 선수를 특히 좋아했는데 하필이면 그녀가 고3일 때 군산
상고가 대통령배에서 우승하고 계속해서 청룡기 준우승, 황
금사자기 4강까지 진출했다. 그 바람에 한동안은 수업 시간
마다 뒷자리에 앉아 두 손으로 머리통을 감싸 쥐고 아픈 척
해야 했다. 결국 담임에게 들켜서 트랜지스터를 뺏겼고 징
계까지 받을 뻔했다.

　미팅 자리에서 취미를 물어보는 베르테르에게 이재숙은
그때의 이야기를 들려주었다. 베르테르는 자신은 최동원의
오랜 팬이라며 반가워했다. 난생처음 소주를 입에 댄 것도
황금사자기 대회에서 최동원의 경남고가 대구상고에 졌을
때라고 털어놓았다. 자신은 밤낮으로 공부에 매달려 겨우
들어간 학교에 등록금을 내기는커녕 수천만 원을 받고 스카
우트되는 멋진 인생을 응원하는 의미로 엄지를 치켜세우기
도 했다. 대기업에 입사한 형의 월급이 13만 원이라는 말도
덧붙였다.

　하지만 이재숙은 최동원보다 그의 라이벌인 김시진을 김
용남 다음으로 좋아했다. 김시진의 대구상고가 경남고에 져
서 본선 진출을 못한 이후 부산이라는 도시까지도 좋아하지
않게 되었다. 베르테르가 최동원의 라이벌인 김시진의 대구

를 좋아하지 않는 것과 비슷했다.

이재숙과 베르테르는 춘계 대학야구 연맹전 최종전 때 야구장 데이트를 했다. 최동원의 연세대와 김시진의 한양대가 붙은 최종전이었다. 중간고사 시작이 사흘밖에 남지 않았는데도 이재숙은 서울운동장으로 달려갔다. 대학에서 맞는 첫번째 시험이란 게 마음에 걸리지 않은 건 아니었다. 그러나 전화를 걸어온 베르테르가 "보나 마나 최동원이 완전히 잡아버리겠지만"이라고 하는 말을 듣자마자 전의가 불타올랐다. 김시진의 팬으로서 응원의 맞불을 놓아 상대 타선을 제압해야 했다.

그날 서울운동장에 모인 관중은 1만 명이 넘었다. 각기 다른 팀을 응원하는 이재숙과 베르테르의 자리는 경기 내내 시끄러웠다. 김시진이 구원투수로 나오자 이재숙은 일어나서 열렬히 박수를 쳤다. 5회 말 연세대 쪽에서 적시타가 나와 승부를 결정지었을 때는 베르테르가 팔을 흔들며 소리를 내질렀다.

결국 승리는 연세대의 것이었다. 이재숙은 최동원과 베르테르에게 진심 어린 박수를 보냈다. 애석하고 아쉽긴 했지만 야구팬이라면 재미있는 경기를 본 것에 만족해야 했다. 라디오 중계방송으로만 알던 서울운동장 야구장을 직접 구경한 것만으로도 보람찬 하루였다.

둘은 운동장 근처 중국집에서 짜장면을 먹었다. "오늘 저녁은 진 사람이 사는 겁니다"라고 베르테르가 말했을 때 이재숙은 고개를 끄덕였다. "패자는 말이 없는 거니까"라고 여러 번 강조할 때까지도 그러려니 했다. 그런데 승리에 취한 베르테르는 짜장면 한 그릇을 다 비울 때까지 경기에 대해 끊임없이 떠들었다. 잘못 기억하는 점이 있어서 이재숙이 바로잡아주려고 했더니 "야구 룰은 복잡해서 사실 여자들은 정확히 알기 힘들어요"라며 들으려 하지 않았다.

답답해진 이재숙은 경기 내용을 복기해가며 차근차근 설명하기 시작했다. 중간에 베르테르가 얘기를 끊을까 봐 저절로 말이 빨라져 있었다.

베르테르는 말을 마친 이재숙의 입가를 가리키며 짜장이 묻었다고 알려주었다. "어떻게 한마디도 안 져요?" 한 다음에는 웃음 띤 얼굴로 "아는 게 많아서 먹고 싶은 것도 많겠네요"라고 덧붙였다.

경기장에 다녀온 이후 베르테르에게서 연락이 끊어지자 이재숙은 그날의 일을 하나하나 곱씹어보았다. 그리고 자신의 태도를 자책하기 시작했다. 눈치 없이 김시진을 열정적으로 응원한 것이나 중국집에서 야구에 대해 진지하게 의견을 개진한 것 모두 배려 부족이었다. 자신이 안다고 해서 끝까지 진위를 밝혀내려고 하는 것 역시 여자답지 못한 뻣뻣

하고 깐깐한 태도였다. 하지만 그가 그 일로 연락을 끊을 거라고는 생각하지 않았다. 그녀는 야구팬의 의리와 첫 미팅의 행운을 믿었다.

어쩌다 일찍 들어온 날이면 양애란은 얼굴에 오이를 붙이고 침대에 누워 있었다. 그리고 이재숙이 322호를 찾아와 속마음을 토로하고 돌아간 뒤 오이를 떼 내면서 그녀의 촌스러움을 화제로 삼곤 했다. 베르테르의 전화를 기다리는 고집 센 희망도 촌스러움에 포함되었다. 하지만 주로 상경 소녀를 벗어나지 못하는 옷차림과 행동거지에 대한 뒷얘기였다.

양애란은 점호 시간이 다 되어 현관에서 이재숙과 몇 번 마주친 적이 있었다. 그때마다 이재숙은 신발을 벗는 둥 마는 둥 1층 화장실로 급히 뛰어가더라는 거였다. 자기 방이 있는 4층까지 올라가지 못할 만큼 다급한 사정이란 건 노랗게 질린 얼굴만 봐도 알 수 있었다.

정확히 말해서 그것은 이재숙이 오줌을 못 가려서가 아니라 화장실을 지나치게 가리기 때문이었다. 비위가 약한 그녀는 어렸을 때부터 집 이외의 장소에서는 용변을 보지 못했다. 공중변소는 너무 더러웠고 친구네에 가더라도 이재숙의 집처럼 화장실을 수세식으로 개조한 곳은 거의 없었다. 하는 수 없이 오줌을 참는 습관이 생겼고 밖에서 돌아올 때마다 가득 찬 방광을 비우기 위해 화장실로 먼저 달려가곤 했다.

기숙사의 수세식 화장실은 이따금 단수되었다. 단수가 온종일 계속되면 깔끔한 오현수마저 어쩔 수 없이 남이 용변을 본 뒤 물을 내리지 못한 상태 그대로 화장실을 사용했고 코를 감싸쥔 채 방으로 돌아와 몇 번째 칸이 그나마 재사용할 만하다고 알려주기도 했다. 그러나 이재숙은 참을 수 있을 때까지 버티다가 마지막 순간에 학교나 다방의 화장실을 찾아 허둥지둥 달려 나갔다.

양애란은 그래도 이재숙이 남자를 만나더니 변하긴 했다는 말로 그 화제를 마무리했다. 누군가에게 금방이라도 말을 걸 기세로 늘 들떠 보이던 표정이 차분해지고, 소리 나게 슬리퍼를 끌고 다니던 선머슴 같던 걸음걸이도 제법 여자다워졌다는 거였다. 고민이 생겨 예민해지고 기운이 없어진 모습인데 그것이 양애란에게는 여성스럽게 느껴졌던 모양이었다. 하긴 이재숙은 이제 가슴에 고등학교 마크가 새겨지고 무릎이 튀어나온 체육복은 더 이상 입지 않았다.

2.

축제 기간 동안 기숙사의 낮과 밤은 완전히 달랐다. 낮에
는 부산하기 짝이 없었고 저녁이 되면 썰물이 빠져나간 듯
적막이 감돌았다. 저녁밥을 먹는 기숙사생들이 적다 보니
식당도 반쪽에만 불을 켜놓았다. 썰렁하고 어둑신한 분위기
에서 어쩐지 성의 없게 느껴지는 저녁을 먹다 보면 기분이
가라앉는 게 당연했다. 아는 얼굴과 마주치면 '너도 PDT가
없어 안 나갔구나'라는 표정이 스쳐 가는 걸 느낄 수 있었
다. 파트너와 정장과 티켓은 인기와 경제력을 의미했고 축
제는 그것을 과시하는 기회이기도 했다. 다수에 끼지 않는
것이 열등함을 의미하는 단체 생활 분위기에서, 소수의 개
인은 일방적인 평가와 그것의 부산물인 오해의 대상이었다.

나는 사흘 동안 기숙사에 틀어박혀 있었다. 최성옥은 시
험 기간 동안 빼먹었던 아르바이트를 때우느라 오전에 나가
서 저녁 늦게 들어왔고 양애란은 밤에 이불 속에 들어가 있
을 때를 빼고는 코빼기도 볼 수 없었다. 축제 기간을 이용해
집에 내려간 학생들의 빈자리가 많아서인지 부사감은 아침
식사 때 출석체크도 하지 않았다. 오현수도 집에 다니러 가
고 없었다. 나는 늘 혼자서 식당에 내려갔다.

아침이면 싱거운 우유에 딱딱해진 식빵 두 장을 먹은 다

음 방 청소를 하거나 서랍 정리를 하고 조금씩 복도가 부산해지는 기척에 귀를 기울였다. 외출 준비를 위해 세면실을 들락거리는 소리, 이름을 부르는 소리, 계단을 오르내리는 발소리. 그 소리는 마치 하루분으로 계량된 배경음을 틀어놓은 것처럼 묘하게 정형적이었다.

점심때에는 갑자기 식당에 활기가 돌았다. 탁자 위에 식판을 내려놓을 때 수저가 미끄러지는 소리, 찐 밥 냄새와 국 냄새와 밑반찬의 짠 내, 바쁘게 교차하는 슬리퍼 끄는 소리, 쉴 새 없이 들려오는 작은 웃음소리와 사투리 섞인 말소리들. 그때의 소리와 냄새는 마치 나에게 속하지 않는 먼 세계의 소음 같았다. 나를 구석으로 밀어내며 나의 존재를 점점 작고 희미하게 만드는 느낌마저 들었다.

오후가 기울어가는 어떤 시각부터 기숙사는 적막에 휩싸였다. 나는 지하 세탁실에서 빨래를 한 뒤 하릴없이 학습실과 TV실을 돌아다니며 시간을 보냈다. 기숙사 건물을 나와서 잔디밭을 가로질러 등나무 아래 벤치까지 걸어보기도 했다.

저녁 식사에는 점심때 남은 반찬들이 올라왔다. 이따금 등 뒤에서 들려오는 나직한 말소리에 귀를 기울이며 나는 무엇이 이 장소를 이처럼 조용하게 만드는지, 낮 시간의 그 부산함은 모두 어디로 옮겨 간 것인지 생각하면서 천천히 밥을 먹었다.

사흘째 되는 날 저녁 나는 빨래를 걷기 위해 옥상으로 올
라갔다. 컴컴한 옥상에는 아무도 없었다. 대신 다른 날이면
텅 비어 있을 빨랫줄이 미처 걷지 못한 빨래로 가득했다. 바
람이 꽤 부는 날씨였다. 사방에서 블라우스와 바지와 수건
들이 줄을 맞춰 펄럭였다. 모든 빨랫줄마다 바람 소리가 일
었다. 내 빨래 옆에는 누군가의 이불이 널려 있었다. 나는
빨래를 걷어들고, 매달린 형틀처럼 길게 늘어진 그 이불 뒤
에 가서 섰다.

갑자기 큰 소리로 목청껏 뭔가를 외치고 싶었다. 이를테
면 멸멸, 여로, 폭풍, 쾌활처럼 내가 말하고 싶었으나 발음
하기 어려운 단어들을. 그리고 입안에서 맴돌다 사라져버린
수많은 나의 말들. 환희, 명랑, 축복, 낙원, 영원. 하지만 그래
봤자 이 옥상의 어둠과 이불의 장막 뒤에 숨어서 혼자 외치
는 것뿐이었다. 누구의 귀에도 다가갈 수 없는 말들이었다.

나는 불규칙적인 도형을 만들며 순서대로 늘어져 있는 빨
래들을 젖히고 난간 쪽으로 나와 밤하늘을 올려다보았다.
서울의 밤하늘이었다. 멀고 높은 곳에서 홀로 불빛을 반짝
이고 있는 남산 타워. 그 너머 어딘가에 내가 두고 떠나온
밤하늘이 있을 것이다. 무심코 고개를 젖혀보니 별 하나가
눈에 들어왔다. 태어난 곳을 떠나온 뒤 몇십, 몇백 광년의

미지를 통과해서 이제야 내게로 도착한 빛이었다. 나는 어둠 속에 선 채로 한참 동안 그 빛을 한사코 바라보았다. 바람이 젖은 눈가를 말리며 스쳐 지나갔고 그것이 나의 축제 마지막 날이었다.

3.

약점이 있는 사람은 세상을 감지하는 더듬이 하나를 더 가진다. 약점은 연약한 부분이라 당연히 상처 입기 쉽다. 상처받는 부위가 예민해지고 거기에서 방어를 위한 촉수가 뻗어 나오는 것이다. 그들에게는 자신의 약점이 어떻게 취급당하는가를 통해 세상을 읽는 영역이 있다. 약점이 세상을 정찰하기 위한 레이더가 되는 셈이다.

그들은 자주 위축되고 두려움과 자괴감에 빠지지만 그런 태도를 되도록 감춰야 한다는 것 또한 알고 있다. 약점이 있다는 걸 공유하면 편해지긴 하지만 무시당하는 걸 감수해야 하기 때문이다. 그들은 약점을 숨기고 방어하고 또 상처받았을 때 태연하게 보이는 법을 연구하면서 타인을 알아간다.

하지만 어떤 형태로든 자신의 약점을 의식하지 않는 사람이 있을까. 약점이라고 생각하는 순간 그것은 나를 조종하고 휘두를 힘을 가진다. 우리는 장점의 도움으로 성취를 얻지만 약점의 만류로 인해 진정 원하던 것을 포기하거나 빼앗긴다. 어쩔 수 없이 약점은 삶의 결핍과 박탈을 관장한다.

나는 심한 말더듬이는 아니었다. 일상생활에 큰 지장은 없었고 가까운 사이가 아니라면 대개는 눈치를 채지 못했다. 그것은 물론 내가 말더듬이라는 걸 지적받은 어린 시절

이후 끊임없이 그 사실을 감추는 요령을 연마한 덕분이었다. 나는 수업 시간에 발표도 질문도 하지 않았고, 누구에게든 먼저 말을 거는 법도 거의 없었다. 말수가 적고 언제나 뒷줄에 있었으며 억울해도 따지지 않았다. 대신 나는 조용한 모범생으로 보이는 것을 전략으로 삼았다. 혼자 있는 시간이 많아서 책을 즐겨 읽었는데 몇몇 친구들은 단지 그 이유로 나를 신뢰했다.

새로 집단이 편성되는 봄 학기가 되면 긴장한 탓에 말더듬이 증상이 조금씩 도지곤 했다. 내게 봄은 늘 낯설고 두려운 계절이었다. 호된 감기를 한 번씩은 앓았고 학교에 오가는 길에 빈혈 증세가 나타나 잠시 주저앉는 일도 잦았다. 그러나 새 규칙에 적응하고 등하교를 같이 할 친구가 생기면 평상심을 되찾아 다시금 약점을 숨길 수 있었다.

문예반에서 주최하는 시 낭송회 같은 무대에 서야 할 때는 학교로 가는 도중 차라리 트럭에 깔려 죽기를 바랐지만 결정적 실수 없이 그럭저럭 내 차례를 감당했다. 거기에는 남모를 노력이 필요했다. 나는 시를 쓸 때부터 '운명'이나 '연모' '눈물' '노래'처럼 말더듬이에게 발음이 어려운 단어는 아예 사용하지 않았다. 발음이 막히면 재빨리 다른 비슷한 단어나 문장으로 바꾸는 순발력도 익혔다. 그마저 잘 안 될 때는 무조건 건너뛰고 읽었는데 간혹 내가 발표한 시가 너무 짧은 데에 강렬한 인상을 받았다는 칭찬을 듣기도 했다. 간간이 기침을 하거나 고개를 숙인 채 숨을 고르는 내 모습이 신중해 보여 호감을 느꼈다는 독특한 취향의 친구도 있었다.

나의 약점에는 말을 안 하면 감춰진다는 작은 장점이 있었다. 약점을 어느 정도 숨길 수 있다는 것은 다행스러운 일이었다. 그 대신 숨기기 위한 노역을 계속해야 하는 고통이 뒤따랐다. 그 노력의 일환으로 나는 친밀한 만남에서는 입담과 재치를 발휘하는 데에 적극적이었다. 이야기의 효과를 위해 거짓말도 곧잘 했다. 그것이 지나친 성공을 거두는 바람에 부모와 가까운 친구마저 종종 내 약점을 잊어버릴 때가 있었다. 내게 기자가 되라거나 장학퀴즈에 나가보라고 권하면 나는 그들이 내 소질을 인정한 것보다 약점에 무신경한 데 대해 분노와 외로움, 그리고 혼란을 느꼈다.

말더듬이로서 속 편하게 무시당하며 사는 것과 말더듬증을 숨기려고 과장된 사교력을 연기하며 사는 것, 왜 내 인생에는 이따위 선택밖에 주어지지 않는 걸까. 사춘기의 나는 "고립을 피하여 시들어갈 것인가, 외따로 피어 고립될 것인가" 같은 문구를 책에서 베껴 품고 다녔다.

학창 시절 세계문학전집에 빠졌지만 나는 서머싯 몸의 『인간의 굴레』는 읽지 않고 건너뛰었다. 주인공 소년이 절름발이라고 놀림을 받는 설정이 말더듬이였던 작가 자신의 처지를 반영하고 있다는 해설을 어쩌다 먼저 읽고는 전혀 흥미가 생기지 않았던 것이다. 같은 처지끼리 공감을 느끼고 거기에서 위로와 격려를 얻는다는 건 허튼소리다.

약자는 위로받기보다 차별이 없는 존중을 원한다. 결점이 있는 사람에게 베풀어지는 특별한 배려를 받는 게 아니라, 다수와는 다른 조건을 가졌을 뿐 동등한 존재로서의 권리를 누리기를 원하는 것이다. 맞은편 대열에서 응원을 보내기보다는 내 곁으로 와서 서는 것. 하지만 내가 자란 시절은 약점을 개인이 가진 하나의 조건으로 받아들일 수 있는 분위기가 결코 아니었다. 전국의 고등학생이 학도호국단이라는 이름으로 수업 시간에 군사훈련을 받던 시절이었다.

최악은 제식훈련이었다. 열병이니 거수경례니 군인 흉내는 무리에 섞여서 대충 따라할 수 있었다. 그러나 한 사람씩 나와 큰 소리로 구령을 붙이는 실기 시험은 달랐다.

운동장에 정렬해 있는 65명의 반 아이들 앞에서 양다리를 벌리고 두 손을 허리에 얹은 채 입을 크게 벌리는 것부터가 얼굴이 달아오르는 일이었다. 게다가 허리를 젖힌 뒤 목젖을 떨며 외치는 "전체 열중쉬어! 차렷! 우향앞으로잇 가!" 등의 구령은 특히 초성 발음과 큰 소리 내기가 어려운 나에게는 고문을 당해 비명을 지르는 경우가 아니고는 나오기 힘든 성량의 소리였다.

여군 출신 교련 교사가 지휘봉으로 어깨를 때리고 옆구리를 찌르며 재촉했음에도 끝내 내 입은 열리지 않았다. 입술을 덜덜 떨며 발음을 하려고 안간힘을 쓰는 모습을 보이느니 차라리 입을 꾹 다물고 버티는 편이 덜 치욕스러웠다. 그 결과 나는 반 전체가 보는 앞에서 엎드려뻗쳐를 했다. 교련 과목이라고 무시하는 거냐, 그 점수가 없으면 사상 불온으로 찍혀서 절대 졸업을 할 수 없고 물론 대학도 못 간다는 협박을 받으며 지휘봉으로 엉덩이를 얻어맞았다.

그 사건 이후 어떤 친구들은 소극적인 모범생이었던 내가 보기보다 소신이 있다고 생각하는 듯했다. 나는 그들에게 아무런 설명도 하지 않았다. 대신 내가 형이상학을 좀 아는 인문주의자로서 발을 구른다거나 고함을 질러가며 육체의 야만성을 드러낼 수는 없었을 것이라고 오해하게 내버려두었다. 한편으로는 교련 교사의 협박이 은근히 신경 쓰였던 터라 반공 과목인 〈시련과 극복〉 시간에 초집중된 수업 태도로써 열심히 시련을 극복하는 모습을 연출해 점수를 따냈다.

모범생들은 눈치를 본다. 문제를 낸 사람과 점수를 매기는 사람의 기준, 즉 자기를 어디에 맞춰야 할지 알아야 하기 때문이다. 정답을 맞히려는 것은 문제를 내고 점수를 매기는 권력에 따르는 일인 것이다. 그렇게 그저 권력에 순종했을 뿐이면서 스스로의 의지로 올바른 길을 선택했다고 생각하는 것이 바로 모범생의 착각이다. 그 착각 속에서 스스로를 점점 더 완강한 틀에 맞춰가는 것이다. 다행히 나는 진짜 모범생은 아니었다.

나는 부모와 고향을 떠나는 순간 거짓 순종과 작별할 생각이었다. 내가 말더듬이란 사실을 아는 사람 앞에서 더욱 말을 더듬게 된다는 걸 경험으로 알고 있었던 나는 나를 아는 사람이 아무도 없는 곳, 그러니까 내가 말더듬이란 걸 모르는 세상에 가면 나도 그 사실을 잊어버릴 수 있으리라고 생각했다.

나는 여학생들에게 극장이나 탁구장, 공원 출입조차 금지하는 그 도시가 싫었다. 정숙, 노력, 순결이라는 형식적인 틀에 맞는 척하기 위해 시스템의 눈치만 보는 조용한 여학생 역할은 더 이상 연기하고 싶지 않았으며 남자 고등학생들의 인기투표 따위를 당하지 않는 세계를 꿈꿀 만한 기개가 있다는 걸 드러내고 싶었다.

웅변학원 원장이 나의 그런 생각에 희망을 심어주었다. 서울로 올라오기 전 겨울 나는 두 달 동안 웅변학원에 다녔는데 원장은 말더듬증은 심리적인 원인 때문이므로 훈련으로 극복할 수 있다고 강조하곤 했다. 나는 국민학생들 틈에 섞여, 불평분자로 위장한 간첩을 때려잡자거나 돼지 저금통

117

에 든 티끌만이 태산 같은 나라 경제를 살릴 수 있다는 내용의 웅변대회 원고를 큰 소리로 따라 읽으며 발성을 연습했다. 아침마다 뒷산에 올라 큰 소리로 20번씩 야호를 외치며 호연지기를 키우라는 주문에는 그동안 쌓아 올린 교양이 용납하지 않았지만 원장이 지시하는 대로 초등용 낭독 숙제는 꼬박꼬박 해 갔다. 그것이 서울로 떠나기 위해 단단히 갖춰 입어야 할 나의 상경 복장이었다.

서울로 오기 며칠 전 폭설이 내렸다. 나는 온종일 혼자 방 청소를 하고 짐을 꾸렸다. 이따금 창밖으로 고개를 돌려 쏟아지는 눈을 바라보기도 했다. 카세트라디오에서는 이연실의 「조용한 여자」가 흘러나왔다. 봄이 되어서 꽃이 피니 갈 곳이 있어야지요. 스물한 번 지나간 생일날 선물 한번 못 받았구요. 나는 괴롭힐 사람 없는 조용한 여자, 나는 괴롭힐 사람 없는 깔끔한 여자랍니다.

책장에서 교과서와 문제집을 빼내고 서랍 속의 오래된 편지들과 잡동사니를 정리하는 틈틈이 나는 리와인드 버튼을 눌러 그 곡을 되풀이해서 들었다. 비키니 옷장에서 꺼낸 옷 몇 벌을 가방에 챙겨 넣었고 나머지 물건은 모두 사과 상자에 담아 내놓았다. 그리고 마지막에 리젝트 버튼을 눌러 테이프를 빼낸 뒤 쓰레기통에 던져 넣었다. 짐을 다 꾸린 거였다.

눈앞에 있는 사람을 보릿자루라고 생각하고 대화하라는 웅변학원 원장의 충고를 그대로 따른다면 세 가지가 필요했다. 상상력과 연기력, 그리고 뻔뻔함. 다른 사람이 되겠다는 열망과 의지가 한동안은 나를 독려해주었지만 한계가 있었다. 특히 전화 통화에는 거의 도움이 되지 않았다. 안 보이는 사람에게 말을 할 때 소리가 더욱 안 나오는 건 왜일까. 전화에서는 절대 피할 수 없는 '여보세요'라는 말이 있었고 '여' 자는 내게 특히 발음하기 어려운 음절이었다.

사람의 성씨에서도 한이나 박, 강은 비교적 발음하기 쉬웠지만 정과 최 같은 건 어려웠다. 말을 더듬지 않으려다 보면 마음에 드는 사람보다 내가 발음할 수 있는 이름을 가진 사람에게 전화를 거는 때도 있었다. 내가 좋아할 사람이 윤씨나 명씨, 곽씨가 아니기를 기도해야 했다. 홈스터디 데이에 신문에서 오린 깨알 같은 글씨의 주소를 들고 종로에 나간 것은 그 때문이었다.

YMCA 빌딩은 8층 건물이었다. 작은 임대 사무실이 많았는데 내가 광고를 보고 찾아갔던 사무실은 4층 계단 옆에 있었다. 문에 붙은 '말더듬 교정원'이라는 손바닥만 한 아크릴 간판이 눈에 들어왔다. 그리고 철제 책상 한 개와 캐비닛, 인조가죽 소파와 신문철과 벽시계 외에 아무것도 없는 좁고 썰렁한 사무실에서 돋보기안경을 낀 중년의 원장이 홀로 나를 맞아주었다.

원장은 부모를 동반한 어린이가 아니라 여대생이 혼자 온 경우는 처음인 데다 그 누가 됐든 손님이 찾아온 건 오랜만의 일이었던지 길고 구체적인 상담을 해주고 싶어 했다. 고향의 웅변학원 원장의 주장과 정반대로 말더듬증은 타고난 신체 기관에 원인이 있다며 내 입을 벌리게 하고 목젖을 살펴보는가 하면 인체의 모든 기관이 축약돼 있다는 손을 꼭 붙잡고 손바닥 위에 뜻 모를 동그라미를 그리며 오랫동안 분석을 했다.

심리 치료도 병행했다. 긴장의 원인을 밝히기 위해 주로 누구에게서 전화가 걸려 오며 어떤 대화를 나누는지 물어볼 뿐 아니라 여자대학의 기숙사 생활 전반에 대해서도 캐물었다. 그런 다음 증상이 심각해 일주일에 두 번씩 집중 치료를 받아야만 효과를 볼 수 있다는 신중한 진단과 함께 책꽂이에서 먼지를 쓰고 있던 조잡해 보이는 책 한 권을 팔았다.

한 달 용돈의 절반을 써버린 나는 잠시 뒤 그 건물 앞의 버스 정류장에 서 있었다. 다음 주에 다시 그 구석진 사무실에 찾아가서 목젖을 보여주고 전화 통화 내역을 들려주면서 치료를 받아야 할지 말아야 할지 곰곰이 생각하는 중이었다. 그러느라 키 큰 남자가 내 쪽으로 다가오는 걸 멍하니 바라보고만 있었다.

처음에 나는 그를 알아보지 못했다. 그는 내 앞에서 걸음을 멈추더니 비밀 접선이라도 하듯 작게 말했다. "저기, 알릿사 맞으시죠?" 그 순간 내 머릿속에 불이 켜지듯 브론스키라는 이름이 반짝 떠올랐다.

"어디 가는 길이세요?" 낮고 부드러운 저음으로 그가 물었다. 종로서적에 다녀가는 길이라고 둘러댄 뒤 마땅히 덧붙일 말이 생각나지 않아서 나도 "어디 가세요?"라고 되물었다. 그는 한 손을 들어 YMCA 건물을 가리켜 보였다. "저기 안경점에서 콘택트렌즈 하고 나왔어요." 그러고 보니 미팅 때는 안경을 끼고 있었던 것도 같았다.

"아직 좀 갑갑하긴 한데. 그래도 새 눈이 생긴 기분이에요." 그가 웃음을 짓자 미팅 때 보았던 서글서글한 눈매가 선명하게 기억났다.

"근데, 알릿사 말고 진짜 이름이 뭐예요?" 내가 이름을 말하자마자 브론스키는 한 걸음 다가서며 오른손을 앞으로 내밀었다. "정식으로 인사하죠. 저 연대 신방과 이동휘예요." 나는 얼결에 그 손을 잡았다. 짧은 악수를 끝내며 그가 말했다. "신기하네요. 제가 새로운 눈으로 처음 본 사람이 김유경 씨예요." 때마침 내가 탈 버스가 정류장으로 들어오고 있었으므로 나는 대꾸할 틈도 없이 눈인사를 던지고 곧바로 버스를 향해 달려갔다.

그런 다음에는 서울역 앞에서 내려 버스를 갈아타야 했다. 53번 대신 59번을 타버린 것이다. 다시 버스를 기다리며 가방 안에서 버스표를 꺼내려는데 무심코 팔에 끼고 있던 책의 "누구나 성공하는 말더듬 완치법"이라는 제목이 크게 눈에 들어왔다. 브론스키가 새로운 눈으로 본 첫 활자였을지도 몰랐다.

53번 버스에 올라탄 뒤에도 나는 계속해서 멍한 기분이었다. 줄곧 창밖에 시선을 두고 있었지만 머릿속으로는 조금 전 종로 2가의 풍경들이 하나하나 스쳐 지나갔다. 버스 정류장에 서 있던 플라타너스 가로수, 버스가 와서 멈출 때마다 코끝에 닿던 텁텁하고 화학적인 냄새, 길 건너편의 고려당과 빠이롯드 만년필 간판, 브론스키가 입었던 봄 스웨터의 다이아몬드 무늬, 콘택트렌즈가 어색한 듯 자꾸 눈을 깜박이던 어리숙한 표정과 그때마다 위아래로 오르내리던 가지런한 속눈썹. 그리고 브론스키의 파트너였던 김희진의 얼굴도 떠올랐다.

4.

축제가 끝난 뒤 기숙사는 한순간에 조용해졌다.

웬일인지 양애란은 법대생이나 동향 선배의 축제에 초대를 받지 못했다. 그녀의 D는 우리 학교 캠퍼스에서만 삼일천하로 활약을 펼치는 데 그쳤다. 양애란은 얼마 안 가 만나는 남자들을 물갈이하기 시작했고, 오현수에게는 새로운 시즌의 배역들 목소리를 익혀야 하는 과제가 주어졌다. 쇼윈도에 본격적으로 여름옷이 진열되기 시작할 무렵 양애란은 D의 존재를 완전히 잊었는지 옷장 문을 열 때마다 새 옷을 산 지가 너무 오래되었다고 투덜대곤 했다.

연대 축제에 갔던 김희진은 매점에서 마주친 나와 오현수에게 한 가지 소식을 전했다. 교문 앞 택시에서 내리던 한 커플을 보았는데 재킷을 말쑥하게 차려입은 남자가 틀림없이 베르테르 같았다. 백양로를 올라가는 길에 잠시 그 커플 뒤를 따라 걷게 되었다. 상대 여자는 가냘픈 몸매에 서울 말씨를 쓰며 무엇보다 자연스럽게 남자의 팔짱을 낀 품이 오랫동안 사귄 듯 친밀해 보였다.

오현수와 나는 아무 말도 할 수가 없었다. 말을 마친 김희진도 잠시 입을 다물었다. 그러고는 냉정하고 거만한 얼굴로, "축제에는 원래 오리지널을 초대하는 거니까"라고 한마디 덧붙였다.

이재숙은 베르테르로부터 연락이 끊어진 사실을 한동안 받아들이지 못했다. 전화 메모에 '남'자가 있으면 무조건 베르테르에게서 온 전화라고 확신했다. 다시 전화가 걸려올까 봐 수업 시간 외에는 일절 외출을 안 하고 방에서 스피커만 지켜보았다. 아파서 병원에 입원했다든지 영화에서처럼 교통사고를 당했다든지 하는 상상을 하며 그의 퇴원을 손꼽아 기다리기도 했다. 그러다가 1학년 남학생들이 병영 집체 훈련을 받기 위해 머리를 밀고 문무대에 입소했다는 사실을 알게 되었고 그때부터는 어서 시간이 가기만을 기다렸다. 훈련에서 돌아왔다는 소식을 들은 뒤에는 분명 빡빡 깎은 머리를 보이기 싫어서 연락을 미루는 거라며 머리가 자라날 때까지 또 기다렸다.

하지만 기다림에는 결국 끝이 있었다. 어느 날 점호 시간을 5분 남기고 가까스로 방으로 뛰어 들어온 양애란은 조금 전 이재숙이 남자의 배웅을 받으며 기숙사 철문을 들어서더라고 전했다. 살도 빠지고 부쩍 예뻐졌더라고 말했는데 그것은 사실이었다. 이재숙은 여전히 미팅이라면 사양하지 않았고 첫 만남에서 그녀의 재담과 솔직한 성격은 대개 상대의 호감을 샀다. 그녀는 베르테르를 기다리는 순정과 새로운 상대에 대한 탐색을 병행하기로 했는데 상처 입은 스무 살에게 그것은 특별한 선택은 아니었다.

이재숙은 322호에 자주 놀러 왔다. 기숙사 생활에서는 1학년 룸메이트들끼리 단짝이 되어 붙어 다니기 마련인데 김희진이 잘 상대해주지 않기 때문이었다. 그녀는 비누나 전기포트를 공용으로 쓰고 화장실에 같이 다니고 또 문밖에서 기다려주는 격의 없고 정 많은 룸메이트 사이를 부러워했다. 김희진의 옷맵시를 선망했던 그녀는 학교 앞 양품점에서 똑같은 블라우스를 사 입었는데 그걸 두고 김희진이 왜 펄펄 뛰는지 끝내 이해하지 못했다.

호기심이 많고 거기에 행동력까지 따라주는 탓에 이재숙은 눈치 없이 일을 저지르는 경우가 종종 있었다. 기숙사 철문 앞에 서성이며 여자친구를 꼭 만나야 한다고 애원하는 남학생을 적극적으로 돕다가 상대 여자에게 욕을 먹은 사건도 여러 번이었다.

솔직함이 종종 엉뚱한 당당함으로 표현되기도 했다. 첫 미팅 때 파트너가 사 준 주전부리를 두 손 가득 들고 기숙사 방문을 발로 차고 들어와야 한다는 곽주아의 말을 곧이곧대로 믿은 이재숙은 파트너와 헤어진 뒤 가게에서 과자를 사느라 하마터면 점호 시간에 늦을 뻔했다. 그날 밤 일종의 보고대회를 하는 자리에서 이재숙은 아무렇지도 않게 그 사실을 털어놓았다.

이재숙이 일부러 자기 룸메이트들의 뒷얘기를 하는 건 아니었다. 그러나 그녀가 무심히 전하는 일상사와 몇몇 관찰기 속에는 주변 사람들에 대한 사적인 정보가 포함돼 있는 것도 사실이었다.

이를테면 곽주아는 아버지가 교회 장로이고 주아라는 이름도 '주님의 아이'라는 뜻으로 지은 것이다. 곽주아는 '교회 오빠'만 많고 사귀는 남자는 없다. 그리고 뜻밖에도 청결에는 그다지 관심이 없다. 이불 속에는 더러운 양말이 몇 켤레씩 처박혀 있고, 밥은 조금씩밖에 먹지 않지만 책상과 침대 위에는 늘 과자 부스러기와 봉지 들이 나뒹군다. 외출을 하지 않는 날에는 며칠이 됐든 세수조차 하지 않는다. 긴 생머리 윤기의 비결은 머리를 자주 감지 않는 데 있다 등등.

곽주아는 또 방 청소를 전혀 하지 않았다. 빗자루질은 먼지가 날려 피부가 나빠지고 걸레질은 무릎에 흉이 생기기 때문이었다. 그런 집안일은 모두 나중에 가정부가 할 테니 자신은 과일만 잘 깎으면 된다는 가정교육을 받았다고 했다. 사실 이재숙에게 그런 것은 그다지 큰 불만이 아니었다. 부지런하고 깔끔한 데다 식솔이 많은 고향 집의 규모에 익숙한 이재숙은 기숙사의 방 청소쯤은 혼자 떠맡아도 그만이었다.

문제는 곽주아의 참견이었다. 곽주아는 만만한 상대에게

사사건건 자기 방식의 기준을 들이대며 잔소리를 했다. 상대를 불쌍한 사람으로 만들어 동정하고 잘못한 사람으로 만든 다음 용서해주는 식이었다. 진심으로 상대를 위해서라기보다 남을 교정하면서 우월감을 느끼는 태도가 몸에 밴 것 같았다.

곽주아는 이재숙에게 틈틈이 전도 활동을 폈지만 이재숙은 곽주아를 그렇게 만든 교회에는 절대 다니지 않을 생각이었다. 밥 먹을 때마다 기도를 오래 해서, 먼저 숟가락을 든 배고픈 사람을 어색하게 만드는 것도 마음에 들지 않았다. 그러나 곽주아는 자신이 남에게 폐를 끼친다는 건 상상조차 하지 못했다.

이재숙의 눈에 비친 김희진은 인기가 많고 늘 바쁜 사람이었다. '삼천포로 빠진다고 할 때 그 삼천포?'라는 말을 세상에서 제일 싫어해 좀처럼 출신지를 밝히지 않았지만 기숙사에서 유일하게 가까이 지내는 것은 삼천포 여고를 졸업한 부사감이었다.

김희진에게로 걸려온 전화 메모는 대부분 '남'인데, 어쩌다 '여'가 있으면 그것은 재수 시절 함께 자취를 했다는 친언니였다. 대기업 계열사에 다니는 회사원이라고 했다. 점호 시간이 거의 다 되어 방으로 들어온 김희진이 늘 피곤한 얼굴로 일단 침대에 몸을 던지곤 했으므로 이재숙은 그녀의 데이트가 화려하고 짜릿한 걸 거라고 짐작했다. 그리고 브론스키와는 더 이상 만나지 않는 것 같았다.

5.

그해 5월 나에게 일어난 가장 큰 사건은 학보사 입사였다. 합격자가 발표된 날 점호가 끝난 뒤 이경혜가 방으로 찾아왔다. 그녀는 시험에 떨어져 실망한 눈치였지만 합격했어도 자신은 어차피 학보사에는 들어가지 못한다는 점을 여러 번 강조했다. 전날 화곡동 사는 큰아버지 집으로 불려 가서 데모대와 학보사와 불온 서클, 이 세 가지에 대한 엄격한 접근 금지 교육을 받고 왔다는 거였다.

지방 학생들이 학교에 제출하는 입학 서류에는 서울에 사는 친척이나 지인의 연락처를 적는 보증인 칸이 있었다. 표면적으로는 비상시를 대비한 연락망이었지만 학생이 마음에 안 드는 행동을 할 경우 곧바로 호출해서 책임을 물을 근거리 보호자를 확보하기 위해서였다. 이경혜의 보증인인 큰아버지는 공무원이라서 조카가 불온한 일에 연루될까 봐 특히나 신경을 썼다. 학교가 노린 것도 바로 그런 공동체 안에서의 감시 효과였다.

나는 내 합격의 공을 이경혜에게 돌렸다. 시험을 보자고 제안한 것이 그녀였고 또 그녀가 남자친구에게서 듣고 전해 준 내용들이 답안을 쓰는 데 결정적 도움이 되었다고 말해 주었다. 덕분에 "변화된 한미 관계에 대해 의견을 적으시오"

라는 문제를 받고 선뜻 답안지를 메울 수 있었다고도 했다.

사실은 오현수가 구독하는 신문 덕분이었다. 며칠 전 신문에서 보지 않았다면, 주한미군이 철수해도 공군 1만 2천 명이 핵무기와 함께 한국에 주둔할 거라는 『뉴욕타임스』 보도나 한미 정부가 주한미군 군축 협의를 시작했다는 소식을 알 수 없었을 것이다. 그리고 그런 기사를 보이는 그대로 믿지 말고 행간을 읽어야 한다며 맥락을 짚어준 것은 최성옥이었다.

신문을 받으면 오현수는 정치면이 보이도록 맨 앞장을 최성옥에게 건네주고 자신은 속지의 문화면을 먼저 읽었다. 양애란은 신문에 손도 대지 않았고 어쩌다 뒤적이는 건 영화 광고와 해외 토픽과 만화뿐이었다.

학보사 시험에 합격했다는 걸 알자 때마침 322호에 모여 있던 사람들 모두 한마디씩 축하의 말을 건넸다.

언제나처럼 최성옥의 책상 옆 라디에이터에 엉덩이를 걸치고 있던 송선미도 끼어들었다. "어, 글나? 그기 학보에 나는 만평 안 있나. 그거 그리는 아가 우리 산미대 다니는 안데. 가한테 가가 내 안다 카지 마래이. 그카면 내 맨날 수업 땡땡이 치서 모르는 아라고 할끼다. 지나 내나 삐까빵상하지만서도"라고 너스레를 떨었다. 송선미의 말에 '가가 가서'라든지 '가가 가가서' '가가 가가?'라는 식으로 '가'가 등장하면 그것은 여성 대명사였다. 남성 대명사로는 글마, 절마, 일마와 금마, 점마 등 '마'가 쓰였다.

최성옥은 "새 총장 왔으니까 이제 곧 인터뷰할 텐데, 그거 누가 한대? 호국단 없애고 학생회를 살릴 계획 있냐, 그 질문 꼭 좀 넣으라고 해"라며 다리를 떨었다. 양애란은 뜻밖의 이유로 부러워했다. "진짜니? 기자는 점호 시간 지나서 들어와도 돼? 나 그거 왜 이제사 알았지. 기자가 내 적성에 딱 맞는데."

이재숙 역시 "나 신문 좀 여러 부 갖다줄 수 있어?" 하며 반색했다. 대학의 신문은 정보 전달과 여론 조성 외에도 매우 실용적인 기능이 있었다. 학교나 기숙사의 편지함에는 늘 다른 대학교의 신문이 허리에 주소 띠를 두른 채 몇 통씩 꽂혀 있곤 했다. 편지를 보낼 만한 용건은 없으면서 안부를 전하고 싶을 때, 어느 정도 자존심을 지키면서 관심을 표현하고 싶을 때나 혹은 상대가 내게 리액션을 보낼 만한 호감을 품고 있는지 떠볼 때에 대학 신문은 일종의 '간 보기' 수단으로 쓰였던 것이다.

그 자리에서 나를 축하하지 않는 유일한 사람은 물론 나였다. 대체 어쩌자고 나답지 않게 감당 못 할 일에 발을 딛은 것일까. 한시바삐 그만두겠다고 말할 기회를 찾는 것만이 수습기자로서의 나의 가장 큰 관심사일 테고, 이제 와서는 그것이 가장 나다운 일일 것 같았다. 하지만 결정된 일을 뒤집는 것이야말로 결코 나다운 일이 아니었다. 덫을 친 것도 나였고 거기에 빠진 것도 나였다.

　학보사 기자는 모두 열한 명이었다. 편집장 아래 취재기자들, 그리고 새로 뽑힌 네 명의 수습기자가 있었다. 첫날 편집회의에서 수습기자들은 기본적인 취재와 원고 청탁에 대해 배웠고 단추니 박스니 낙수니 하는 용어도 익혔다. 편집회의를 한 뒤 원고 청탁을 하고 마감과 송고, 교정과 조판 과정을 거쳐 학보가 나오는 것은 목요일. 발송을 하고 나면 새로운 한 주와 함께 다시 그 과정이 되풀이되었다.

　취재처라는 것을 배정받을 때였다. 단과대별로 그리고 도서관과 박물관, 방송국, 보건소 등 부설 기관마다 각기 담당자가 정해졌다. "기숙사는 누가 맡지?"라고 편집장이 말했을 때 모두의 시선이 내게로 집중되었다. 편집장은 고개를 끄덕이며 만족스러운 어조로 말했다. "우리가 웬만하면 지방 학생을 꼭 한 명씩은 뽑는 이유가 있지." 마치 구색을 갖춘다는 말투였다. 그러고 보니 나를 뺀 수습기자 모두가 서울 출신이었다.

　나란히 서 있던 출발선에서 갑자기 한 걸음 뒤로 밀쳐진 느낌이었다. 가산점을 받아서 대열에 끼었다는 것만도 그리 기분 좋은 일은 아니었지만 지방 출신이란 이유로 공개된 자리에서 결격사유를 용인받은 수혜자로 취급된다는 게 더욱 당황스러웠다. 나의 세계가 넓어질수록 전혀 의식하지 못했던 것, 가령 출신지 같은 것이 나를 규정하는 조건이 되었다. 기숙사 안에서 출신 지역에 따라 무리가 만들어진다면 학교로 나오면 서울과 지방 두 가지로 성분이 나뉘었다.

나는 잠시 아무 말도 할 수 없었다. 변덕스러운 날씨와 함께 낯선 환경 속에 내던져져서 말더듬 증상이 도지는 봄 학기. 그것이 영원히 반복되는 것이 내 인생이 아닐까 하는 생각이 스쳐 갔다. 하지만 그와 동시에 약점에서 레이더가 뻗어 나왔고 다음 순간 태연한 얼굴로 편집장을 향해 "네, 알겠어요"라고 대답하고 있었다.

어디나 사람들이 모이는 곳에는 다양한 인물이 존재했다. 내가 쓴 글에 모나미 빨간 볼펜으로 직직 줄을 긋고는 몇 번이고 다시 쓰게 하는 깐깐한 선배가 있었고 걸핏하면 수습인 내게 일을 미루고 일찌감치 빠져나가버리는 요령꾼 선배도 있었다. 재수생 시절 모집 조건에 학력 제한이 없는 유일한 일간지인 『한국일보』 기자 시험에 응시한 적이 있다는 한 선배는 끊임없이 독자 투고란에 원고를 보냈는데 아마 그렇게라도 그 신문에 이름이 실리고 싶은 모양이었다.

수습기자 훈련에 가장 관심이 많은 것은 역시 빨간 볼펜 선배였다. 첫날부터 열 권이 넘는 필독 도서 목록과 기사 베껴 쓰기 과제를 내주었다. 특히 강조하는 것은 정의로운 기자 정신이었다. 그녀는 학기 초 총장 퇴진운동이 일어났을 때 학생 기자들이 신문 제작 거부에 들어갔던 일화를 들려주었다. 꽃샘추위가 유난히 기승을 부리던 날 기자들을 회유하기 위해 설렁탕을 사 주겠다는 학보사 주간의 제의를 뿌리치고 단체로 살얼음이 낀 냉면을 먹었다는 사실이 그녀의 입을 통하자 대단한 투쟁 에피소드가 되었다.

선배가 강조하는 또 한 가지가 있었는데 바로 프로 근성이었다. 학생 기자도 프로의 근성을 가져야 하며 지금은 자기 PR 시대이니만큼 적극적으로 눈과 귀를 열어두어야 한다고 말했다. 다른 학교 학생들에게 학보를 보내 홍보를 하고 또 모니터링을 받는 것도 한 방법이었다. 빨간 볼펜 선배가 빨간 볼펜으로 책상을 툭툭 치며 "김유경, 너 다른 학교에 모니터해줄 사람 없어? 신방과생 하나도 모르니?" 하고 다그치듯 물어왔을 때 나는 "있어요"라고 대답하고 말았다. 그렇게 해서 브론스키에게 매주 학보를 보내게 되었다.

나의 세계는 빠르게 넓어지고 있었다. 학보사 기자들은 수요일마다 광화문에 갔다. 조선일보사 외간부에서 조판 작업이 이루어졌기 때문이다. 나는 플라자 호텔과 시청과 덕수궁 앞을 지나다녔다. 회사원들로 붐비는 뒷골목의 무슨 회관에서 비빔밥이나 육개장을 먹었다. 공금으로 밥을 먹는 회식이란 것도 알게 되었다. 편집회의 중에 유명한 사람들의 이름이 존칭 없이 마구 들먹여지는 데 익숙해졌고 성공한 동문의 인터뷰에 따라갔다가 택시비가 든 봉투를 받기도 했다. 이청준과 최인호 작가의 집에 찾아가 친필 원고를 받은 적도 있었다. 『학원』이란 잡지로부터 '여대생의 하루'라는 주제의 글을 청탁받아 난생처음 원고료도 받아보았다.

하지만 이 모든 일은 나의 지평을 넓혀가기보다 위축시켰다. 나를 가두었던 문을 열고 나가는 게 아니라 위장 초소에 나날이 벽돌을 쌓아 올리는 느낌이었다.

특히 전화 청탁은 낯선 대상, 중요한 일, 안 보이는 상황이라는, 내 말문을 닫아버리는 세 조건을 다 갖추고 있었다. 나는 전화기 앞에서 수없이 마음의 준비를 해야 했다. 남들이 듣는 데에서는 더욱 주눅이 들었으므로 모두가 편집실을 나가는 저녁 시간을 기다리곤 했다. 공중전화도 곤란했다. 뒤에 기다리는 사람이 있는 경우는 물론이고 누가 지나가기만 해도 갑자기 말문이 닫혔다. 나는 전화 청탁을 맡지 않기 위해 편집회의 때마다 자료만으로 쓸 수 있는 기사 작성을 자원했다.

낯선 사람에게 먼저 말을 건네야 하는 취재 역시 곤혹스럽기는 마찬가지였다. 학교 주변 상가의 여론을 들어본다는 취지의 '청파로에서 본 여대생'이라는 특집을 진행한 적이 있었다. 다방 디제이와 미용실과 제과점처럼 재미있을 만한 곳은 선배들이 맡고 후배들은 구두 수선소와 구내매점과 책방 등을 취재했다. 어떻게든 취재에서 빠져볼까 하고 버틴 탓에 나는 남들이 끝까지 선택하지 않은 동네 시장을 맡게 되었다.

시장 사람들은 무척 바빠 보였다. 생업에 매달린 사람들을 붙들고 학교 이미지에 대한 취재를 하러 나왔다는 말이 입에서 떨어지지 않았다. 손님인 줄 알고 반기는 통에 엉겁결에 양말 한 켤레를 사 들고 나오기도 했다. 남을 귀찮게 할 만한 배짱도 없고, 속마음을 털어놓게 만들 만큼 신뢰를 확보할 말주변도 없는 나는 결국 취재 내용을 지어낼 수밖에 없었다. 편집장에게서 취재가 성실해서 내용이 풍부하다는 칭찬을 받으며 나는 〈한국근대문학개론〉 시간에 들었던 박영희의 카프 탈퇴 선언을 떠올렸다. '얻은 것은 이데올로기요, 잃은 것은 예술 자신이었다.' 나의 경우, 얻은 것은 작문 실력이었고 잃은 것은 기자라는 꿈 자체였다.

이따금 늦은 밤 조판 작업을 마치고 혼자 기숙사로 돌아오며 나는 피로감에 앞서 안도감을 느꼈다. 양애란의 짐작처럼 점호 시간을 넘겨 들어오는 것은 결코 짜릿한 일이 아니었다. 정적이 깃든 어두운 골목길을 오를 때면 나도 모르게 걸음이 빨라지곤 했다. 개 짖는 소리에 놀라 다급하게 걸음을 옮기던 날 나는 철망이 둘러쳐진 기숙사 담장이 무척 높다는 것을 새삼스레 깨달았다. 그 담장 안에 안전하게 갇히기 위해 언덕길을 뛰어가고 있는 내 그림자는 과거의 나는 아니었지만 내가 원하는 세계 속의 나라고도 할 수 없었다.

오현수가 그것을 '배나의 세계'라고 이름 붙인 것은 내가 학보사에 들어간 지 한 달쯤 지난 뒤였다. 나는 선배 기자 한 명과 함께 '한국 사학의 나아갈 길'이란 교수 좌담회의 정리를 맡게 되었다. 녹취를 푸는 일은 수습에게 맡겨졌다.

여느 전문가 집단이 다 그렇듯 좌담 참석자는 모두 남자였고 대다수가 경상도 말씨를 썼다. 학보사에 앉아 몇 시간 동안 녹음기를 켰다 껐다 반복하며 들어봤지만 몇 개의 단어는 끝내 알아들을 수가 없었다. 그중 하나가 '배나'였다. 교수가 "이 모든 게 배나의 문제"라고 몇 번이나 강조했기 때문에 반드시 알아야 할 단어였으므로 나는 결국 기숙사에 돌아와 오현수의 도움을 청해야 했다. 배나는 그러니까, 변화였다. 한국 사학의 나아갈 길과 나의 나아갈 길 모두 배나의 문제였다.

6.

학보사의 3학년 오지은은 내가 현실에서 만나본 사람 중에 가장 우아했다. 그녀는 주차장이 딸린 청파동의 2층 양옥에 살았는데 미국 유학 시절에 만났다는 그녀의 부모는 변호사와 교수였다.

오지은의 집에 놀러간 적이 있는 빨간 볼펜 선배는 화장실 바닥에 난방이 들어오고 카펫이 깔린 것보다 거기 비치돼 있는 미제 화장지가 더욱 충격이었다고 말했다. 쓰고 버리는 화장지까지 미제를 구해 쓴다면 다른 건 볼 필요도 없지 않냐며 걸핏하면 오지은을 가리켜 프롤레타리아의 적이자 미제의 앞잡이라고 농담투로 말하곤 했다. 그때마다 오지은은 웃음 띤 얼굴로 용서해줘,라고 여유롭게 맞장구를 쳤다.

그녀는 뛰어난 미인은 아니었지만 귀족적이고 세련된 분위기를 풍겼다. 굳이 튀려고 애쓰지 않아도 주목을 받게 돼있는 태생적인 여유가 자연스럽게 몸에 배어 있었다. 언젠가 양애란은 부잣집 애들이 옷을 잘 입을 수밖에 없다고 투덜댄 적이 있었다. 일단 비싸고 좋은 옷을 입기도 하려니와 부담 없이 여러 종류의 옷을 바꿔가며 입어볼 수 있기 때문에 감각이 학습된다는 거였다. 그러면서 자신처럼 계절에 한두 벌의 옷밖에 살 수 없는 보통 사람들은 실패할 확률과의 싸움이 너무 길다는 논리를 폈었다.

오지은은 명동의 의상실에서 맞추거나 백화점에서 사거나 아니면 외국의 친척이 보내온 옷을 입었다. 은테 안경과 핸드백도 외제였다. 정외과답게 사회과학 책을 열심히 읽었지만 한편 전혜린의 수필집이나 『해변의 묘지』 『말테의 수기』 같은 문학작품을 옆구리에 끼고 다니는 감성파이기도 했다.

학보사 벽에는 작업 진행표와 학생 기자들의 행선지를 적는 칠판이 걸려 있었다. 빨간 볼펜 선배는 그 칠판 귀퉁이에 『전환시대의 논리』 『역사란 무엇인가』 같은 책에서 뽑은 문구를 적어두곤 했다. 그러나 칠판에 "한 사회의 대중을 깨우쳐야 하는 것은 언론과 지식인의 최고의 책임이자 의무이다" 같은 구절이 아니라, "당신은 혹시 보았는가. 사람들의 가슴속에 자라나는 잘 익은 별을. 혹은 그 넘실거리는 바다를. 그때 나지막이 발음해보라. '청춘'. 그 말 속에 부는 바람소리가 당신의 영혼에 폭풍을 몰고 올 때까지"라는 『행복의 충격』 속의 문장이 적혀 있다면 그것은 오지은의 필체였다.

그녀는 늘 내게 상냥했다. 나 같은 지방 학생들은 기차나 고속버스를 타고 여행할 기회가 많아서 좋겠다면서 자신도 집을 떠나 살아보는 게 소원인데 유학 외에는 기회가 없다고 아쉬워했다. 내가 기숙사비의 3분의 1에 맞먹는 7천 원이란 거금을 들여 맥그리거 반팔 티셔츠를 샀을 때 상표를 알아보고 어울린다고 말해준 것도 오지은이었다. 지방 학생들은 하나같이 애향심이 넘치던데 그러면서도 어떻게 그렇게 쉽게 서울 사람들을 따라하는지 빠른 적응력이 감탄스럽다는 말도 덧붙였다. 지방 출신이라는 티가 별로 안 난다는 말로 나를 칭찬하기도 했다.

몇 번인가 캠퍼스에서 마주쳤을 때 그녀는 마치 모르는 사람처럼 냉랭하게 내 옆을 지나쳤다. 그러고는 나중에 근시가 심해진 것 같다며 사과했다. 나는 괜찮다는 뜻으로 손까지 내저었다. 설령 알고 그랬다 해도 오지은이라면 그럴 수 있다고 생각했는지도 모른다. 그것은 '배나의 세계'를 향해 흔드는 나의 우호적인 손짓이기도 했다.

어느 날 오후 늦게 학보사 편집국에 들어가니 오지은 혼자 자리를 지키고 있었다. 어둑어둑한데 불도 켜지 않은 채였다. 창밖을 바라보던 그녀는 내가 전등 스위치를 올리자 깜짝 놀란 얼굴로 내 쪽을 돌아보았다. 손에 그녀가 항상 쓰는 몽블랑 만년필이 쥐어져 있었지만 책상 위의 원고지에는 한 글자도 적혀 있지 않았다. 그리고 그 옆에는 편지 봉투 하나와 그 안에서 꺼낸 듯한 편지가 반으로 단정하게 접혀 있었다.

내가 인사말을 던졌는데도 그녀는 미처 생각에서 빠져나오지 못한 듯 안경테 너머로 멍한 시선을 던졌다. 그러더니 다음 순간 뭔가 떠올랐는지 대뜸 이렇게 말했다. "김유경, 내가 누구 소개해줄까?" 그러고는 한층 밝아진 얼굴로, 맞네, 김유경이랑 만나면 딱 좋겠다,라고 중얼거리는 거였다.

남자는 공대 3학년생이라고 했다. 성당에서 알게 됐는데 주일학교 활동을 같이하며 가깝게 지내던 사이였다. 사는 동네가 같다 보니 길에서도 가끔 마주치곤 했다. 말수가 적고 무뚝뚝한 편이지만 심성은 착하고 특히 음악을 좋아하는 점이 나하고 잘 맞을 거라고 그녀는 여러 번 말했다.

나는 사실 음악을 잘 몰랐다. 심야방송에서 줄기차게 틀어대는 「Dancing Queen」이나 「Hotel California」 같은 최신 팝송들을 아는 정도였다. 클래식 방면에도 마찬가지였다. 광고에 삽입된 유명한 곡과 오현수가 연습하는 기타곡 「알람브라궁전의 추억」 외에 별로 아는 게 없었다.

오지은이 왜 음악 얘기를 꺼내는지는 이해가 가지 않았다. 그 남자가 나랑 잘 맞는다고 생각하기 위해 그냥 갖다 붙이는 말 같았다. 그때에도 나는 그녀가 상냥한 성품이라고 생각했을 뿐 그것이 타인을 몇 개의 묶음으로 분류해놓고 천편일률적 교양으로 응대하는 무례한 태도라는 건 깨닫지 못했다.

심성이 착하다는 말이 다른 조건이 별로일 때 장점으로 들먹이는 애매한 수사라는 것은 모르지 않았다. 그러나 나는 그것이 다름 아닌 오지은의 제안이란 데에 약간 흥분해 있었다. 오지은이 뒤늦게 내게 만나는 사람 없냐고 물었을 때 나는 깊이 생각해볼 필요도 없이 고개를 끄덕였다.

남자를 소개해주기로 한 날 오지은은 작은 보석 귀고리를 달고 치맛단과 소매에 줄무늬가 들어간 세련된 니트 원피스를 입고 나타났다. 목에 짧은 스카프를 매서 평소보다 발랄한 차림이었다. 장소는 명동의 〈가무〉라는 찻집이었다. 좁은 계단을 올라가니 벽에 액자가 많이 걸린 아늑한 공간이 나타났고 창밖으로 6월 초의 초록을 머금은 나무들이 커튼처럼 펼쳐져 있었다.

우리가 자리에 앉은 지 얼마 되지 않아 한 남자가 문을 열고 들어섰다. 진 바지에 검은색 셔츠 소매를 걷어 입은 마른 남자였는데 길게 자란 앞머리가 반듯한 콧날을 반쯤 덮고 있었다. 남자는 오지은을 발견하고도 곧바로 다가오지 않고 그대로 서 있었다. 조금 뒤에야 어딘지 내키지 않는 걸음으로 우리 쪽을 향해 천천히 다가왔다.

그가 우리 건너편 자리에 앉자 오지은은 평소의 우아함과는 조금 다른 쾌활한 말투로 나를 소개했다. 학보사에서 가장 아끼는 후배라든가 하는 식의 뻔하고 과장된 수사까지

동원되었다. 그런 오지은을 남자는 뚫어져라 바라보고 있었다. 소개팅이란 걸 모르고 나온 게 분명했다.

잠시 침묵이 흘렀다. 하지만 다음 순간 그는 두어 번 가볍게 고개를 끄덕이는가 싶더니 내 쪽으로 천천히 고개를 돌렸다. 그리고 내 눈을 똑바로 바라보며 씩 웃어 보였다. "난 한승우라고 합니다. 우리, 잘해봐요." 어딘지 삐딱한 그 말투가 나에게는 3학년에게서나 나올 법한 여유로 비쳐졌다. 서울 말씨와 울림이 있는 부드러운 목소리, 나를 향해 던지는 서늘한 웃음, 무엇보다 그처럼 내 눈 속을 빤히 바라보는 사람은 처음이었다.

종업원이 주문을 받으러 왔을 때 오지은이 내게 다정하게 말했다. "여기 왔으면 비엔나커피를 마셔봐야지." 그러고는 "그렇지?"라며 한승우에게 눈길을 던졌다.

비엔나커피는 과연 내가 알던 세계의 커피가 아니었다. 곡선의 손잡이가 달리고 허리가 잘록한 꽃무늬 본 차이나 잔에 부드러운 크림이 섬세한 나선형 무늬를 이루며 탐스럽게 덮여 있었다. 흰 봉우리처럼 솟아오른 뾰족한 뿔을 중심으로 계핏가루가 은은하게 뿌려져 우아함을 더했다. 나는 잔을 들고 깊이 기울여서 그것을 꿀꺽 한 모금 마셨는데 다음 순간 황급히 잔을 내려놓고 말았다. 아름다운 순백의 크림으로 덮여 있었지만 그 아래의 검은 커피는 지옥처럼 뜨거웠던 것이다.

단것을 좋아하지 않는다며 원두커피를 주문했던 오지은
이 웃음을 터뜨리며 혀를 데지 않았냐고 걱정해주었다. 잔
받침 위로 커피가 조금 쏟아진 것을 본 한승우는 카운터에
서 냅킨을 가져와 내게 건넸다. 나는 쏟아진 커피를 허둥지
둥 닦고 나서 한승우가 입을 문지르는 시늉을 해 보여서야
비로소 눈치를 채고 입가의 크림을 닦았는데 오지은은 그때
까지 계속 향수 냄새가 밴 손수건으로 입을 가린 채 어깨를
들썩이며 웃고 있었다. 한승우가 끝까지 웃지 않았기 때문
에 나는 그가 내 편이라고 생각했다.

그날 기숙사에 돌아온 순간부터 나는 그에게서 연락이 오
기를 기다렸다. 외출했다가 돌아올 때마다 우편함으로 먼저
달려갔고 사무실 창문에 붙은 전화 메모를 마치 합격자 발
표를 보듯 떨리는 마음으로 체크했다. 한번은 1층 식당에서
점심을 먹고 층계를 올라가는데 무심코 위를 올려다보니 학
습실을 향해 바삐 걸음을 옮기는 오현수의 모습이 눈에 들
어왔다. 다음 순간 나는 앞뒤 가릴 틈도 없이 계단 위의 사
람들을 이리저리 제쳐가며 몇 계단씩 건너뛰어 2층 학습실
로 달려갔다. 그러나 오현수는 양애란에게 걸려온 전화를
받으러 가던 길이었다. 한승우에게서는 좀처럼 연락이 오지
않았다.

토요일 오후 스피커에서 내 이름이 불렸다. 급히 학습실로 달려가 어렵사리 숨을 고른 뒤 송수화기를 들었을 때 익숙한 목소리가 흘러나왔다. 브론스키의 전화여서 실망한 것은 그때가 처음이었다.

그동안 브론스키와 나는 신문 모니터링을 구실로 몇 번인가 만났다. 내가 보낸 학보를 받자마자 그가 곧바로 연락을 해왔던 것이다. 하지만 학보를 펴놓고 나눌 애기는 그리 많지 않았다. 정해진 역할을 벗어나면 반칙이라도 된다는 듯이 서로 조심스러웠으므로 뭔가 미진하고 답답함이 느껴졌다. 허울뿐인 핑계를 집어치우고 그만 데이트 상대가 되든지 아니면 각자 갈 길을 가든지 결정할 단계였다.

내 마음은 두 가지였다. 브론스키 쪽에서 다음 단계로 가기 위한 적극성을 보이지 않는 바에야 나 역시 손을 내밀 이유는 없었다. 그동안 그가 나를 만나고 싶어서가 아니라 내 부탁을 들어주기 위해 만났다는 생각에서 벗어날 수 없었고 그런 의구심을 적극적으로 풀어주지 않는 브론스키의 태도가 애매하게 느껴졌다. 한편으로는 달리 만나는 사람도 없는 데다 사실 그와 조금 더 가까워지고 싶은 기대도 없는 건 아니었다. 그러려면 먼저 학보를 보낸 것으로써 이미 카드를 써버린 내가 아니라 브론스키 쪽에서 한 걸음 다가와야 했다.

그날 나는 브론스키의 전화를 받고 실망했다는 사실을 내 마음이 완전히 떠났다는 증거로 받아들였다. 그는 주말에도 도서관에 가는 일이 많았는데, 남자친구가 있는 것도 없는 것도 아닌 어정쩡한 상태로 주말을 기숙사에 틀어박혀 있다는 불만도 그만 끝낼 때가 된 것 같았다. 원하는 게 새로 생겼을 때는 그 변심을 정당화하기 위한 방편으로서 이미 갖고 있는 것의 흠을 찾아내는 데에 적극적이 되기 마련이었다. 나는 브론스키에게, 이미 선약이 생겼고 그것은 그가 언제나 그렇듯이 일찍 전화를 하지 않았기 때문이라고 다소 쌀쌀하게 말하고 있었다.

드디어 한승우에게서 전화가 걸려온 날 나는 통화를 마치고 방으로 돌아와 떨리는 손으로 학생수첩을 펼쳤다. 약속 날짜를 표시하려고 달력을 보니 그사이 겨우 일주일이 지나 있었다.

7.

1977년의 6월과 7월은 일생에서 내가 가장 예뻤던 때일 것이다. 그때 나는 아침이 밝아오는 순간과 함께 깨어나는 설렘의 조도를 알았고 저녁 미풍 속에 깃든 저물어가는 쓸쓸함의 음영을 알았다. 비가 뿌리기 전에 끼쳐오는 흙냄새와 기숙사 탁구대에서 들려오는 공 소리의 선명한 메아리를 알았다.

그와 함께 걸었던 모퉁이들의 햇살과 나무 그림자와 흘러가는 구름의 움직임을 알았다. 그와 나눠 마시던 평범한 커피의 향기와 찻잔의 온도와 손잡이가 놓여 있던 각도, 입술에 닿던 얇거나 두툼한 감촉을 기억했다. 그의 주변을 감싸고 있던 공기와 실내 벽의 색감과 담배 연기의 궤적과 잘 마른 옷감의 냄새, 그의 곁을 스쳐 가던 격정적이거나 고요한 음악들, 버스 정류장의 소음과 발소리와 나직한 말소리들, 물끄러미 창밖을 바라볼 때 그의 무겁고도 허전한 눈빛과 감정이 들어간 손가락의 섬세한 반동을 알았다.

그리고 나와 눈을 맞추었을 때 마치 뭔가를 건네받기라도 한 듯 한순간 내게 밀려들던 뜨거움과 갈증도.

처음에 그가 나를 데려간 곳은 서소문 육교 뒤의 〈코러스〉라는 싱어롱 다방이었다. 인기 듀오의 멤버였던 남자 가

수가 전자오르간을 치며 싱어롱을 진행했고, 그의 옆에서 스팽글 드레스를 입은 여성 두 명이 함께 노래를 불렀다. 포크송 아니면 흘러간 팝송이었다.

손님들은 자욱한 담배연기 속에서 가사집을 펼쳐들고 다들 열심히 노래를 따라 불렀다. 실내가 어두워 옆자리를 신경 쓸 필요가 없었고 무엇보다 너무 시끄러워서 자신의 목소리가 전혀 들리지 않기 때문에 마음껏 소리를 지르는 것 같았다.

그는 노래를 부르지 않았다. 의자에 깊숙이 앉아 담배를 피우며 무대를 바라보았고 이따금 내 쪽으로 고개를 돌려 눈이 마주칠 때마다 웃음을 보낼 뿐이었다. 가사집을 들고 노래를 부르는 시늉을 했지만 나 역시 소리를 내지는 않았다. 설탕이 채 녹지 않고 가라앉아 있는 끈적한 주스 잔을 비우자마자 우리는 자리에서 일어났다.

다음 주에 같이 간 곳은 명동의 음악감상실 〈르네상스〉였다. 극장처럼 모두가 한 방향으로 앉은 채 대형 스피커에서 흘러나오는 클래식 음악을 듣고 있었다. 나는 음악감상실에 가기 전 사흘에 걸쳐 오현수에게서 클래식 음악에 대한 예비교육을 받았다. 오현수는 한 곡을 정해서 여러 번 집중적으로 들어보는 방법을 권했다. 추천 곡은 드보르자크의 「신세계 교향곡」이었다.

그녀가 내 귀에 씌워준 헤드폰에서 현악기 선율이 흘러나오던 순간 나도 모르게 숨을 크게 들이마셨고 이어서 서로 다른 관악기 소리가 번갈아 등장하자 몸이 굳고 말았다. 첼로와 호른과 플루트라고 오현수가 악기 이름을 알려 주었다. 그것은 내가 난생처음 집중해서 들어보는 교향곡이었다. 특히 2악장은 어디에선가 들어본 곡조였는데 그래서인지 쉽게 귓속에 파고들었고 마침내는 저절로 눈까지 감겼던 것이다.

그러나 막상 음악감상실에 갔을 때는 웅장한 소리에도 불구하고 도무지 음악에 집중이 되지 않았다. 아예 고개를 등받이에 기댄 채 코를 고는 사람들을 흘끔거리며 어느새인가 잡념에 빠져 있었다. 차라리 기숙사 침대에 누워 오현수의 헤드폰으로 카세트테이프를 듣는 편이 훨씬 나았다. 우리는 교향곡 한 곡을 다 듣지 못한 채 그곳을 나왔다.

음악감상실을 나와 남산의 언덕길을 걸으며 나는 음악에 관심이 없다는 걸 그에게 털어놓았다. 지금 부는 바람이 음악보다 훨씬 음악적으로 느껴진다고도 했고, 내친김에 더 용기를 내서, 음악 감상보다는 이렇게 얘기를 나누는 편이 더 좋다고 솔직히 말했다. 아무 대답이 없어 불안해진 나는 걸음의 속도를 늦추고 그를 향해 고개를 돌렸다. 언제부터 나를 보고 있었는지 곧바로 눈이 마주쳤다. 웃음이 깃든 눈이었다. 그리고 다음 순간 우리는 동시에 고개를 젖히고 소리 내어 웃기 시작했다. "이제부터는 우리 각본으로 만나요." 마침내 웃음이 멈춰졌을 때 그가 유쾌한 어조로 말했다.

오지은은 월요일 편집회의 때마다 내게 주말에 데이트를 했는지 그렇다면 어디를 갔는지 물어보곤 했다. 그녀에게 거짓말을 해줄 생각을 하니 어쩐지 기분이 좋아졌다. 거짓말과 비밀이 우리를 더욱 밀착시켜주는 것 같았다.

비밀은 거기에서 끝이 아니었다. 오지은은 그가 3학년이라고만 했을 뿐 휴학 중이라는 말은 내게 하지 않았다. 서로 가까운 동네에 살지만 그의 집은 그녀의 저택과 달리 비탈 쪽에 위치한 다가구 슬래브 집이라는 말도 하지 않았다.

나에게는 오지은이 말해주지 않았던 사실들을 하나하나 알아가는 것이 그에게 더욱 가까이 다가가고 특별해지는 일처럼 여겨졌다. 오지은이 모르는 그의 외로움과 방황과 그림자까지를 독점하는 기분이었다.

우리는 자주 걸었다. 남산과 정동길, 고궁, 오래된 동네의 골목들. 결이 좋은 갈색 머리카락에 얼굴이 희고 마른 체형인 그는 늘 티셔츠와 진 바지에 농구화를 신었다.

아버지 생일이라 내가 고향 집에 다녀왔던 날 그는 서울역 대합실로 마중을 나왔다. 갑자기 비가 쏟아졌고 시계탑 옆에서 비닐우산을 파는 소녀들이 빗속을 뛰어다니며 여행객들을 붙들었다. 소녀들은 흠뻑 젖어 있었다. 우산을 사러 광장으로 뛰어나간 그를 기다리며 대합실 입구에 서 있던 나는 그가 우산 두 개를 사는 걸 보고 조금 실망했다. 그러나 그는 그중 한 개를 펴서 우산팔이 소녀에게 들려주고 나머지 우산을 활짝 펼쳐 든 채 내게로 다가왔다. 그의 우산 속으로 뛰어들었을 때 그에게서는 비에 섞인 땀냄새가 났고 반팔 옷 아래로 닿는 팔의 감촉은 축축하고 서늘했다. 그러고는 이내 따뜻해졌다.

경복궁 담장을 지나쳐 발길 닿는 대로 계속 걷다가 삼청동 어느 좁은 골목 모퉁이에서 도무지 그 장소에 있을 것 같지 않은 카페를 발견한 적이 있었다. 〈블루 침니〉라는 간판에 이끌려 들어가 보니 비좁고 어두컴컴한 실내에 "라디오 액티비티"라는 노래 가사가 기묘한 음향을 타고 반복해서 흘러나왔다. 입구의 벽은 〈제1회 대한민국 연극제〉「사자死者와의 경주」「제4집단」 같은 연극 포스터로 뒤덮였고, 선반에는 무대 소품 같은 장식품들이 무질서하게 놓였다. 사방에 낙서가 가득했는데 구석의 벽에는 단 한 문장이 크게 적혀 있었다. "우리는 지금 아방가르드로 간다." 그 낙서 아래에서 우리는 처음으로 입을 맞췄다.

그러나 도저히 이해할 수 없었던 순간도 있었다.

대학로에서 「돼지꿈」이란 연극을 보고 동숭동 뒷산을 함께 걸었던 밤, 그는 무거운 표정으로 오랫동안 말이 없었다. 구부러진 골목길을 따라 한참 동안 묵묵히 걷고 있었는데 갑자기 시야가 트이면서 언덕이 나타났다. 그리고 언덕 위로 수없이 많은 창에 불을 밝힌 건물이 여러 채 서 있었다. 무거운 분위기를 바꾸고 싶었던 내가 동화 속의 유리성 같다고 하자 그는 쓰러져가는 낡은 서민아파트의 허름한 저녁 밥상이 다닥다닥 붙어 있는 것뿐이라고 차갑게 내뱉었다. 그러고는 어렸을 때 천변의 가난한 동네에 살았는데 개천 건너편에 밤마다 불이 환하게 밝혀지는 환상적인 건물이 알고 보니 도살장이었다는 얘기를 들려주었다.

그는 뭘 묻거나 새로운 화제를 꺼내는 일이 거의 없었다. 얘기를 하는 건 주로 나였고 그는 늘 내 말을 듣고 웃어주는 쪽이었다. 나는 긴 시간 스스로를 훈련시킨 사람답게, 친밀한 관계가 되면 입담과 재치를 발휘하는 데 다소 적극적이었다. 그는 내가 자신과 관련된 많은 것을 사소한 부분까지 자세히 기억한다는 데에 놀라워하고 때로 감탄했다. 그러다가도 피곤한 얼굴로 오랫동안 입을 다문 채 창밖을 바라보다가 기숙사 점호까지 한참 시간이 남았는데도 일이 있다며 일찍 집에 들어가버리는 것이었다.

무엇 때문에 기분이 변했는지는 종잡을 수가 없었다. 서

산에 붉은 해가 걸렸는데 공장에 다니는 소녀가 집에 안 돌아온다는 노래 가사를 듣고 갑자기 표정이 흐려지고 생각에 잠기는가 하면, '인간 위주의 경영'을 모토로 내세운 종합 상사에 다니는 나의 먼 친척 오빠가 베이루트 주재원이었고 신혼 생활을 반포의 아파트에서 시작했다는 얘기를 하자 그때부터 나를 대하는 태도가 시니컬해지기도 했다.

오현수는 혹시 그에게 무슨 말 못 할 병이 있는 게 아니냐고 말했다. 그녀가 인간을 분석하는 텍스트로 삼는 소녀소설 '레먼북스 시리즈'에도 불치병에 걸린 병약한 소년 이야기가 몇 편 있다는 거였다. 레먼북스 시리즈 중에서도 오현수의 취향은 『쌍둥이 여대생』『제복의 소녀』 같은 신파였다. 미국 고등학생들의 파티와 삼각관계를 그린 『핑크 드레스』나 병든 소녀가 크루즈 여행에서 멋진 신사를 만나는 『사랑의 파도』는 몇 번을 되풀이해서 읽었다. 주인공 소녀가 나가사키에서 온 오빠 친구를 좋아하면서부터 얌전한 숙녀가 되어가는 『말괄량이 소녀』는 나가사키라는 지명 때문에 그녀가 특히 좋아하는 책이었다.

오현수는 그런 소녀소설들을 읽다 보면 인간이 다 틀에 넣어 해석할 수 있는 시시한 존재로 느껴지기 때문에 마음이 편해진다는 말을 하곤 했다. 그리고 대중적인 장르에서 다루어진 소재는 그만큼 보편성이 있으므로 한승우가 불치

병일 가능성을 무시할 수 없다는 논리를 폈다.

이재숙은 더 간단한 추측을 내놓았다. 장이 약해 설사가 났을지도 모른다며 마르고 허약한 체질에게 흔히 있는 일이라고 말했다. 아버지의 한의원에서 그런 환자를 많이 보았다는 것이다. 그게 아니라면 아마 차비가 없어서일 거라고도 했다. 집까지 걸어가야 하기 때문에 완전히 어두워지기 전에 헤어지는 것이며 친척 오빠 에피소드도 돈에 대한 예민한 반응일 거라고 추리했다.

남자를 다 이해해주려고 하지 말라고 마지막에 한마디 거드는 건 양애란이었다. "헷갈릴 때는, 상대가 나를 안 좋아한다고 생각하는 게 맞는 답이야. 그게 아니라고 생각하고 싶으니까 혼란스러운 거지." 그녀답게 단순하고 또 미래지향적인 해법이었다.

양애란의 말은 좋은 쪽으로 옳았다. 미심쩍은 기분으로 헤어진 다음 날이면 그는 반드시 연락을 했고 전날 잘 들어갔는지 지금 기분은 어떤지 물어왔다. 기숙사생 전체가 단 두 대의 전화를 사용한다는 걸 떠올리면 그의 성의와 끈기는 간단한 것이 아니었다. 불안과 혼란이 찾아올 때마다 나는 그런 사소한 어긋남이 우리에게 아무런 나쁜 전조도 되지 못한다고 생각하려 애썼다.

1977년의 6월과 7월, 그때에 세상에는 여러 가지 일들이 일어나고 있었다. 원자력 발전기 고리 1호기가 완공되었고 신안 앞바다에 가라앉아 있던 보물선에서 옛 중국의 문화재 수백 점을 추가로 건져냈다. 베트남 난민 38명이 여수항에 발을 내딛었다.

　　정체불명의 폐유가 해운대와 송도를 오염시킨 뉴스도 있었다. 수영 금지령이 내려졌다고 하자 양애란은 갑자기 뉴스에 관심을 보였다. 방학이 되면 부산 출신인 남자친구에게로 놀러가 함께 바다 수영을 하기로 약속했기 때문이었다. 그즈음 그녀는 수영장 다니는 재미에 빠져 있었다. 오현수에게 신문에 실린 수영장 광고를 오려달라고 하기도 했다. 그녀는 우이동의 '그린파아크 대수영장'에도 갔고 '북악 스카이웨이 수영장'에도 갔다. 하지만 그보다 입장료가 백 원 비싼 워커힐 수영장을 가장 좋아했다. 수영을 하기보다 하이슬라이드를 탄 뒤 5백 원짜리 디럭스 햄버거를 먹고 풀사이드 베드에 누워서 보내는 시간이 더 많았던 것이다.

　　외신은 연일 미국과 관련된 뉴스를 전했다.『뉴욕타임스』에 CIA가 2년 전부터 청와대를 도청해왔다는 기사가 실렸다. 그 며칠 뒤 미 국방부는 한국에 막대한 양의 무기를 팔 계획이 있다고 의회에 보고했다. 얼마 안 가 미 국무부가 한국에 팬텀기 열여덟 대 등의 무기를 팔았다고 의회에 알려왔다. 비슷한 시기에 한국 의회는 주한미군 철수를 반대하는 결의안을 미국에 보냈다. 최성옥은 이 네 가지 사건은 사실 긴밀하게 연관돼 있고, 미국은 깡패이며 국회의원은 도둑놈들이라고 그녀답지 않게 거친 말을 뱉었다.

윤정희와 백건우 부부가 유고슬라비아에서 북한으로 납치될 뻔하다가 미국 영사관을 통해 탈출했다는 기사가 보도되었을 무렵에는 방학이 시작되어 기숙사가 텅 비어 있었다. 학보사의 일이 남아 있었으므로 나는 특별 허락을 받아 며칠 더 머무는 중이었다.

지루한 장마가 이어지고 있었다. 질척한 거리 곳곳에 물웅덩이가 생기고 하수구 근처에만 가도 소리가 요란했다. 바지가 무릎까지 빗물에 젖어 발걸음이 무거워졌으며 치마를 입으면 젖은 스타킹이 달라붙어서 허벅지까지 차가웠다. 기숙사 벽에 곰팡이가 돋고 수건에서 쉰내가 가시지 않고 이불 속은 늘 눅눅했다. 푸른 하늘을 봤던 게 언제인지 기억조차 나지 않았으며 잘 마른 빨래를 만져본 지도 너무 오래되었다.

밤이 되면 1층에서 4층까지 수많은 기숙사 창문 중 몇 개에만 불이 들어왔다. 어둡고 축축한 세상에 혼자 갇힌 것 같았다. 그런데도 내가 기숙사를 떠나지 못하는 데에는 학보사 일 말고 다른 이유가 있었다.

나는 전화를 기다렸다. 그때 그는 전화를 했어야 했다. 어긋난 마음으로 헤어진 다음 날 언제나 그랬듯 전화를 걸어 안부를 확인하고 내 기분이 어떤지 물어야 했다. 기억조차 하기 싫은 그날 내가 본 것이 무엇인지 거기에 대해 뭔가 변명이라도 해야 했다. 아니라면 나를 속여왔다는 고백이라도, 헤어짐의 통보라도. 그 전화를 받지 못한 채 그대로 기나긴 방학에 들어갈 수는 없었다.

2017

1.

인간에게서 떠나 가장 멀리까지 간 것은 무엇일까. 그것은 1977년 우주로 떠난 쌍둥이 탐사선 보이저호이다. 긴 시간 동안 그것들은 목성, 토성, 천왕성, 해왕성의 곁을 차례로 지나가며 그 별들의 사진을 지구로 전송했다. 지금은 태양계를 벗어나 2백억 킬로미터 넘게 떨어진 인터스텔라를 비행하고 있다.

보이저호에는 '지구의 목소리'라는 디스크가 실려 있다. 혹시나 만날지도 모르는 외계 생명체를 위한 지구의 자기소개서이다. 외계 생명체가 디스크를 작동할 수 있도록 축음기 바늘과 이진법으로 작성한 사용 설명서도 갖춰놓았다. 그리고 그때의 외계인이 만나는 것은 1977년에 지구를 떠난 인류이다.

올해 초 NASA는 보이저호 발사 40주년을 기념하기 위해 포스터를 제작했다. 거기에는 이런 제목이 붙었다. "The Farthest." 가장 먼 곳.

2017년 가을 케이트 밀릿이 죽었다. 향년 84세. 부고 기사에는 그녀가 뛰어난 페미니즘 이론가이고 정신병의 오명을 벗겼으며 커다란 패션 안경을 썼다는 내용의 추모사가 인용되어 있었다. 컬럼비아대 박사과정 학생이던 그녀를 타임지의 표지 인물로 만든 책『성의 정치학』 표지도 함께 실렸다. 기사를 클릭해 스크롤을 내리던 나는 한 문장에서 손을 멈췄다. "세계가 잠자고 있었는데 케이트 밀릿이 깨웠다."

그녀가 깨운 1977년의 세계 속에 나도 포함될까 생각해보았다. 아마 아닐 것이다. 그때 나는 내가 꾸는 꿈에 스스로 현혹돼 있었고, 잠과 미망에서 깨어나지 않기만을 바랐었다.

8월 초의 지루한 장마 속에서 나는 혼자 기숙사에 남아『성의 정치학』을 읽고 있었다. 최성옥의 책꽂이에 꽂혀 있던 책이었다. 책에는 군데군데 연필로 밑줄이 그어져 있었다. "우리가 사랑이라고 알고 있었던 섹스는 사실 남성이 지배자이고 여성은 피지배자임을 확인시켜주는 정치 행위일 뿐이다"라거나 "여성에게 섹스가 관용되는 유일한 경우는 사랑이기 때문에 낭만적 사랑이라는 개념은 남성이 여성을 자유롭게 착취하는 정서적 조작의 방편을 제공한다" 같은 문장들이었다.

그런 부분은 두세 번씩 되풀이 읽어봤지만 여전히 머릿속에 잘 들어오지 않았다. 그때의 나에게 케이트 밀릿은 노선은 맞지만 잘못 내린 역 같은 장소였을 것이다. 곰팡이로 얼룩진 벽과 마르지 않는 빨래로 둘러싸인 채 딱딱해진 식빵으로 배를 채우며 자리를 지키고 있던 나는 사실 책을 읽는다기보다 책장을 넘기려고 애쓰는 쪽에 가까웠다.

이따금 나는 책을 내려놓고 이층침대의 사다리에 걸쳐놓았던 눅눅한 수건을 눈으로 가져갔다. 몇 번인가는 두 손으로 수건을 움켜쥔 채 흑흑 소리 내서 흐느끼고 말았는데 물론 책에 감동해서는 아니었다. '낭만적 사랑'이라든가 '정서적 조작'이란 말들이 미묘하게 나를 자극했기 때문이었다. 눈물은 그 말들에 대한 수긍과 부인 사이의 혼란스러움을 잠재우는 격한 세리머니 같은 것이었다.

어쩌면 그것도 아니었을지 모른다. 책 내용과는 상관없이 빗소리를 등지고 그냥 울기만 한 것일 수도 있었다.

그날 밤 늦게 짐을 꾸리기 시작했다. 학보사의 기사 색인 작업이 끝나 더 이상 기숙사에 머물 구실도 없었다. 색인 작업을 하면서 두꺼운 스크랩을 하나하나 넘겨가며 분류와 정리 작업을 하는 건 수습기자들 몫이었고 선배들은 이따금 나타나 점심을 사 주었다. 오지은은 끝내 얼굴을 비치지 않았다.

다음 날 정오가 되기 전에 가방을 챙겨 들고 기숙사를 떠났던 걸로 기억한다. 서울역 대합실에서 기다리다 보면 기차표를 살 수 있을 것이었다. 마지막으로 322호를 나와 방문을 닫으려는데 짧은 현기증이 왔다. 문 손잡이를 잡은 채 잠깐 서 있었다. 그 방을 떠나 고향으로 내려가면 한승우와 마지막이라는 게 끝내 믿어지지 않았다.

옥자 씨도 휴가를 얻었는지 사무실은 문이 잠겼다. 방학 중 퇴사 서류를 제출하러 사감실 문을 두드렸을 때 그곳에는 사감 대신 부사감이 자리를 지키고 있었다. 부사감은 건물 관리와 사무 처리를 위해 방학 중에도 기숙사에 머물렀다. 옥자 씨가 온종일 붙들고 있던 검은색 전화기 두 대도 그곳으로 옮겨져 있는 것이 눈에 들어왔다.

그 자리에 김희진이 있었던가. 그것은 잘 기억나지 않는다. 부사감이 자주 사적인 심부름을 시킬 만큼 김희진을 믿고 가까이한다는 건 알고 있었다. 사감이 출장 중이었을 때 김희진의 지각을 눈감아준 적도 있었다.

하지만 그때 나에게는 방 안을 두루 살필 여력이 남아 있지 않았다. 내가 기억하는 것은 퉁퉁 부은 눈으로 부사감의 시선을 피하며 책상 위에 서류를 내려놓다가 전화기를 발견했고, 그 묵중한 침묵에 마지막으로 유감을 표하는 제스처가 얼른 그 방을 나와버리는 일이었다는 사실뿐이다. 그것은 실연의 격정과 무기력의 제스처이기도 했으니까.

소설 『지금은 없는 공주들을 위하여』 3부에는 그때의 상황과 비슷한 장면이 등장한다.

1970년대 말의 여대 기숙사. 방학을 맞아 학보사 수습기자인 국문과생이 퇴사 서류를 제출하러 사감실로 들어선다. 그녀는 문학소녀를 벗어나지 못한 유치하고 가식적인 인물이다. 또한 에고의 껍데기 안에 갇혀 세상을 자기 위주로 관찰하고 분석하는데, 그것이 오독이기 때문에 자주 비관적인 일기를 쓸 수밖에 없고 겉멋 든 자기 연출도 필요하다. 자기 의견을 쉽게 드러내지 않다가 결국에는 원하는 것을 차지하는 그녀를 화자인 '나'는 공주 중에서도 '세번째 공주'로 분류한다.

그녀와 '나'는 방이 다르지만 선배들끼리 친한 탓에 비교적 가깝게 지내는 사이이다. 두 방의 1학년 네 명이 함께 어울리는 일도 가끔 있다. 그러나 엄밀히 말하면 '나'를 뺀 세 명이 내 뒷얘기를 하면서 자기들끼리의 친밀을 돈독히 한다는 게 더 정확한 표현이다.

'나'는 사감실로 들어서는 그녀가 몹시 상심했다는 걸 한눈에 알아본다. 처음엔 인사말이라도 건넬 생각이었다. 그러나 그녀는 부사감에게만 흘낏 시선을 던지더니 책상 위에 서류를 대충 내려놓고 인사를 하는 둥 마는 둥 나가버린다. 건너편에 있던 '나'에게는 눈길조차 돌리지 않는다.

'나'는 지금 사감실에서 아르바이트 근무를 하는 중이다.

고향 선배인 부사감은 '나'의 처지를 잘 알았고 이따금 아르바이트 자리를 주선해준다. 내 자존심을 배려해서 다른 기숙사생들이 전혀 눈치채지 못하도록 늘 신경도 써준다. 지금의 아르바이트도 학생들이 모두 기숙사를 떠난 다음에 시작했다. 방학 중에 기숙사 사무실을 지키고 청소와 캐비닛 정리 따위를 하는 일이다. 전화를 받는 일도 그중 하나이다.

거기에서 소설은 잠깐 고학생으로서 '나'의 고충과 아르바이트에 얽힌 몇 가지 일화들을 펼쳐놓는다. 신세계 백화점 판매원인 친언니와 그 주변 친구들의 에피소드도 있다. 고향을 떠나와 생활 전선에 나선 처녀들의 이야기이다. 그런 다음에 소설은 다시 '세번째 공주'에게로 돌아가는데 '나'가 우연히 목격한 한 사건이 장황하게 펼쳐진다.

3부 필연적인 우연

내가 그 장면을 보게 된 것은 어디까지나 우연이었다. 정확히 말하면 몇 개의 우연이 겹쳤다고 할까.

〈라이프 다방〉은 내가 좋아하는 장소가 아니었다. 가파르고 옹색한 계단, 어둡고 비좁은 실내, 시끄러운 음악과 담배 연기. 이른바 학교 앞의 음악다방이다. 그런 다방에는 으레 한쪽 벽을 레코드판으로 빽빽하게 채운 부스가 있지만 디제이가 하는 일은 따로 있다. 사연 있는 표정으로 눈을 내리깐 채 옆얼굴이 보이도록 부스 안에 앉아 있는 게 더 중요한 업무였다. 조명은 어두울수록 좋았다.

거기 비하면 널따란 통유리 창 밖으로 푸른 잔디가 펼쳐진 호텔 커피숍은 얼마나 밝고 여유롭고 쾌적한가. 탁하고 텁텁한 엽차가 아니라 도회적이고 깨끗한 정수가 담긴 크리스털 잔, 카펫에 묻히는 조용한 발소리, 무슨 곡인지 의식하지 않고도 저절로 마음이 편안해지는 음악, 넓고 쾌적한 공간에서 아무도 다른 사람을 신경 쓰지 않는 도도한 낭비의 분위기.

하지만 나 같은 처지에서는 특별한 만남이나 아르바이트가 아니고는 갈 일이 없는 장소이기도 하다. 더구나 커피값이 내 주머니에서 나가야 하는 날에는 꿈도 꾸지 못할 일이다. 내가 그날 〈라이프 다방〉에 간 이유는 간단했다. 근처에서 가장 커피값이 싼 곳이 거기였다.

나는 보통은 약속 시간보다 10분쯤 늦게 나간다. 누구나 자신이 오기를 기다리고 있는 상대 앞에 가서 앉게 되면, 그 순간 짧게나마 그의 기다림을 해결해주었다는 우월감을 느끼기 마련이다. 자연스럽게 대화의 주도권도 갖게 된다. 먼저 와 기다리고 있던 사람 입장에서는 불리한 시작이다. 어떤 관계에서나 강자와 약자의 지위가 발생한다. 일단 약자로 위치가 정해지면 원하는 걸 충분히 어필하지 못한다.

그뿐 아니다. 때로 나는 이야기를 나누는 중에도 탁자 위의 물잔이나 성냥통, 재떨이 등을 움직여 상대 쪽 가까이 밀어놓는다. 그렇게 하면 자신의 영역이 좁아져 무의식 중에 압박감을 느낀 상대를 제압하는 데 도움이 된다고 언니가 가르쳐주었다. 그러므로 그날 갑자기 휴강이 되지 않았다면 내가 약속 장소에 두 시간 먼저 와서 죽치는 일은 결코 일어나지 않았을 것이다.

다른 빈자리를 놔두고 굳이 그 구석자리를 택한 것은 맞은편 테이블에 앉은 남자가 괜찮아 보였기 때문이었다. 농구화를 신고 진 바지 위에 남방셔츠의 소매를 걷어 입은 남자였다. 체구는 왜소했지만 미소년 특유의 단정하고도 쓸쓸한 분위기를 갖고 있었다. 의자 등받이에 등을 기댄 채 포켓판 책을 읽고 있었는데, 다방 문이 열릴 때에 그쪽으로 시선을 돌리지 않는 것으로 미루어 약속 시간까지 시간이 많이 남은 모양이었다.

남자는 책 페이지를 넘기면서 입술을 깨무는 버릇이 있었다. 그때마다 하얀 얼굴에 볼우물이 패며 다소 차가웠던 인상이 귀염성 있게 바뀌었다. 평소 학교 앞 다방에 출몰하는, 굽이 닳을 대로 닳은 구두 뒤축을 꺾어 신고 검은 비닐 가방을 옆구리에 낀 후줄근한 점퍼 차림의 더벅머리 남자들과는 사뭇 다른 분위기였다.

나는 남자의 시선을 끌 궁리를 하기 시작했다. 물건을 소리 나게 떨어뜨린다든가 음악 신청 쪽지를 달라고 큰 소리로 종업원을 부르든가 아니면 일어나서 남자의 자리를 지나치며 그 옆의 파초 화분을 만진다든가.

실망스럽게도 얼마 안 가 한 여자가 들어와서 그 남자 앞에 섰다. 고급스러운 은테 안경과 개버딘 스커트가 잘 어울리는 세련된 여자였다. 그녀는 한쪽 팔에 맵시 있게 책을 끼고 있었고, 그 어깨에 걸쳐진 핸드백은 내가 백화점으로 언니를 만나러 갔다가 잡화 코너에서 보았던 신상품이 분명했다.

그러나 그녀는 남자가 기다리던 상대가 아니었다. 남자의 놀란 얼굴로 알 수 있었다. 남자는 동요된 마음을 감추려는 듯 애써 담담한 표정을 지었다. 반대로 여자의 태도는 느긋했다. 스스럼없이 남자의 앞자리에 앉더니 책을 자연스럽게 탁자 위에 내려놓고 남자를 똑바로 바라보았다. 그 순간부터 남자는 눈에 띄게 당황하기 시작했다.

둘 다 목소리가 나직해서 대화 내용은 잘 들리지 않았다. 서울 말씨란 건 알 수 있었다. 그들은 각기 상대에게 뭔가를 납득시키려는 듯 번갈아 이야기를 주고받았고 분위기는 점점 진지해졌다. 이야기가 길어지자 남자가 손목을 들어 시

169

계를 보았다. 무시하라는 뜻인지 여자가 탁자 너머로 손을 뻗어 남자의 팔을 붙잡는 게 보였다. 그러다가 갑자기 그녀의 손이 남자의 뺨을 어루만졌다.

남자는 몹시 놀란 듯 표정이 굳어졌다. 여자의 손동작은 다독이거나 달래는 듯도 보였고 장난처럼도 보였지만 어쨌든 충분히 도발적이었다. 그때 내가 아는 한 여자가 다방 안으로 들어섰다. 세번째 공주였다. 나는 남자가 기다리던 상대가 그녀라는 걸 직감했다.

그녀는 문 앞에서 걸음을 멈추고 잠시 그대로 서 있었다. 방금 자신이 본 광경을 어떻게 이해해야 할지 몰라 어리둥절한 것 같았다. 남자에게 팔을 뻗고 있는 여자는 문을 등진 자리였다. 게다가 커다란 파초 화분에 가려져 누군지 알아볼 수 없었다. 세번째 공주는 일단 남자를 향해 다가오기 시작했다. 그러나 몇 걸음 옮기지 않아 우뚝 멈춰 섰다. 남자와 마주 앉은 여자의 얼굴을 확인한 순간 그대로 몸을 돌려 뛰어나갔다. 〈라이프 다방〉의 가파른 계단을 무사히 내려갈 수 있을지 신경이 쓰일 만큼 격한 동작이었다.

뜻밖의 상황에 남자와 여자 둘 다 놀란 것 같았지만 누구도 자리에서 일어나지는 않았다. 침묵을 지키며 꼼짝도 하지 않고 한참을 그대로 앉아 있었다. 방금 벌어진 일을 각기 다른 사건으로 받아들이고 있다는 건 둘의 표정이 말해주었

170

다. 한 사람은 망연해 있었고 다른 한 사람은 분명 후련한 기색이었다.

말할 것도 없이 갑작스러운 침입자는 신상품 핸드백을 멘은테 안경 쪽이었다. 그리고 목격자의 권위를 갖고 냉정하게 증언하건대 남자 입장에서 봐도 일방적인 돌발 해프닝이었을 뿐이다.

이해할 수 없는 것은 세번째 공주였다. 모종의 숨겨진 진실을 밝혀내든 아니면 오해를 풀든 간에 그녀는 그 자리에서 설명을 요구해야 했다. 그 상황에서 왜 비련의 여주인공을 흉내 내며 제풀에 도망을 치는 것일까. 피해자임을 과장하는 제스처가 동정심을 유발해서 남자를 뒤따라오게 만들거라고 기대한 것일까. 아니면 현장에서 멀어지는 것이 그나마 남은 자존심을 수습하고 아무렇지도 않은 척 마음에 없는 교양 연기를 피할 수 있는 탈출구라고 생각했던 것일까.

어쨌든 피해자인 주제에 제 쪽에서 자리를 피해주는 것만 봐도 그녀가 얼마나 자기도취적이며 위선에 익숙한지 알 수 있다. 회피야말로 가장 비겁한 악이다. 애매함과 유보와 방관은 전 세계의 소통에 폐를 끼친다. 게다가 그녀는 적에게조차 좋은 점수를 받으려고 한다. 모두에게 맞춰주면서 우월감을 확인하는 것이다. 공주 중에서도 내가 제일 싫어하는 세번째 공주 타입이다.

세번째 공주들의 사악함은 악의가 아니라 가식과 허영에서 비롯된다. 그들은 결핍되지도 나약하지도 않으면서 자주 상처받는다. 비극이라는 고급 비단으로 몸을 감싸기를 좋아하기 때문이다. 가장 예쁜 옷을 입고 나타나 슬픈 얼굴로 핑크색 봉투에 담긴 절교 편지를 건네줄 때 그녀들이 원하는 것이 진짜 작별일 리가 없다. 관리 차원의 점검과 헤게모니 강화인 것이다.

  '용감한 자만이 미인을 얻는다' 같은 즉물적인 속담이 바로 자신에게 닥쳐올 연애사의 은유일 거라고 생각하는 그런 공주들. 그들은 미소년이라는 귀중품의 섬세한 포장을 풀 자격이 없다. 차라리 무책임한 박력을 과시하며 노골적으로 따라붙는 거리 헌팅 같은 데에서 마지못한 듯 낚이는 게 더 어울린다.

  착하고 잘해주기만 하는 남자는 어딘지 심심하다고 튕기면서, 숙취가 덜 깬 상태로 기숙사에 찾아와 방황과 고독을 연출하는 남자에게는 기꺼이 지갑을 털어 해장국을 사주는 '구원의 여성'이 그중 한 부류이다. 그 반대쪽에는 '뮤즈' 부류가 있다. "너 같은 여자는 처음이야" "너는 좀 다른 것 같아"라고 말하는 남자에게, 한쪽 팔로 비스듬히 턱을 괴며 "그래? 어떤 점이?"라고 대꾸하는 순간부터 그녀들은 이유 없이 그 남자에게 끌려다니게 된다. 공주들은 그런 자신의 어리석음을 성에 갇혀 엄격한 교육을 받은 순진함 탓으로 돌린다. 태어나면서 이미 많은 것을 가진 공주들에게 없는 것이 있다면 바로 자기애에 대한 면역이다.

그녀가 나에게 처음부터 세번째 공주였던 것은 아니다. 눈치 없는 동급생 룸메이트와 내숭덩어리 2학년보다는 오히려 말이 통한다고 생각했다. 가까이 지내려는 마음이 있었기 때문에 미팅에도 함께 나간 것인데 결국 뒤통수를 맞았다.

B는 큰 키에 외모도 깔끔하고 학교도 괜찮았다. 가정 형편이 좋은 교육자 집안이었고 지방 출신이긴 하지만 사투리도 거의 쓰지 않았다. 집안의 기대를 받는 장남으로서 재학 중 행정고시 패스를 목표로 도서관에 틀어박히곤 했으므로 내 시간에 맞춰 아무 때나 불러내기 어려운 점은 있었다. 나 역시 노닥거릴 시간이 많지 않았으므로 그 편이 더 좋았다.

B보다 더 헌신적이고 실용적 도움을 주는 남자들에 밀려 데이트의 1순위는 아니었지만 나는 그와 멀어질 마음이 전혀 없었다. 무엇보다 B는 내가 그토록 고대하던 대학생이 되어 만난 첫 미팅 상대였다. 재수학원에서 알게 된, 좀 친해졌다 싶으면 어딘가를 만지려 들거나 나보다 성적이 떨어지는 머리 나쁜 애들과는 달랐다.

또 B와 만날 때는 나이 차가 많이 난다든가 돈 잘 쓰는 남자들을 만날 때처럼 잘 보이려고 신경 쓰지 않아도 되었다. 재수 시절에는 그런 남자들을 종종 만났다. 언니가 일하던 자리를 물려받아 변두리 호텔의 커피숍에서 야간 아르바이트를 할 때였다. 둘의 생활비를 벌고 학원비를 내주는 언니에게 용돈까지 의존할 수는 없었으니까. 그런 만남에서는 지루하고 관심 없는 이야기를 들어줘야 했고 때로 발랄한 척 까불어야 했다. 호텔 방으로 데려가려는 취한 남자에게서 가까스로 도망친 적도 있었다.

대학생이 된 뒤로도 이따금 그런 자리에 나갔다. 언니와 함께인 때도 있었다. 남산과 북악 스카이웨이를 드라이브하고 고급 레스토랑 같은 곳을 돌아다니며 나와 전혀 다른 세상의 사람들을 구경하는 것이 나쁘지 않았기 때문이다. 그러나 분식집 칼국수를 먹고 담배 연기 자욱한 다방에 몇 시간씩 앉아 있는 B와의 데이트가 훨씬 좋았다.

나는 아직 심각한 연애는 하지 않을 생각이었다. 목표를 이루려면 일단은 학교 공부와 그것을 가능하게 만드는 아르바이트가 우선이었다. 데이트는 틈틈이 가볍게 즐기면 되었다. 언니 친구들만 봐도 남자를 일찍 만나 잘된 경우를 보지 못했다. 때 이른 임신도 문제였지만 그보다 여자들은, 게으르고 무능하고 겉멋과 헛바람이 든 남자들을 먹여 살릴 값싸고 힘들고 모욕적인 일자리를 손쉽게 구할 수 있다는 것이 더 큰 문제였다.

내가 그 굴레에서 벗어나기를 원했던 언니는 부모와 의절하다시피 해서 나를 고향에서 서울로 끌어올렸다. 내가 대학에 합격했을 때 언니가 해준 축하의 말은, 못 가진 사람과 여자들에게 불리한 세상에서 그 둘 다에 해당되는 처지인 만큼 늘 정신을 바짝 차리라는 당부였다.

B의 책갈피에서 비져 나온 우리 학교 학보를 본 순간 나는 낚아채듯 그것을 빼냈다. 그리고 떠지에 적힌 메모를 보고 나는 그녀가 또 하나의 공주 부류라는 걸 알아차렸다. 속이 뻔히 들여다보이게 "신방과생이니 학보 모니터 부탁해도 될까요"라니. 세번째 공주는 욕망을 자연스럽게 표출하지 않고 늘 명분을 붙이거나 핑계를 내세운다.

나는 즉각 B에게 세번째 공주의 허튼수작에 넘어가지 말라고 충고했다. 그에게는 단순한 문제를 지나치게 복잡하고 신중하게 생각하는 면이 있었다. 나는 그것을 우유부단함이라고 지적하며 결국 그 때문에 여지를 보인 거 아니냐고 추궁했다. 거절을 못 하다 보면 나를 향한 강력한 마음에도 불구하고 그런 값싼 유혹에 휘둘리게 돼버린다고 경고하기도 했다. 만나는 남자들에게 확신을 주지 않고 간혹 한눈을 파는 척 떠보면서 안타깝게 만들어야 한다는 평소 생각에 따라 거기에는 이별의 암시도 포함되어 있었다.

그는 나를 한동안 물끄러미 바라보기만 하더니 차분한 목소리로 대꾸했다. "그 말이 맞아요. 그동안 제가 우유부단했고, 휘둘린 것도 맞는 것 같습니다." 말을 마치고는 조금 전 내가 다방 탁자 위에 내던졌던 학보를 집어 들었다. 그리고 그것을 소중한 물건이라도 되는 듯이 처음 있던 자리에 천천히 끼워 넣었다.

그가 빠져나간 빈자리는 생각보다 컸다. 나는 굳이 연대생과 축제 미팅을 해서 그쪽 캠퍼스를 보란 듯이 휘젓고 다녔는데, B와 상관없는 일이 아니었다. 그러므로 그날 〈라이프 다방〉에서 내가 목격자가 된 것은 단순한 우연이라 할 수 없었다. 그것은 세번째 공주와 그리고 B와 관련된 청춘 멜로물의 필연적인 속편이었다.

멜로물의 속편은 대개 복수를 다룬다.

방학이 되자 나는 기숙사 사무실에서 아르바이트를 시작했다. 그리고 내가 교환수 노릇을 하는 동안 세번째 공주에게로 걸려온 전화는 절대 그녀에게 전달될 수가 없었다. 한 사람에게서 여러 번 걸려왔으니 중요한 용건이겠지만 말이다. 전화를 건 남자의 목소리는 침울했다. 톤은 달랐지만 〈라이프 다방〉에서 들었던 그 낮고 부드러운 서울 말씨가 틀림없었다.

내가 전화 연결을 하지 않은 것은 사실 규율을 착실하게 따랐을 뿐이었다. 방학 중 기숙사 전화는 업무용으로만 쓰게 돼 있었다. 개인적인 통화를 하도록 친절을 베풀 만큼의 의리나 우정이 없었다는 뜻이지만 그것은 내가 시작한 게임이 아니다. 또한 멜로물의 결말은 개인의 복수가 아닌 권선징악의 성격을 띤다. 그런 점에서 복수의 표적은 그녀가 아니라 스스로 자리를 박차고 나간 뒤 간절히 전화가 오기를 기다리는 공주들의 이중성인 것이다.

남자의 마지막 전화는 그녀가 기숙사를 떠난 지 얼마 안 돼 걸려왔다. 나는 그녀의 목적지가 서울역이란 걸 알고 있었다. 곧바로 그곳으로 달려가면 차표를 구하기 위해 대합실을 서성이는 그녀를 붙잡을 수도 있는 시각이었다. 그러나 애석하게도 그 속편에는 재회를 다룰 계획이 없었다.

그걸 원했다면 세번째 공주는 사감실 구석에서 청소를 하고 있는 나를 무시하지 말았어야 했다. 세상 모든 것을 잃은 듯한 절망의 포즈를 연출해서도 안 되었다. 그 경솔한 행동은 곧바로 그녀가 B에게 보낸 가증스러운 메모를 연상시켰다. 남의 상실과 아픔은 알아차리지도 못하면서 제 상처에는 소스라치는 자기중심적 비극의 연출에 대한 강한 반감을 불러일으키기에 충분했다.

나는 전화기 너머의 남자에게 사무적으로 기숙사에는 아무도 남아 있지 않다는 사실을 전달했다. 그동안은 전화를

부탁한다는 그의 메모와 번호라도 받아두었지만 이제는 그
마저 필요가 없다는 뜻이었다. 그들 사이의 문을 완전히 닫
은 셈이었다.

　나는 거기에서 잠시 책을 덮었다.

　익숙한 이야기였지만 읽기 쉬운 글은 아니었다. 소설 속
의 많은 이야기가 나와 공유한 경험에서 나왔다는 점도, 그
중에서 특히 내가 보지 못했던 쪽을 조망하고 있다는 점도
불편하긴 마찬가지였다.

　그 시절의 김희진이 고학생이었고 언니 옷을 빌려다 입어
가며 한사코 그것을 숨기려 했다는 건 그녀와 다시 만나게
된 이후 수도 없이 들어온 얘기였을 뿐 아니라 당시에도 어
렴풋이 짐작했던 일이었다. 그 때문이 아니었다. B라는 이
니셜로 등장하는 브론스키와 관련해 변명을 하고 싶다거나
정말 한승우에게서 전화가 왔었는지 확인해보고 싶은 것도
아니었다. 주인공의 욕망을 정당화하기 위해 설정된 악역
중 하나가 나라는 데에 마음이 상한 것 또한 아니었다. 그저
내 청춘의 무위한 열기와 어리석음에 염증이 들었다.

　소설 속에서 신랄하게 묘사됐듯이 나는 누군가 부수고 들
어오기를 기다리면서도 스스로 문을 잠가놓은 채 버림받고
잊힌 사람의 노래를 부르고 있었을까. 그럴 만한 자신감이

나 배짱이 조금이나마 있었을 것 같지도 않았다. 그저 머리카락을 나풀대며 햇빛 아래를 뛰어가는 모습을 보여주기 위해 머리를 기르고, 꽃과 나무 이름을 아는 척하려고 도서관에서 식물도감을 들춰 보고, 데이트하는 날 아침 목욕탕에 가기 위해 평소보다 두 시간 일찍 일어나는 데에만 신경을 썼었다.

그가 약속 시간에 조금만 늦어도 불안한 나머지 안절부절 낯빛이 변했고 그에게서 전화가 걸려 오지 않는 주말마다 매번 의혹과 절망 사이를 오갔으며 이미 결별을 준비하고 있으리라는 상상에 스스로 불행해했다. 그가 점호 시간을 한참 남겨놓고 일찍 가버릴 때의 놀람과 실망에는 도무지 익숙해지지 않았다.

『지금은 없는 공주들을 위하여』의 '나'는 몰랐겠지만 세 번째 공주를 다방에서 뛰쳐나가게 한 것은 무엇보다 그런 두려움과 불안이었다. 약점에 대처해왔던 방식 그대로 나는 노력하고 준비해야만 나를 드러낼 수 있었고, 그렇지 않은 상황에서는 반사적으로 몸을 숨겼으며, 그리고 피해버렸다.

방학이 끝나고 처음 학보사에서 다시 만난 오지은은 여전히 세련되고 상냥했다. 그녀는 한승우의 입대 소식을 알려주더니 갑자기 생각났다는 듯 그날 〈라이프 다방〉에서는 왜 그냥 나가버렸냐며 한승우가 몹시 걱정했다고 말했다. 그리고 그에 관해 몇 가지 이야기를 들려주었다.

한승우가 입대 통지를 받았다는 사실을 나에게 털어놓으려고 잔뜩 긴장해 있어서 자신이 위로해주고 있었다는 말은 거짓말이 분명했다. 데모대의 선두에 섰다가 전경의 곤봉에 맞고 끌려갔던 한승우가 경찰서에서 풀려나자마자 아버지의 강요로 휴학을 했다는 건 사실 같았다. 산동네의 유일한 대학생으로서, 연좌제로 사회 활동이 막힌 아버지의 기대와 공장에 다니는 누나들의 헌신을 한 몸에 받았지만 그만큼 갈등이나 불화도 심했다고 말할 때 오지은은 안타까움과 동정심을 표현하기 위해 콧등을 살짝 찡그렸다.

그녀의 얼굴과 팔은 보기 좋게 그을려 있었다. 청평에 있는 친척의 별장으로 여름 휴가를 떠나 수상스키를 처음 타봤는데 10초 이상은 서 있지 못했다며 자신의 둔한 운동신경을 탓했다. 그 순간 나는 오지은이 왜 자신을 흠모하는 한승우를 내치지 않고 나에게 소개했으며 그런 다음에는 왜 근거리에 두고 계속 지켜보려 했는지 조금쯤 알 것 같았다. 그녀는 한승우에게로 흔들리는 자신의 마음이 제한된 조건 아래에서만 작동된다는 걸 누구보다 잘 알고 있었다.

세상은 내가 읽었던 세계문학전집의 세계보다 훨씬 더 견고하고 세속적이었다. 귀족에게는 그들만의 가계도가 있다. 그리고 진짜 공주들은 결코 어리석은 비련에 빠지지 않는다. 이따금 오드리 헵번처럼 성을 빠져나와 스쿠터에 올라타는 '로마의 휴일'을 상상할 뿐이다. 물론 나와는 상관없었다. 진짜 모범생이 아니었듯 진짜 공주도 아니었기 때문이다.

그러나 소설 속의 '나'가 세번째 공주에 대해 통찰한 그대로, 나의 결혼은 길거리 헌팅과 비슷하게 절차를 무시한 타인의 행동력에 의해서 결정되었다. 그때의 나로서는 상대의 결정을 뒤집을 만한 자신감과 대안이 없다는 게 내 결정인 셈이었다. 그 결과 평생 곤궁한 것들에 둘러싸여 그 안에서 비교적 좋은 것을 찾아내야 했고 그 결정을 합리화하는 데에서만 평화를 얻었다. 결혼 역시 나의 기나긴 숙제 기간 중의 한 과정이었다.

약점을 숨기려는 것이 회피의 방편이 되었고 결국 그것이 태도가 되어 내 삶을 끌고 갔다. 내 삶은 냉소의 무력함과 자기 위안의 메커니즘 속에서 굴러갔다.

한승우는 2학기가 끝나갈 무렵 딱 한 번 군대에서 편지를 보냈다. 내가 답장을 했는지 안 했는지는 기억나지 않는다. 첫사랑의 결말이 기억나지 않을 만큼 시간이 흘렀다. 어쩌면 나의 결말이 그해의 지루하고 축축한 8월 장마 속에 이미 끝나버렸기 때문인지도 모른다. 나에게 첫사랑은 몸이 아픈 날 꾸는 짧고 아름다운 꿈 같은 것이 되었다.

2.

 김희진의 소설에 공주로 등장하는 인물들은 모두 과장되고 희화화되어 있었다. 시작 부분에 씌어 있는 대로 욕망과 차별의 세상을 인상적으로 그리기 위한 소설적 전략일 것이다.

 나는 그런 소설 전략에 문외한은 아니다. 그동안 번역한 서른 권이 넘는 책 중에는 소설도 적지 않았으니까. 오히려 그렇기 때문에 수위 조절이나 변주 없이 처음부터 끝까지 인물의 이면을 찾아내 독설을 퍼붓는 김희진의 직설법이 더욱 불편했는지도 모른다.

 주인공의 이름이 모두 영어 이니셜로 바뀌어 있었지만 누구인지 알아내기는 어려운 일이 아니었다.

 양애란은 철부지에다 속물 날라리인 Y 공주로 등장했다. 고등학교 때까지는 작전상 얌전히 학업에만 힘썼다. 커트라인이 낮은 과이긴 하지만 과 수석으로 대학에 합격해서 동사무소와 부모의 식당 앞에 현수막까지 걸렸다. 그 뒤부터 아버지는 완전히 Y 공주를 신뢰했다. 어떤 거짓말이든 다 통했고 그녀가 청하면 어떻게든 '향토 장학금'을 마련해 보내주었다.

 공부에도 진로에도 관심이 없었고 오로지 소비하고 놀기

에만 바쁜 그녀가 낙제를 하지 않는 데는 방법이 있었다. 신입생 때는 답안지에 윙크하는 얼굴을 그려놓는다거나 몸이 아파서 공부를 못 했다며 애교 섞인 호소문을 적어 냈다. 그것이 통하지 않는다는 걸 안 뒤에는 벼락치기 실력이 늘었고 그조차 하기 싫어지자 커닝 페이퍼를 만들었다. 현장을 들켜서 징계를 받을 뻔한 일도 있었는데 같은 방의 국문과생에게 길고 긴 반성문을 대신 쓰게 해서 겨우 위기를 모면했다.

Y 공주는 또 앞뒤 없이 아무 말이나 내뱉는 성격이었는데 결정적인 피해자가 바로 '나'였다. 그녀가 '나'에 대한 헛소문을 퍼뜨리는 바람에 '나'는 기숙사에서 성가신 오해를 받고 나쁜 평판에 시달려야 했다. '나'가 대낮에 남자와 여관으로 들어가는 모습을 목격했다고 모함한 떠버리가 바로 Y 공주였다.

'나'가 가장 많은 분량을 할애해서 공주의 편협함과 이중성을 까발리는 건 물론 곽주아, K 공주 편이었다. 그녀의 아버지가 교회 장로인데도 그녀를 기독교 사학 재단인 이대로 보내지 않은 것은 신붓감으로 키우기에는 서양 선교사가 세운 학교보다 황실에서 설립한 학교가 더 고상하다고 생각했기 때문이었다. 장로의 봉건사상은 거기에서 그치지 않았다. 딸에게 정기적으로 전화를 걸어 세수와 청소를 꼬박꼬박 하는지와 함께 하나님과의 순결 서약을 잘 지키고 있는지 확인했다. 아버지의 뜻대로 K 공주는 조신하게 지내다가 졸업 후 중매결혼을 해야 한다며 일절 데이트를 하지 않았다. 한가하거나 선량한 교회 오빠들을 한 명씩 불러내 인생 상담을 하고 밥을 얻어먹을 뿐이었다.

K 공주가 '나'에게 가하는 차별과 핍박은 꽤나 구체적으로 묘사되었지만 사실은 뻔한 얌체 짓과 지나친 참견 정도였다. 여대 기숙사 방에서 일어날 수 있는 차별이란 불쾌함과 불편함을 줄 정도이지 심각한 불이익과 부당까지는 아니었다. 상습적으로 돈을 빌리고 갚지 않는 것에서부터 거짓말과 고자질, 이간질처럼 어느 집단에나 있는 일이었다.

내가 특히나 읽기 거북했던 것은 최성옥 부분이었다. C 공주인 최성옥은 자기모순적인 성격의 인물로 그려져 있었다. 대학가에서 벌어지는 불의에 저항하면서도 학교 성적에 집착하고, 페미니스트를 자처하면서 실제로는 고시 공부하는 남자 뒷바라지나 하고 있는 이중인격자였다. 겉으로는 학생 운동에 열을 올리지만 그녀의 관심사는 고시생 남자와 그 어머니의 마음에 드는 일이 고작이었다.

젊을 때 혼자가 된 고시생의 어머니는 외아들의 공부에 방해가 되는 C 공주의 존재를 못마땅해했다. 또 합격이 분명한 아들에게로 곧 부잣집과 명망가에서 수많은 혼담이 쏟아질 것이 확실한데 그 기준으로 계산하면 C 공주는 초라하기 짝이 없었다. 그녀는 아들이 절간의 앉은뱅이책상 앞에 묶여 있는 동안 C 공주를 집으로 호출하곤 했다. 반찬 가짓수를 정해주고 밥상을 차리게 하는가 하면 관상을 본다며 귓불을 당겨 여드름 자국까지 샅샅이 점검했다.

C 공주와 고시생은 고향 친구로서 고등학생 때부터 사귀던 사이였다. 어머니는 아들과 동갑이면 나이가 너무 많은 것 아니냐고 혀를 찼고 인물을 트집 잡아 쌍꺼풀 수술까지 종용했다. 일껏 조심했지만 한순간 다리 떠는 버릇이 발각되고 말았을 때는 복 달아난다는 외마디 외침과 함께 쏟아지는 소금 세례를 받아야 했다.

기숙사 시절 내 주변에서 책을 가장 많이 읽는 것은 오현수였다. 주로 소녀소설과 베스트셀러였다. 자신의 물건들을 조심스레 관리하고 아끼는 오현수였지만 책만은 읽은 뒤 아무에게나 빌려주었고 돌려주지 않아도 찾지 않았다.

양애란은 오현수에게서 『나의 누이여, 나의 신부여』를 빌려 갔다가 금방 돌려주었다. 니체와 릴케와 프로이트 등 당대 유럽 최고의 지성인들을 모조리 매혹시킨 루 살로메의 전기라 해서 궁금증이 일었지만 도움이 될 만한 실용적인 내용은 없더라며 실망한 기색이었다.

이재숙이 오현수의 책을 빌린다면 그것은 거의 곽주아의 심부름이었다. 곽주아는 책에서 본 문구를 베껴놓았다가 주로 편지를 쓰는 데에 인용했다. 그 무렵 곽주아가 인용하는 문구는 "사랑하라, 그러나 서로 구속하지는 말라. 차라리 그대의 영혼의 기슭 사이에 일렁이는 바다를 두라" "떠나려는 자 떠나게 하고 잠들려는 자 잠들게 하고 그러고도 남는 시간은 침묵할 것" 같은 것들이었다. 왜 그런지 몰라도 상대에게 부담을 주지 말아야 하며 헤어질 때는 집착을 버리고 깨끗하게 돌아서야 한다는 문구가 유행이었다. 여성들을 겨냥한 책의 광고 문구로도 쓰였고 어떤 감성적인 여대생들에게는 실연 후에 마음을 다잡는 독립선언으로 활용되기도 했다.

또 한 사람 그런 문구를 좋아하는 의외의 인물이 있었는데 부사감이었다. 기숙사 현관의 게시판에 시를 적어 붙여놓기도 했다. 작별을 예감하고 슬픔을 진정시키는 센티멘털한 시들이었다. 내가 학보사 편집실 칠판에서 "미친 운전자가 차를 몰고 사람들을 치어 죽일 때 그저 죽은 사람들의 장례나 치러주어야 하는가"란 문구를 본 뒤 심각한 얼굴로 기숙사에 돌아오면 그곳 게시판은 "깊이 사귀지 마세. 작별이 잦은 우리들의 생애. 악수가 서로 짐이 되면 작별을 하세"라며 체념을 종용했다.

부사감은 늘 색이 누레진 흰 가운을 입었고 무신경하게 슬리퍼 소리를 내며 굼뜬 동작으로 복도를 지나다녔다. 그런 부사감이 사랑에 대한 시를 끼고 산다는 것 때문에 「B사감과 러브레터」를 연상시켰다. 기숙사에서 그녀의 별명은 'B감'이었다.

김희진의 소설에는 부사감이 왜 그렇게 후회 없는 작별의 애틋한 노래와 헌신적인 사랑 이야기에 연연했는지 꽤 구체적인 사연이 곁들여진다. 부사감은 정년 퇴임이 얼마 남지 않은 유부남 지도 교수를 존경하다 못해 몸과 마음을 헌신하고 있었다. 그 사실을 아는 사람은 사감이 놓아주지 않아서 약속 시간에 늦겠다는 전갈을 전하기 위해 이따금 호텔 커피숍으로 심부름을 가는 '나'뿐이었다.

그러나 소설 속 '나'는 몰랐겠지만 그 사실을 아는 사람은 그녀만이 아니었다.

최성옥은 이따금 융통성 없는 부사감 탓에 게시판에 유인물 붙이기가 쉽지 않다고 투덜거렸다. 그때마다 송선미는 "그 선배가 디디하이 보이도 새근이 멀쩡하다이께네. 내가 그기서 봤다 안 하드나. 갈블라 하지 말고 나뚜라"라며 부사감의 역성을 들곤 했다. 그러면 최성옥도 송선미의 말뜻을 안다는 듯 가만히 고개를 끄덕였고 송선미는 "그때 내랑 눈이 딱 마주치가 어찌나 시껍하던지. 그래 착한 선배가 아치

랍다 아이가"라며 그 화제를 마무리했다.

송선미는 사업차 상경한 아버지가 묵는 호텔 커피숍으로 찾아가 특별 용돈을 받곤 했다. 언젠가 그 호텔에서 사 온 생과자를 함께 먹을 때 자연스럽게 이어진 송선미와 최성옥의 대화에서 나는 송선미가 부사감을 봤다는 '그기'가 어디인지 눈치챘다. 소설 속에서 최성옥이 우스꽝스럽고 한심하게만 그려진 것은 자신의 비밀을 알고 있는 사람에 대한 부사감의 불편한 심기 탓인지도 몰랐다. 김희진에게 고시생과의 사연을 부풀려서 들려준 것도 부사감일 것이다.

『지금은 없는 공주들을 위하여』에서 어디까지가 실제로 벌어진 일이고 소설적 가공인지 확실히 알 수는 없다. 양애란은 헛소문을 퍼뜨릴 만큼 남의 일에 큰 관심이 없었다. 그리고 내가 기억하기로 커닝 사건도 양애란이 아닌 김희진 자신에게 일어난 일이었다. 그때 그 이야기를 전해주던 이재숙은 김희진이 성적을 위해 수단 방법을 안 가릴 뿐 아니라 반성문도 잘 쓰더라고 글솜씨에 감탄했었다.

나에 대한 이야기 역시 모두가 사실이라고는 할 수 없었다. 그러나 문학소녀의 허세에 대한 묘사만은 지루할 만큼 집요하게 이어졌다.

첫 미팅을 함께하면서 알게 되었는데 그녀는 약간 말을

더듬었다. 말을 시작하기 전에 호흡을 조절하기 위해서 속으로 하나 둘 셋을 세는 것 같았다. 그러느라 한 박자 늦게 입을 열었다. 그녀가 말할 차례에서 대화가 끊어지면 사람들은 으레 그녀 쪽으로 고개를 돌렸다. 그제야 그녀는 시선을 한 몸에 받으며 상기된 표정으로 입을 떼었다. 이따금 호흡 조절에 실패해서 말이 안 나오게 되면 머뭇거리는 척하면서 그대로 입을 다물었다.

연설을 잘하진 못하겠지만 사교에는 전혀 지장이 없었다. 그녀가 그 정도를 치명적 장애나 결핍이라도 되는 듯이 감추려 들고 괴로워하는 것이야말로 장애와 결핍을 가까이에서 본 적 없는 그녀의 '공주다움'이었다.

그녀는 미팅을 거절하지는 않았지만 그것이 지속적인 데이트로 이어지는 일은 거의 없었다. 그 이유 역시 스스로가 생각하듯 내성적인 성격이라거나 마음의 문을 쉽게 열지 못하기 때문이 아니었다. 까다로운 자기애와 허영 탓이었다. 그녀는 남자한테 쉽게 실망했다. "제가 유유부단했음을 돌아보며" "낙엽이 무릎까지 빠지는 가을날에" "맡은 역활에 충실해서"처럼 사소한 맞춤법이 틀린 편지 때문에 헤어진 적도 있었다.

안양 포도밭인지 송내 딸기밭인지 아니면 인천 연안 부두인지 아무튼 서울 근교의 데이트 코스로 놀러 나간 날이었다. 서울 버스는 토큰을 쓰면서부터 양문형으로 바뀌었지만 거기서는 아직도 차장이 문을 지켰고 옆구리에는 한자로 "명예로운 선진 경기"라고 씌어 있었다. 남자가 '예譽'를 몰라 어렵사리 '명경로운'이라고 읽었을 때, 그녀의 표정이 싸늘해졌다. 남자는 전에도 그녀가 옆구리에 끼고 나간 『이데올로기의 종언』이란 책 표지의 '언焉'을 잘못 읽어 "이데올로기의 종마"라고 읽었었다.

그녀가 데이트에 그런 책을 들고 나가는 심리는 뻔했다. 기껏해야 맨 앞의 한두 장밖에 안 읽었으면서 어려운 책을 반드시 표지가 보이도록 끼고 다니는 남자를 많이 봤는데, 그것의 여자 버전이었다. 어쨌든 그날 그녀는 나갈 때의 예상과 달리 저녁을 기숙사 식당에서 먹었다.

그러다가 반전이 일어난 적이 있었다. 그 시절은 거리에서 막무가내로 여자 뒤를 따라오는 남자들이 꽤 많았는데 어느 날 그녀는 그런 남자 중 하나와 함께 종로의 다방에 마주 앉아 있었다. 남자가 포기하지 않고 세 블록이나 뒤를 따라왔고 대학 배지를 달고 있었으며 인상이나 차림새 또한 싫지 않았기 때문에 일단 이야기나 들어보자는 심산이었다.

자리에 앉자 남자는 독문과생이라고 자기소개를 한 뒤 사귀어보자고 말했다. 그녀는 귀여운 척을 하느라 남자의 윗옷 주머니에 꽂힌 만년필을 가리키며 그렇다면 그 말을 독

일어로 써보라고 농담을 던졌다. 남자는 곧바로 수첩 한 장을 찢어 거기에 "Ich lieb dich"라고 썼다.

그 문장에서 e가 빠졌다는 걸 알게 된 것은 몇 번의 만남을 가진 뒤였다. 남자가 알려줘서야 알았다. 남자는 처음 만난 사람에게 도저히 그 말을 쓸 수는 없더라고 고백하면서 다시 수첩 한 장을 뜯어 똑같은 문장을 적어서 그녀에게 건네줬다. 이번에는 e가 있는 문장이었다.

그녀는 그 자리에서 그것을 구겨버렸다. 그녀에게는 남자의 진실함, 그리고 그 문장이 비로소 완전해졌다는 의미보다 자존심을 다친 것이 더 큰 문제였다. 세번째 공주는 자기를 너무 사랑한 나머지, 자기가 알고 있는 그 사람으로서만 사랑받기를 원했다.

소설 속의 공주들 중 세번째 공주는 특히나 '나'와의 대비를 위한 캐릭터였다. 그리고 '나'는 주인공답게 세상을 보는 통찰력을 가진 성숙한 캐릭터였다.

'나', 그러니까 김희진은 귀가허가증을 끊어 언니네 자취방에 갈 때 종종 늦은 밤의 홍은동 골목을 지나쳤다. 붉은 조명이 켜진 유리 쇼윈도 아래 진한 화장을 하고 한복 차림으로 앉아 있는 여자들에 대해 알고 있었다. 그녀는 또 언니의 친구들이 어떻게 고향의 어둑신한 부엌을 뛰쳐나와 고달

폰 도시의 변두리에 편입되었는지도 알았다. 간호원이 되기 위해 독일로 가거나 호텔 카지노 직원으로 뽑혔다는 이야기는 신화에 가까웠다. 고속버스 안내양 시험에 합격한 경우가 가장 큰 성공이었고, 머릿수건과 작업복을 갖춰 입는 영등포의 제과공장도 서열이 높은 편이었다. 그 아래로는 변두리 공장 직공과 평화시장의 미싱사, 그리고 숙식 제공 비어홀의 여급 등등이 있었다.

그녀는 언니가 꼭 끼는 스커트와 조끼 유니폼을 입고 통통 부은 종아리로 어떻게 하루 종일 미소를 지으며 서 있을 수 있는지도 알았다. 그리고 언니의 자취방을 떠나와 형편에 안 맞는 기숙사 생활을 하는 것만으로 자신이 미래에 어떤 빚을 지게 되는지도 알았다. 그 미래를 위해서 성적도 잘 받아야 하고 교수들과 사감, 부사감에게 잘 보여 수단껏 인맥을 만들어야 한다는 것을 모를 수 없었다.

여관집 아들에게 영어를 가르치기 위해 일주일에 두 번씩 남산 밑 골목 깊숙이의 여관을 드나드는 동안 그곳에서 장기 투숙하며 점을 치는 사주쟁이와 뒷방에 숨어 사는 빚쟁이의 사연도 알았다. 외진 굴다리 아래에 숨어 있다가 여자들이 나타날 때마다 바지를 끌어 내리는 변태와 젊은 여자 뒤만 집요하게 쫓아다니며 위협하는 거지가 있다는 것도 알았다. 그리고 그런 것을 알고 있는 자신은 다른 기숙사생 공주들과 다르다고 생각했다. 그녀에게는 그 시절 내가 겪어야 했던 방식과는 전혀 다른 '다름'과 '섞임'의 세계가 있었다.

그 시절 우리에게는 수많은 벽이 있었다. 그 벽에 드리워지는 빛과 그림자의 명암도 뚜렷했다. 하지만 각기 다른 바위에 부딪쳐 다른 지점에서 구부러지는 계곡물처럼 모두의 시간은 여울을 이루며 함께 흘러갔다. 어딘가에 도달하기 위해서 말이다. 그때 우리 모두는 막연하나마 앞으로 다가올 시대는 지금과 다를 거라고 믿었다.

지난봄은 유난히 미세먼지가 많았다. 내가 『지금은 없는 공주들을 위하여』를 읽을 때에는 감기 기운까지 있어서 거의 외출을 하지 않고 지냈다. 며칠 동안은 약을 챙겨 먹고 오래 잠을 자야 했다. 그러느라 출판사에서 의뢰한 펜포크너상 수상 작가의 신작 소설에 대한 검토 글도 가까스로 마감일을 맞출 수 있었다.

내 원고를 받은 출판사 편집자는 곧바로 이메일 답장을 보냈다. 작가 연보를 보완하고 서문을 번역해달라는 내용이었다. 검토를 의뢰할 때는 없었던 추가 사항이었다. 조금 짜증이 났지만 자신이 그 작가에게 각별한 애정이 있기 때문이라는 말에 잠자코 수긍하고 말았다. 담당자의 말대로 나

중에 번역을 맡게 될 때를 대비해서 작가와 작품을 확실히 파악해두는 게 나았다. 지끈거리는 머리를 붙잡고 머그잔 가득 커피를 내려서 다시 책상에 앉았다.

그것까지 마무리한 뒤 몸이 좀 나아지자 먼저 맥주 생각이 났다. 마감을 끝낼 때마다 혼자 치르는 작은 뒤풀이 같은 것이기도 했다. 카디건을 걸치고 기운 없이 집 앞 편의점으로 가는 길에 날씨가 너무 좋았던 게 기억난다.

편의점 냉장고에는 갖가지 세계 맥주들이 도열해 있었다. 그중에서 망설이지 않고 라거를 고른 것은 김희진과 마신 낮술을 떠올려서였을까. 그녀가 주장한 클래식한 취향이란 말이 내심 그럴듯하게 여겨졌던 모양이다. 기분을 내기 위해서 나에게 몇 안 되는 사치품인, 나무 상자에 보관된 일본제 유리잔까지 꺼낸 걸 보면.

그녀는 나에 대해 오해하고 있었다. 내가 늘 남에게 맞추려고 하는 것은 모두에게 사랑받기 위해서라거나 우월감에 취한 게 아니라 단지 남에게 쉽게 영향을 받기 때문일 수도 있다. 내 안에는 우연히 들어온 바람으로 가득 채워졌다가 그것이 빠져나가 텅 비워지곤 하는 허공 같은 게 있는지도 몰랐다. 결국은 자기가 틀릴 수도 있다는 생각을 전혀 못 하는 독선적인 사람들에게 번번이 끌려다니는 꼴이 되고 말지만 말이다.

하지만 그 또한 나의 선택이 아닌 것은 아니다. 김희진이 쓴 대로 회피도 선택일 뿐 아니라 전 세계의 소통에 폐를 끼치는 악이 될 수 있다.

그날 혼자 마시다 취해버렸다. 어느 틈엔가 탁자에 엎드린 채 잠이 들었는데 깨어보니 날이 어두워져 있었다. 황급히 일어나 마루의 블라인드를 내렸다. 온몸에 다시금 두통과 한기가 느껴졌다. 따뜻한 물로 세수를 한 뒤 파자마 위에 패딩 조끼를 껴입고 수면 양말까지 신은 채 침대로 들어갔다. 그리고 사이드 테이블에 놓여 있던 책으로 손을 뻗었다. 그녀의 소설은 좀처럼 떨어지지 않는 봄 감기와 함께 기억될 것 같다는 생각이 스쳐 갔다. 벌써 두 계절 전의 일이다.

3.

아침나절 싸늘한 기운을 느끼고 다른 날보다 일찍 잠에서 깨어났다. 마루에 나가 블라인드를 올리자 완연한 가을 풍경이 펼쳐졌다. 비가 한차례 다녀갔을 뿐인데 며칠 사이 아파트 단지의 나뭇잎들이 모두 물들고 일부는 떨어지기 시작했다.

뜨거운 물로 오랫동안 샤워를 한 뒤 서랍장에서 이른 봄에 입었던 도톰한 면 파자마를 찾아 입었다. 계절이 바뀌지 않는 나라에 사는 사람들은 무엇으로 시간이 흐른다는 걸 실감할까. 하긴 열대권에는 하루 중에 사계가 다 들어 있다고 어디선가 읽은 것 같다.

김희진에게서 문자가 온 것은 캡슐커피 머신에 물을 채우고 있을 때였다. 거래하던 출판사가 갑자기 문을 닫아 못 받을 줄 알았던 번역료가 입금되었던 날, 큰맘 먹고 장만한 물건이었다. 나는 커피 머신 옆에 놓여 있던 휴대폰을 들어 액정에 뜬 문장을 읽었다.

──그 여자, 누구 딸인지 알 것 같아.

밑도 끝도 없고 알쏭달쏭한 말이었지만 한참을 들여다보고 있으니 생각나는 게 있었다. 낭독회에 왔던 트렌치코트 여자를 말하는 것 같았다. 어머니의 유품이라며 책에 사인을 받아 갔던 여자. 그 책 주인이 우리의 동창이거나 기숙사생일지도 모른다고 멋대로 추측하면서 술잔을 기울였었다. 나와는 그다지 상관없는 일이었다.

　— 누군데?

나는 의례적인 답장을 보냈다. 조금 후 휴대폰의 벨이 울렸다.

김희진은 인터넷 포털의 검색란에 이름을 입력하면 찾아낼 수 있는 작가였다. 오래전 알던 사람들이 이런저런 경로로 연락을 해오는 경우가 가끔 있다고 했다. 그때마다 적당히 끊어냈다. 고독과 가난과 가까운 사람들에게서 받은 모욕이 자신을 작가로 만들어주었다고 인터뷰를 할 만큼 그녀에게 과거는 다시 끌어내고 싶은 그리운 추억이 아니었다.

그런데 얼마 전 출판사에서 그녀의 연락처를 묻는 이메일이 왔다며 첨부해서 그녀에게 보내주었다. 이름을 보자 메일을 보낸 남자의 얼굴이 어렴풋이 기억났다. 대학 시절 사귄 적 있는 남자였다. 그녀는 남자의 이메일 주소를 구글링해서 페이스북 계정으로 들어가 보았다. 예상대로 남자는 활동 범위가 넓어 '페친'도 많았고 부지런히 글과 사진을 실어 나르고 있었다. 대부분 흥미 없는 내용이었지만 오래전에 알던 사람들의 소식 몇 가지가 눈에 들어왔다.

김희진은 특히 미국 서부 도시에 살고 있는 한 남자의 소식에 관심을 보였다. 그 남자가 지난겨울 한 장례식에 참석했는데 고인이 우리와 연배가 비슷한 대학 동문이었다. 그 사실만으로 낭독회 때 만난 여자와 연결을 시키려 했다. 장례식을 치른 시점도 낭독회 여자의 어머니와 비슷하다는 거였다. 물론 지나친 비약이었다. 그녀도 그걸 모르지 않았는지 통화는 거기에서 끊어졌다.

나는 이미 차갑게 식어버린 커피를 천천히 마셨다. 그녀가 그 정도의 용건으로 연락을 해올 것 같진 않은데 뭔가 석연찮은 기분이었다. 따뜻한 커피를 새로 내려 마시려고 의자에서 일어났을 때 다시 그녀의 문자가 도착했다.

— 저녁이나 같이 먹자.

이번에도 강남이었다.

지하철에서 내려 약속 장소까지 가는 길에 나뭇잎들이 온통 물들어 있었다. 둥치 큰 가로수들이 제법 오래된 동네의 분위기를 냈다. 맨 처음 이 동네에 와봤던 게 대학생 때였던가. 찻길은 황량할 정도로 넓었지만 보행로는 아직 포장이 되지 않은 흙길이었고 버스 정류장의 간격이 멀어 한없이 걸었던 기억도 났다.

하긴 내가 사는 신도시의 공원도 이제는 나무 그늘이 꽤 울창하다. 40년 전에 처음 와본 강남과 20년 전부터 살고 있는 신도시의 연륜이 언젠가는 비슷하게 기억될 것이다. 그 정도의 시간은 더 큰 단위의 시간 속에서는 그다지 의미가 없다. 시간이란 모든 생명 있는 것들의 곁을 스쳐 가며 갖가지 슬픔과 기쁨의 무늬를 새기지만 결국은 모두를 소멸로 이끄니까.

나는 지도 앱이 가리키는 대로 대로변의 소극장 쪽으로 걸어갔다. 공연 포스터가 몇 개 걸려 있는 그 극장을 끼고 골목으로 접어들자 작은 음식점과 찻집, 편집숍의 간판들이 하나둘 나타나기 시작했다. 그중에서 일본 가정식이라고 써붙인 간판을 어렵지 않게 찾을 수 있었다.

자리에 앉자마자 스웨터를 벗어 의자에 걸었다. 일교차가 큰 날씨 탓에 등에 땀이 나 있었다. 스웨터의 보풀이 몇 개 눈에 들어와 떼내다 보니 문득 지난봄에 그녀를 만났을 때 입었던 옷이란 게 기억났다. 나는 한숨을 한번 내쉰 뒤 검은색 리넨 앞치마를 두른 청년이 탁자 위에 놓고 간 물잔을 들어 천천히 목을 축였다.

김희진은 집이 근처인데도 약속 시간에서 15분쯤 지나 나타났다. 약속 시간보다 늦게 나타나 오히려 대화의 주도권을 잡는다는 그녀의 소설 대목이 떠올라 피식 웃음이 났다. 20년 전에 썼지만 어쩐지 그녀라면 지금도 그런 자기 위주의 전도된 생각을 하고 있을 것도 같았다.

앞치마를 두른 청년이 주문을 받으러 다시 왔다. 그녀는 멘치카쓰를 주문한 뒤 내가 카레를 고르자 고개를 가로저었다. 달고 묽은 액체를 흰밥 위에 질척하게 얹어 내오는 일본식 카레는 정통 인도 커리를 몰랐을 때나 먹는 간편식이라며 치킨 가라아게를 권했다. 종업원 청년을 향해서는 사케를 데우지 말고 차갑게 달라고 요구했다. 데우면 향이 날아간다고 우아하게 덧붙였다.

조금 뒤 종업원이 아기자기한 사케 잔이 가득 든 쟁반을 들고 왔다. 그녀는 두 개를 먼저 고르더니 그중 어떤 것으로 결정할까 잠시 망설였다. 그러고는 광택이 깨끗하고 작은 잔을 자기 쪽에 내려놓고 주둥이가 두꺼운 투박한 잔을 내 앞에 갖다 놓았다. 네일숍에 다녀왔는지 화려하게 손질된 그녀의 손톱이 눈에 들어왔다. 그러고 보니 평소보다 옷차림에도 공을 들인 듯했다. 자잘한 꽃무늬가 프린팅된 리넨 롱스커트 위에 걸친 아이보리 니트 티, 꽃잎 모양의 펜던트가 잘 어울렸다.

"너 만날 때만 강남에 오는 것 같아."

첫 잔을 가볍게 부딪치며 내가 말했다.

"오다 보니까 극장에 이자람 포스터 붙었더라. 우리 전에 공연 보러 갔던 게, 한 10년 됐나."

"판소리 소설 쓸 때니까 그쯤 됐겠네."

그녀는 시큰둥하게 대꾸하더니 갑자기 대학 시절 시청 앞에 있었던 싱어롱 다방의 기억을 끄집어냈다. 점호 시간에 맞춰 헐레벌떡 뛰어 들어오던 나와 현관 앞에서 마주쳤는데 머리카락에서 담배 냄새가 났다는 거였다.

나는 그녀가 왜 그 이야기를 꺼내는지 이내 짐작이 갔다. 그곳에서 싱어롱을 진행하던 포크 가수가 이자람의 아버지였다. 김희진은 그가 혼성 듀오 '바블껌'의 멤버였던 것도 기억했다.

"너도 기숙사에서 그 사람 노래 부르고 그랬잖아. 오현수가 기타 치고."

나는 귀담아듣지 않고 대충 고개만 끄덕였다. 자기만 아는 내용인 것처럼 말하지만 나에게 새로운 정보는 하나도 없었다. 옛 친구와 옛얘기를 나누는 정겹고 퇴행적인 분위기 또한 나와는 거리가 멀었다. 그리고 그녀의 입에서 오현수의 이름이 나오자 불현듯 『지금은 없는 공주들을 위하여』에 오현수가 공주로 등장하지 않는다는 사실을 깨달았던 것이다.

O는 '나'에게 '차별과 폭력과 모욕'을 가하지 않은 호감가는 인물로 그려져 있었다. 입이 무겁지만 말투는 시니컬하고 눈치와 싸가지가 있었지만 아부는 하지 않았다. 그런 O에게 '나'는 동질감마저 느낀다. 그녀는 무턱대고 유행을

좋고 비싼 걸 찾아다니며 늘 결핍감에 시달리거나 남이 하는 대로 따라 하느라 갖가지 일관성 없는 물건으로 옷장을 채우는 촌뜨기들과는 다르다. 누가 뭐라든 상관하지 않고 자기 방식과 스타일을 지킨다. 결국 기숙사 방에 홀로 고립될 수밖에 없다.

특히 그 점이 '나'로 하여금 피해자끼리의 연대감을 발견하게 만든다. 밖으로만 도는 '나'가 룸메이트들에게 소외와 배척을 받는다면 O의 경우는 안에 틀어박혀 시녀처럼 이용을 당한다.

물론 내가 아는 사실과는 전혀 달랐다. 공간이 많이 필요한 스크랩, 클래식 음악과 기타, 자기의 잔에 마셔야 제맛이 나는 커피, 소녀소설과 만화와 베스트셀러, 손을 움직이는 것보다 구상하고 집중하는 시간이 더 필요한 스타일화. 오현수가 좋아하는 것 모두 방에서 혼자 하는 일이었을 뿐이다.

무엇보다 오현수는 김희진을 전혀 좋아하지 않았다. 김희진처럼 자기 영역이 확실하고 매사에 효율성을 따지며 사람 관계를 손익으로만 나누는 타입은 부담스럽다며 오히려 피하려 들었다. 솔직함을 빌미로 남의 영역을 거리낌 없이 치고 들어가는 태도 또한 무례하다고 여겼다. 자기처럼 느슨한 자유방임자와는 맞지 않는다는 거였다.

"오현수 이름 오랜만에 듣는다."

생각에 잠겨 나도 모르게 중얼거린 말이었다. 김희진이 나를 흘끗 보더니 불쑥 한마디 던졌다.

"내가 유명한 작가가 아니라서 다행이야."

"무슨 소리야?"

"내가 소설가 된 거 알게 되면 인간들이 다들 한마디씩 하더라구."

그녀는 상관없다는 듯 시큰둥한 표정으로 말을 이었다.

"글이라고는 안 써봤으니까. 백일장 문예반, 그런 경험도 전혀 없고. 오현수도 아마 그러겠지. 김유경이라면 또 몰라도 김희진이?"

"거기서 내가 왜 나와."

"넌 국문과고, 또 글 쓴다고 그렇게 티 내고 다녔잖아."

"그때 내가 좀 유치했던 건 맞지만. 그 정도는 아니지."

"유치했던 건 아네?"

나는 그녀가 친절하게도 소설에다 그토록 상세히 써줬는데 모를 리 있냐는 말은 하지 않았다.

김희진은 놀랍게도 대학 시절 문예 공모에 가작으로 뽑혔던 내 시의 한 구절을 외우고 있었다. 그녀에게서 듣고 나서야 생각났지만 그때 뽑힌 내 시는 "근시안들의 밤"이란 제목이었다. 덕수궁 앞 밤거리에 서서 건너편 플라자 호텔 건물의 불 켜진 창을 올려다보는 감상을 쓴 것이다. 근시 안경을 벗었다 썼다 했더니 자본주의와 청춘이 교차해 보인다나 어쩐다나 하면서 마지막은 "볼록렌즈로 다시 사는 근시안들아!"라는 탄식으로 마무리했다. 유치한 건 그만두고 무식하게도 볼록렌즈와 오목렌즈를 혼동하고 있었다. 심사평에서 그 부분이 반어적 기법이라고 해석된 걸 보고 어리둥절한 가운데 가슴을 쓸어내렸지만 평생의 흑역사였다. 그녀가 그 내막을 안다면 소설에 쓰지 않고는 못 배겼을 것이다.

그녀가 그 시를 기억하는 데는 두 가지 이유가 있었다. 하나는 자신도 응모했기 때문이었다. 글이라고는 안 써봤다더니 응모까지 한 것도 뜻밖이었지만 두번째 이유는 더욱 뜻밖이었다. 그 시가 밤거리를 돌아다녀야만 쓸 수 있는 시이기 때문이었다. 한여름에는 대낮같이 환한 9시의 점호 시간을 지켜야 하는 기숙사생의 신분으로는 도저히 쓸 수 없는 시라는 거였다. 그녀는 그 일로 인해 밤거리를 돌아다닐 수 있는 학생 기자의 특권을 실감하고 나아가 기회란 공평하게 주어지지 않는다는 걸 성찰하는 계기가 되었다고 그녀다운 해석까지 덧붙였다.

내가 그 시를 조선일보사 외간부에서 편집 일을 마치고 덕수궁 앞에 서서 버스를 기다리며 생각해낸 것은 사실이다. 그러나 그때 나는 종일 교정지인 '게라'를 소리 내서 읽어야 했고 발음이 잘 안 나와 중간중간 멈추는 바람에 빨간 볼펜 선배에게 야단을 맞았다. 목도 쉰 데다, 온종일 내 안의 말더듬이와 씨름해야 했던 날 으레 그렇듯이 몹시 우울하고 피곤한 상태였다. 40분이 넘도록 버스가 안 와 초조했고 빨리 기숙사 방으로 돌아가고 싶은 것 외에는 아무 소원이 없었다. 밤거리를 돌아다닌다는 자유롭고 흥겨운 이미지는 밤 외출이 금지된 사람의 상상일 뿐이었다.

"시 응모했다 떨어진 건 괜히 얘기했나?"

그녀가 픽 웃으며 말했다. 대학 시절 문예 공모에 응모했다는 건 어떤 산문이나 인터뷰에서도 하지 않은 얘기라는 것이다. 그녀는 일관되게 자신을 뒤늦게 숨겨진 재능을 발견한 드라마틱한 작가로 포장해왔다. 인생의 전반부를 소설과 전혀 관련 없이 떠밀리듯 살다가 불현듯 자신의 이야기를 써보았고 첫 응모에 당선된 늦깎이 작가라는 소개가 따라다녔다.

사실은 소설가로 등단하기까지 많은 공모에 글을 보내왔다. 그때의 글이란 시나 소설만 말하는 게 아니었다. 그녀는 상금이 걸린 공모라면 장르와 매체를 가리지 않고 글을 보냈다. 라디오방송의 수필 모집과 여성지의 독자 수기에 몇 번 당선되기도 했다. 물론 떨어진 경우가 훨씬 많았다. 광고회사를 그만두고 언니의 옷가게를 돕던 시절과 변두리 속셈

학원에서 국어와 산수를 가르치던 때도 종종 투고를 했었지만 문화센터에 들락거리던 무렵부터 그만두었다.

그 일들을 늘어놓으며 그녀는 어딘지 즐거운 표정이었다. 그 즐거움은 자신이 감췄던 일을 털어놓는 후련함보다는 상대가 속았다는 걸 알려줄 때의 득의에 가까웠다. 정작 작가가 된 사람은 티를 내고 다니던 문학소녀가 아니라 인생을 통찰할 줄 알았던 자신이라는 점에 도취한 것 같았다. 내가 작가가 되려고 했는지 아닌지는 중요하지 않았다.

그날따라 그녀는 기숙사 시절 이야기를 많이 했다. 전에 없던 일이었다. 그녀도 나 못지않게 어릴 때나 젊었을 시절의 이야기를 좋아하지 않았던 것이다. 우리는 이른바 추억의 7080 정서도 그리 좋아하지 않았다. 언젠가 김희진은 찻집에서 그 시절 통기타 가요가 흘러나오자 대체 우리는 어떤 시대를 살았길래 저렇게 퇴행적이고 징징거리고 허세가 많았던 거냐며 이마를 찡그렸다. 그러나 막상 옛애기를 시작하고 보니 많은 일들이 떠올랐고 그럭저럭 화제가 이어졌다.

송선미가 반드시 피해야 할 남자 유형을 말해준 적이 있었다. 남들 모여 떠들 때 구석에서 혼자 서툴게 기타 줄을 퉁기는 수줍은 외톨이, 교외선을 타고 강가나 들판 같은 데 데리고 가서 꼬질꼬질한 습작 노트 태우는 걸 보여주는 문

학청년 등등. 다방에서 「에피타프」나 「솔저 오브 포춘」 같
은 우울한 노래를 신청해놓고 '난 나쁜 놈이라 너같이 착한
애를 만날 자격이 없어'라며 자조적 포즈로 담배 연기를 피
워 올리는 남자가 있는가 하면, 자꾸만 몸을 만지려고 구는
바람에 '핸디맨'이란 별명으로 불린 남자도 있었다. 송선미
의 말이 끝나기를 기다리던 이재숙이 울상을 지으며 "그럼
누구를 만나요"라고 대꾸하던 기억도 났다.

그런 얘기를 나누는 동안 그녀도 나도 조금씩 취해가고
있었다.

사케 한 병을 더 주문했다. 종업원 청년이 아까처럼 사케
잔이 든 쟁반을 다시 들고 왔다. 새 술을 시킬 때마다 잔을
바꿔주는 모양이었다. 나는 그녀가 내 잔까지 고르기 전에
먼저 팔을 뻗었다. 그리고 가장 안쪽에서 푸르스름한 줄이
들어가고 광택이 맑은 작은 잔을 선택했다. 그녀는 이번에
는 손에 닿는 대로 아무 잔이나 집는 것 같았다.

새로 가져온 사케를 한 모금 마신 뒤 그녀는 탁자 위에 올
려놓았던 휴대폰을 들어 시간을 확인했다. 함께 낮술을 마
시다가 다른 약속 자리로 가버리는 건 종종 있는 일이었지
만 그러기에 지금은 좀 늦은 시간이었다.

그녀는 약간 피곤해 보였다. 지난밤 잠을 충분히 못 잤다
고 말했다. 인터넷 포털에서 이런저런 링크를 옮겨 다니며

옛 지인들의 신상을 검색하다 보니 새벽이 돼 있었다.

교수나 기자처럼 큰 조직에서 공식 직함을 갖고 있는 사람은 이름만으로 쉽게 근황을 알 수 있었다. 회원으로 가입한 동호회나 피트니스 센터나 쇼핑 사이트의 홈페이지 같은 데를 서핑해서 겨우 찾아낸 경우도 있었다. 물론 찾지 못한 사람이 훨씬 더 많았다.

나로서는 그처럼 오래 그 일을 붙들고 있을 정도로 찾아보고 싶은 사람이 많고 거기에 이름까지 기억한다는 사실이 더 놀라웠다. 나는 소식을 알고 싶을 만큼 그리운 상대도 없을뿐더러 그런 걸 행동에 옮길 만큼 뜨거워본 적도 없었다.

그녀는 우리가 대학에 입학하던 해에 입사한 사람이 은행장이 되어 있고, 친구의 미팅 파트너였던 복학생은 3선 의원을 지낸 뒤에 지방대학 총장직을 맡고 있다고도 전했다. 그밖에도 자신이 검색한 정보와 SNS에서 본 내용을 줄줄이 들려주었다.

그중에는 내가 모르는 사람도 있었지만 아는 사람도 적지 않았다. 그녀와 내가 공유하는 남자의 이름이 뜻밖에도 많았다.

대학 시절 첫 미팅을 함께 한 이후 그녀와 나는 기숙사에 떠도는 루머를 공유했다. 같은 직장에 다니는 동안 함께 알게 된 남자 이름도 적지 않았을 것이다. 하지만 그 이름의 목록이 늘어난 것은 삼십대의 한때 카페 단골들과 어울려 술집과 극장 들을 순례할 때였다. 멤버들 모두 여자였다. 그녀는 그 시절을 '술과 장미의 나날'이라고 불렀는데 그때의 장미는 물론 남자를 가리켰다.

그 시절 김희진은 유난히 말이나 행동에서 남녀가 권력적으로 전도된 상황을 즐겼고 그것을 페미니즘이라고 생각했던 것 같다. 우리 또한 그리 다르지 않았다. 서로의 술잔을 부딪치며 '자유연애!'와 '언행일치!'로 건배사를 외치던 그 모임에서 삼각관계가 생기고 사귀던 남자가 뒤바뀌는 일이 벌어지는 건 당연한 일인지도 모른다.

그녀와 나 사이에도 한 남자를 둘러싼 사소한 감정싸움이 있었다. 거기에 대해 그녀가 오해하고 있다는 건 알았지만 오해를 풀고 말고 할 겨를도 없이 카페가 문을 닫으면서 모임이 흐지부지되었다. 그 이후 한동안 그녀와 소원해졌었다. 1년쯤 뒤인가 그녀는 앙코르와트 여행 팀에 갑자기 한 자리가 비게 되었다며 연락을 해왔고 그렇게 다시 관계가 이어졌다.

때때로 술잔을 기울여가며 나는 그녀가 전해주는 옛 남자들의 이야기를 건성으로 듣고 있었다. 그녀도 점점 술잔을 드는 횟수가 줄어들고 피곤해 보였지만 일어날 생각은 없는 것 같았다. 간간이 그녀가 하품을 할 때마다 따라서 하품이 나왔다. 집까지 가는 길이 까마득히 멀게 여겨지면서 몸이 자꾸 늘어졌다.

그녀가 누군가 이 자리로 나올 거라고 말했을 때 나는 그리 놀라지 않았다. 그녀의 손님이 오면 먼저 일어날 수 있어 다행이라는 생각마저 들었다. 그러나 내가 탁자 끝에 놓여 있던 계산서를 집어 들며 먼저 가겠다고 말했을 때 그녀는 뜻밖에도 나를 붙잡았다. "너도 만나면 반가워할 사람이야"라고 말한 뒤, 그 남자는 그녀가 아닌 나를 만나러 오고 있다고 덧붙이는 것이었다.

나는 그녀를 빤히 바라보았다. 그 사람이 누구냐는 말조차 나오지 않았다. 그게 문제가 아니었다. 40년 전이든 20년 전이든 그리고 우리가 함께 알던 그 남자가 누구든 간에 지금의 내 모습을 보이고 싶은 사람은 아무도 없었다.

나는 계속해서 그녀를 물끄러미 바라보고 있었다. 『지금은 없는 공주들을 위하여』를 읽은 이후 처음으로, 그녀가 세 번째 공주로 만들어놓은 나에 대해 비애를 느꼈다.

'술과 장미의 나날' 시절 어울리던 무리 중에 김희진과 같은 문화센터에 다녔다는 방송 작가가 있었다. 방송 작가를 지원했던 김희진이 상대적으로 경쟁이 약한 소설로 방향을 바꾼 것도 그 작가의 충고 때문이었다. 김희진은 지금 와서는 후회가 된다고 말한 적이 있었다. 사실 자신은 드라마 투르기에 더 재능이 있다는 거였다. 갈등을 만들고 키워 나가는 데는 자신이 있으며 드라마에서는 어차피 결말이 화해이기 때문에 얼마든지 갈등의 수위를 높여도 된다고 단정적으로 말했다. 하지만 현실에서는 언제나 화해가 결말이 되지는 않는다. 나는 옆 의자에 걸쳐 놓았던 에코백과 스웨터를 들고 그대로 자리에서 일어났다.

1977

9월
10월
11월

1.

　방학이 끝났다. 전국 각지에서 여름을 보내고 기숙사생들이 하나둘 돌아오기 시작했다.

　장마와 폭염을 거치며 잡초가 웃자랐던 기숙사의 잔디밭은 깔끔하게 손질되었고 녹슬었던 철문도 새로 페인트칠을 마쳤다. 이따금 동네 개의 그림자가 느리게 지나갈 뿐 한낮에도 적막하기만 했던 골목이 다시 부산스러워졌으며 구멍가게와 그 앞 공중전화에는 온종일 사투리 섞인 말소리가 끊이지 않고 들려왔다.

　저녁이 되자 여름 내내 어둠 속에 웅크려 있던 4층 건물의 모든 창에 불이 밝혀졌다. 한낮은 아직 뜨거웠지만 높은 담장을 넘어온 저녁 바람은 등나무 그늘을 부드럽게 스치며 여름의 끝을 예고하고 있었다.

　현관과 계단과 식당과 복도와 세면실과 매점 곳곳에서 반가운 인사들이 오갔다. 대부분이 그사이에 사투리 억양이 다시 강해지고 못 보던 옷들을 입었으며 햇볕에 그을렸는가 하면 살이 붙기도 했고 쇼트커트나 파마로 머리 모양을 바꾸었다. 짐 가방에서는 밑반찬과 커피병과 미숫가루와 잠옷과 헤어드라이어, 그리고 각자의 여름 이야기가 쏟아져 나왔다.

봄 학기와 가을 학기의 시작은 완전히 달랐다. 첫 만남과 재회의 차이일까. 봄에는 다들 집 떠나온 불안의 표정이 있었다면 가을에는 긴 여행에서 돌아온 듯 들뜬 분위기가 느껴졌다. 청춘이라는 불안정하고 가변적인 물질이 뜨겁고 활동성 강한 여름 기후를 통과해온 뒤라서인지도 몰랐다.

돌아오지 않은 사람들도 있었다. 친척 집에 들어가거나 하숙을 구해 나가기도 했고, 제대나 취직을 한 오빠의 뒷바라지를 위해 자취를 시작한 경우도 있었다. 가정 형편 때문에 자퇴를 하기도 했다. 한 집안에 등록금 낼 대학생이 둘이면 '맞선다'는 표현을 썼는데 그럴 경우 여자들은 남자 동기에게 자리를 내주어야 했기 때문이다. 그리고 뒷소문에 시달리다 기숙사에서 사라지는 일도 종종 일어났다.

지난봄 점호가 끝난 밤중에 갑자기 스피커에서 사감의 긴장된 목소리가 흘러나왔다. 외부인이 담을 넘어 기숙사에 들어왔으니 속히 안전한 방으로 돌아가라는 방송이었다. 기숙사 건물이 일시에 소란스러워졌다. 위험을 느껴서가 아니었다. 누가 담을 넘었을까가 아니라 누구 때문에 담을 넘었을까를 두고 사방에서 수런대기 시작했다.

이윽고 침입자를 내보냈으니 안심하고 하루를 잘 마무리하라는 방송이 나왔고 얼마 안 가 주인공이 누구라는 게 입에서 입으로 전해졌다. 전혀 눈에 띄지 않던 조용한 신입생이었다. 담을 넘은 것 또한 대단한 사연이 있는 게 아니라 미팅했던 파트너가 기숙사까지 데려다준 뒤 술김에 시도해본 장난이 뜻밖에 성공해버린 일종의 해프닝이었다. 그 일 이후에도 기숙사에 남자가 침입했다는 헛소문이 한두 번 돌았는데 그때마다 아무 관련 없는 그 신입생의 이름이 다시 도마에 올랐다. 농담거리로 남의 입에 오르내리는 걸 견디지 못했던 신입생은 결국 퇴사한 모양이었다.

모델 지망생이었던 2학년생도 보이지 않았다. 그녀는 밥은 먹지 않고 콜라와 지사제만 번갈아 삼키곤 했다. 애처롭게 마른 몸에 화려한 옷을 걸치고 허수아비가 바람에 흔들리듯 허청허청 걷는 모습은 멀리서도 눈에 띄었다. 한밤중에 세면실 바닥에 실신해 있는 그녀를 부사감과 사생 대표가 응급실로 실어 간 사건은 모두가 쉬쉬했지만 기숙사에서 모르는 사람이 없었다. 표면적인 이유는 건강이 나빠져서라지만 아마 남의 시선과 입방아를 견디지 못하고 떠났을 것이다.

기숙사는 거대한 깔때기처럼 이야기가 모이고 섞인 뒤 흐름을 만드는 곳이었다. 모두가 공동 관심사를 가진 청춘의 밀집 지역인 데다 저녁 9시 이후에는 밖으로 나가지 못하고 한 공간에 있으며 언제든지 서로 찾아가 만날 수 있기 때문이다. 같은 출신지와 같은 과와 같은 고교 출신과 같은 방끼리 말이 넘나들다 보면 수많은 교집합이 생긴다. 이야기는 서로 뒤섞이고 보완되면서 빠르게 공유의 물살을 타고 흘러갔다.

식당에서 마주친 송선미는 언제나처럼 판탈롱 청바지에 물 빠진 티셔츠 차림이었다. 그녀는 한여름에도 늘 긴팔 옷을 고집해서 사감의 눈 밖에 난 지 오래였다. 「장미와 빤따롱」을 콧노래로 흥얼거리며 팔자걸음을 걷는 것도 변함이 없었다. 나를 발견하자 얼굴을 반쯤 덮은 사자 머리를 귀 뒤로 넘겨 오뚝한 콧날과 서글서글한 눈망울을 살짝 드러내더니 "니, 께을받구로 밥 무러 인자 나왔나"라고 인사말을 던진 뒤 "기숙사 밥이 짜달시리 맛은 없어도 단디 챙기무야 한데이. 정구지찌짐 무바라. 개안트라"라고 덧붙였다.

송선미의 옆에 서 있는 곽주아도 여전했다. 긴 머리를 한쪽 어깨 위에 늘어뜨린 채 새침한 표정으로 눈인사를 보냈다. 그녀는 허벅지의 선이 그대로 드러나는 청바지는 정숙한 차림이 아니라며 언제나 통바지나 스커트만을 고집했는데 역시나 리본 블라우스에 종아리를 덮는 긴 주름 스커트를 입고 있었다.

오현수는 방학 동안 기타 연주 실력이 꽤 늘어 있었다. 손톱이 자주 부러져 매니큐어도 바르기 시작했다. 그녀에게 가장 뚜렷한 시간의 경과는 치아 교정기가 금속에서 고무줄로 바뀐 것이었다. 고등학생 때부터 따라다니던 '철도'라는 별명에서 벗어난 덕분에 짐 가방에 네스카페와 카네이션 프림과 탱 주스 가루 외에 엠앤엠즈 초콜릿을 챙겨 넣을 수 있었다.

그녀의 여름은 집에 틀어박혀 베스트셀러나 일본 패션 잡지를 뒤적이고 기타를 치고 수박과 복숭아를 먹고 마당에 나가 화분에 물을 주고 선풍기를 껐다 켰다 하면서 대체로 평화로운 시간이었다. 그러나 계획에도 없던 두 차례의 외출만은 꽤나 시끌벅적했다.

첫번째는 고등학교 동창의 성화에 못 이겨 끼게 된 미팅이었다. 그 무렵 서면과 광복동의 물 좋은 다방에서는 하루가 멀다 하고 대학생들의 미팅과 헌팅이 이루어졌다. 서울의 대학에 다니는 여대생들과 그 지역 남학생들의 방학 미팅이 잦았고 그 반대의 조합도 있었다.

오현수는 처음부터 미팅에 별 관심이 없었다. 여고 동창이 전화를 걸어와서 머릿수만 채워달라고 긴급 요청을 하는 바람에 '딸딸이'를 끌고 잠깐 나갔다 온다는 것이 하필 칼주름을 잡은 바지에 테니스 셔츠의 깃을 올려 입은 자칭 '부산 싸나이'를 만난 것이 화근이었다.

파트너는 오현수와 마주 앉자 다짜고짜 운명의 여인을 만낫다며 진지한 교제를 요청했다. 싫다고 말해도 소용없었다. 그때마다 "보소. 내 거튼 사람한테 그기 말이 됩니꺼. 길을 막고 물어보이소. 시끄묵기 딱 좋다 할낍니다"를 되풀이했고 "말라꼬 이래 시간 낭비합니꺼. 아망시구로 그카지 말고 제발 솔직해지이소"라고 꾸짖기까지 했다. 결국에는 다른 여학생을 소개해주든가 최소한 새로 미팅이라도 주선해주는 게 자기를 갖고 논 사람으로서의 도리가 아니냐며 한바탕 억지를 부리고서야 끝이 났다.

또 한 번의 떠들썩한 외출은 친구 둘과 함께 해운대에 나타난 이재숙과의 해후였다. 약속 장소인 공중전화 부스 앞에서 오현수는 이재숙을 얼른 알아보지 못했다. 새까맣게 그을려 콧등의 살갗이 벗겨지고 짧은 파마머리 아래 초췌한 눈으로 사방을 두리번거리고 있었던 것이다. 거기에는 긴 사연이 있었다.

이재숙은 오래전부터 여행을 꿈꾸었다. 오빠와 오빠 친구들이 여름마다 낭만적인 모험이라거나 인생 공부를 구실로 무전여행 계획을 짜는 게 무척 부러웠다. 그들의 계획이 실행에 옮겨지는 걸 본 적은 없었다. 그럼에도 이재숙에게는 대학생이 되면 반드시 해봐야 할 멋진 목표 중 하나로 각인되었다. 다만 오빠의 허락을 받는 게 문제였다. 오빠는 여자끼리의 여행은 당연히 위험해서 안 되고 남녀가 섞이면 무조건 사고가 난다고 미리부터 선을 그었다. 오빠가 군대에 가 있는 지금이야말로 모험을 결행할 절호의 기회였다. 기숙사 친구 집에 놀러 간다고 하면 부모를 설득하기는 어렵지 않을 것 같았다.

물론 실제 목적지는 달랐다. 젊은이들의 여름 명소인 남해의 상주해수욕장이었다. 달빛에 젖은 은빛 모래 위에 발자국을 찍고 모닥불가에 둘러앉아 기타 소리에 맞춰 노래를 부르는 자신의 모습은 상상만으로도 가슴이 설렜다. 이재숙은 서울에서 대학에 다니는 두 명의 고향 친구를 동행으로 끌어들이는 데 성공했다. 고향에는 열차 노선이 없었으므로 출발은 서울역에서 하기로 했다.

이재숙은 한약방 집 딸답게 세 명이 5일 동안 복용할 소화제와 설사약 등 각종 환약으로 배낭의 반을 채워야 했다. 다른 친구는 어머니가 준비해준 대로 새로 담근 김치 한 통을 보자기로 꽁꽁 묶어서 싸 왔고 또 다른 한 친구는 도마와 부엌칼에다 감자와 양파가 가득 든 무거운 가방을 짊어지고 왔다. 다들 사용해본 적은 없지만 코펠과 고체 연료만 있으면 뭐든 조리할 수 있다고 믿었다. 서울역에서 진주행 밤 기차를 타기로 되어 있었는데 기차가 출발하면 일제히 하남석의 「밤에 떠난 여인」을 부르며 차창 밖으로 '하얀 손'을 흔드는 것도 계획의 일부였다.

서울역에 도착한 그들은 기차표가 매진이라는 뜻밖의 상황을 맞아 잠시 당혹감에 빠졌다. 하지만 8백 원짜리 3등석 표를 1천5백 원에 암표로 사고 나서 그 상황은 자신들의 위기관리 능력을 확인하는 호기로운 에피소드로 바뀌었다. 그들은 자유석의 뜻조차 모른 채 기차로 향했다.

밤 10시 45분 출발 시각에 맞춰 기차에 올랐을 때는 통로까지 이미 사람이 빽빽하게 들어차 있었다. 계속해서 밀고 들어오는 사람들에게 떠밀려 중간까지 들어온 이재숙 일행은 이불 보따리처럼 몸이 눌려서 고개를 돌리기는커녕 숨을 쉬기조차 힘겨웠다. 승객들은 대부분 남자였다. 가슴과 엉덩이께로 더듬는 기척이 느껴져도 눈동자를 움직여 서로 신호를 보낼 뿐 옴짝달싹 못 하다가 기차가 역에 거칠게 정차할 때에나 몸이 쏠리는 틈을 타서 자세를 조금 바꿀 수 있었다.

땀냄새와 입냄새가 참을 수 없었지만 자신들의 몸에서도 땀이 줄줄 흐르기는 마찬가지였다. 그 상태에서도 잠은 쏟아졌다. 일찌감치 선반에 올라가 짐 사이에 몸을 구기고 누워 있는 사람들이 부럽기만 했다. 그렇게 첫 밤이 지났다.

진주역에 내렸을 때는 녹초가 되어 있었다. 물어물어 시외버스 터미널을 찾아서 겨우 남해로 가는 버스를 탔다. 남해대교 앞에서 잠시 정차해 아저씨들이 줄줄이 서서 오줌을

누는 사이 교각을 배경으로 기념사진을 찍는 순간은 잠깐 기운이 나는가 싶었다. 오빠가 아끼는 물건이라 망설였지만 카메라를 몰래 가져온 보람이 있었다.

그러나 덜컹거리는 비포장 시골길을 두 시간이나 가는 동안 모든 의욕을 잃고 말았다. 수없이 튀어 오르다 내려앉다 하는 바람에 엉덩이에 더 이상 아무 감각이 없어졌다 싶을 때쯤 버스가 터미널에 도착했는데 그곳에서 다시 상주해수욕장으로 들어가는 버스로 갈아타야 했다.

버스에서 내리자마자 사방에서 달려드는 호객꾼들을 피하다가 옷차림이 허름한 어린 소년을 따라간 것이 실수였다. 한참을 걸어 도착한 곳은 마을의 후미진 곳에 자리 잡은 외딴 슬래브 집이었다. 다른 곳을 찾아보자는 의견과 배고파서 더는 못 걷는다는 불평 사이에서 잠시 옥신각신했지만 결국은 그 집의 방 세 개 중 하나 남은 방을 빌린 뒤 허기부터 끄기로 했다. 우물에서 물을 길어와 불길이 잘 올라오지 않는 고체 연료로 한 시간 넘게 실랑이하다가 설익은 밥에 김치를 얹어 먹고 나니 해가 지고 있었다.

해수욕장까지 가려면 한참을 걸어야 했고 가는 길도 어두웠으므로 밤바다에는 나가볼 엄두조차 나지 않았다. 게다가 다른 방 투숙객들이 돌아오기 시작했는데 하나같이 반바지에 웃통을 벗어젖히고 목소리가 걸걸한 남자들이었다. 이재숙 일행은 그날 밤 셋이 번갈아가며 방의 문고리를 꼭 붙잡고 불침번을 서느라 또 잠을 설쳤다.

다음 날은 해변의 텐트촌으로 숙소를 옮겼다. '본부'라고 씌어진 텐트 앞에 의자를 내놓고 앉아 있던 관리인 청년은 자기네 텐트촌은 자리가 좋고 안전해서 특히 아가씨들에게 인기라고 너스레를 떨더니 터무니없는 요금을 불렀다. 달리 선택의 여지가 없었다.

이재숙 일행 모두 텐트는 난생처음이었다. 텐트 안에서 수영복을 갈아입다가 지나가던 사람의 목소리가 바로 귀 옆에서 들려오는 바람에 이재숙이 비명을 내질렀다. 그 소리에 놀라 덩달아 소스라친 다른 친구는 이재숙의 아버지가 빚은 우황청심환을 먹고 저녁까지 텐트 안에 누워 안정을 취해야 했다.

그 친구를 뺀 나머지 둘은 바다로 나갔다. 모래 속에 음식 찌꺼기와 깨진 유리 조각이 뒹굴고 파도에 밀려 쓰레기가 떠내려오고 곳곳에서 파리 떼와 행상들이 극성이었다. 그러거나 말거나 해변은 인파로 북적였다. 튜브를 빌려 바다에 들어가봤지만 사람들의 몸에 부딪혀 얕은 물에서 제자리를 빙빙 돌 뿐이었다. 수영을 가르쳐주겠다고 따라붙으며 장난이랍시고 자꾸만 튜브를 뒤집으려는 한 아저씨 때문에 그나마 길게 물속에 머물 수도 없었다.

간이 샤워장 역시 바가지요금이었다. 탈의실에서 안경과 젖은 수영복을 벗은 뒤 칸막이의 비닐 포장을 들추고 안으로 들어갔을 때 이재숙은 또 한 번 비명을 질렀다. 안에서 샤워를 하고 있던 남자의 나신과 마주쳤던 것이다. 탈의실만 따로 있었을 뿐 샤워장은 남녀 공용이었다. 반사적으로 뛰쳐나온 뒤 겨우 정신을 수습한 이재숙은 안쪽에 대고 한껏 조심스럽고 예의 바른 목소리로 말했다. "아저씨, 제가 안경을 안 쓰면 아무것도 안 보이거든요. 아무것도 못 봤어요." 그러자 안쪽에서 역시 망설이는 듯한 남자 목소리가 "저기, 나는 봤어요"라고 대꾸했다. 그 말을 듣자마자 이재숙은 샤워고 뭐고 황급히 옷을 주워 입고는 그길로 텐트로 돌아와버렸다.

밤이 되자 관리인 청년이 텐트촌을 돌아다니며 호루라기를 불어댔다. 싱어롱 시간에 맞춰 본부 텐트 앞으로 모이라는 거였다. 이재숙 일행의 텐트 앞에서는 숫제 안쪽을 향해 플래시를 비추며 여자가 모자라니 빨리 나오라고 소리를 질렀다. 어두운 텐트 안에서 서로 꼭 끌어안은 채 이재숙 일행은 아무도 없는 척 숨을 죽여야 했다.

다음 날 상주해수욕장을 떠나며 그들은 대한민국의 제2도시인 부산은 모든 것이 다를 것이라고 생각했다. 그 기대가 아니었다면 부산행 새벽 기차를 기다리던 진주역 대합실에서의 밤은 더욱 고통스러웠을 것이다. 대합실 의자에 앉아 쪽잠을 청하는 동안 거지와 취객과 모기 들은 서로 공모하지 않았다고는 믿을 수 없을 만큼 순서를 지켜가며 그들을 괴롭혔다.

부산역에서 곧바로 해운대로 향했다. 도착하자마자 어김없이 또 밥부터 지어야 했다. 공동 급수장으로 가보니 물이 나오지 않았고 공용 화장실의 세면대에는 아예 수도꼭지조차 없었다.

할 수 없이 간이 포장을 치고 장사 준비를 하고 있는 남자에게 가서 사정을 해보았다. 일을 하면 물을 주겠다는 대답이 돌아왔다. 이재숙 일행은 모래투성이인 천막 바닥을 싸리비로 쓸어내고 엎드려 걸레질을 했다. 구석에 아무렇게나 처박혀 있는 더러운 수영복들을 탈탈 털고 반듯이 펴서 빨래집게로 집어 '수영복 대여'라는 팻말 아래 나란히 진열도 해야 했다. 셋이서 땀을 뻘뻘 흘리며 한 시간 가까이 그 일을 마친 뒤에야 물 한 바가지를 얻을 수 있었다.

밥을 해 먹고 나자 바다에 들어가기는커녕 집에 돌아갈 기운밖에는 남아 있지 않았다. 불현듯 부모님이 그리워진 이재숙은 이번 여행의 목적지가 부산 친구의 집인 줄로만 알고 있는 부모를 이제부터라도 속이지 않기로 결심했다. 예정에는 없었지만 오현수에게 전화를 걸었다.

오현수는 이재숙 일행을 택시에 태워 광복동 번화가로 데려갔다. 밀면과 빙수를 사 주었고 문명 세계의 쾌적함과 자유로움을 만끽하도록 시원한 음악다방으로 안내했다.

집에 돌아간 뒤 이재숙은 오현수에게 엽서를 보냈다. 고맙다는 인사로 시작된 그 엽서는 길고 긴 고난의 여정 끝에 용기를 배운 것이야말로 여행에서 얻은 가장 뜻깊은 소득이었다는 문장으로 끝을 맺고 있었다. 마지막 줄은 "추신: 이제 여행이라면 자신이 있어. 돈을 모아 버너를 살 결심이야"였다. 뭐든지 배우고 반성하고 결심하는 게 이재숙이 가진 활기의 정체이기도 했다.

양애란은 방학 내내 서울을 떠날 수 없었다. 언니 대신 조카들을 보살펴야 했기 때문이다. 양애란의 언니는 형부가 다시 중동 현장으로 발령받아 떠난 뒤 갑자기 바빠졌다. 아파트가 원인이었다.

수학이 싫어 고등학교도 중퇴해버렸던 언니는 평당 30만 원에 분양했던 아파트가 1년 만에 세 배로 뛰어 얼마가 됐다는 둥 이번에 분양하는 5백 가구에 3만이 몰려들었다는 둥 종일 숫자를 입에 달고 살았다. 한 달만 지나면 프리미엄이 두세 배 붙을 거라며 분양 며칠 전부터 텐트를 치고 노숙까지 했다. 무주택자만 청약 통장에 가입할 수 있다는 정부 정책이 발표된 날에는 몇 시간 동안 전화통만 붙들고 있었다.

소개팅에서 만난 남자가 AID 차관 아파트에 산다기에 차관 아들인 줄 알았던 양애란에게는 도저히 이해할 수 없는 세계였다.

밖으로만 도는 엄마에게 조카들의 불평이 쏟아지는 건 당연한 일이었다. 하지만 지금 이 시간에도 아빠가 열사의 나라에서 땀을 흘리고 있다는 말 한마디로 원천 봉쇄되었다. 다른 나라 사람들 40시간 일할 때 너희 아빠는 60시간 넘게 일한다, 밤에도 횃불을 수백 개나 밝혀놓고 일을 계속한 덕분에 그 나라 국왕의 눈에 띄어 새로 일을 딸 수 있었다, 그렇게 번 돈을 낭비할 수 없어서 엄마도 이처럼 노력하고 있다,라는 게 반복되는 레퍼토리였다.

조카들은 사실 그런 말에는 전혀 감흥이 없었다. 조카들을 철든 자식으로 만드는 것은 아버지가 가져오는 스피커가 여섯 개 달린 소니 카세트플레이어와 야시카 카메라 같은 선물이었다.

양애란은 방학 동안 조카들의 밥을 챙겨주고 학원에 보내고 숙제를 봐준다는 구실로 적지 않은 용돈을 받았다. 그녀는 그런 약속을 성실히 지킬 만큼 고지식하거나 책임감 강한 사람은 아니었고 무엇보다 한가하지 않았다. 종로의 영어학원에서 여름 특강을 들은 뒤 명동을 돌아다니다가 언니가 귀가하기 30분쯤 전에 돌아와 라면을 끓이곤 했다.

그러나 양애란은 언니의 옷과 화장에 관한 조언자 역할에는 제법 유능하고 적극적이었다. 파란색 아이섀도를 쌍꺼풀라인 안에만 채운다거나 볼연지를 새색시 연지 곤지처럼 동그랗게 칠하는 것은 아줌마 화장이었다. 양애란은 아이섀도는 눈꼬리 쪽으로 올려서 그려야 하고 볼연지는 광대뼈를 따라 삼각형으로 칠해야 세련돼 보인다고 알려주었다. 립글로스를 덧바르는 것도 젊어 보이는 중요한 팁이었다.

그녀는 새로운 화장법에 맞는 새 화장품을 살 수 있도록 언니를 백화점으로 이끌었고 간 김에 옷도 골라주었다. 당연히 자기 것까지 두 개씩 구입했다. 그렇게 해서 늘어난 짐이 가방에 다 담기지 않았으므로 이틀에 걸쳐 언니네에서 기숙사로 짐을 옮겨 왔다.

양애란이 방학 내내 입주 아르바이트를 해서 가을 학기 준비를 했다는 말은 그런 뜻이었다. 자기는 이제부터 '2말 3초'라서 바빠질 거라고도 말했다. 이재숙이 새로운 야구 용어인 줄 알고 긴장했던 그 말은 2학년 말과 3학년 초가 가장 좋은 시절이므로 그때 남자를 잡아야 한다는 은어였다.

새 학기를 맞아 106호 이경혜의 방에는 변화가 있었다. 1학년 룸메이트가 휴학해서 기숙사를 나갔다. 여자들만의 세계는 좁고 꿈을 펼치기 어렵기 때문에 남녀공학 대학 편입을 준비한다고 했다.

거기에 대해 이경혜는 다른 견해를 갖고 있었다. 대학 연합 체육대회 때 보니까 남녀공학의 여학생이 여대의 학생보다 훨씬 더 여성스럽게 행동하더라는 거였다. 여대의 학생들은 뛰고 넘어지고 구르는 데에 거리낌이 없었지만 공학의 여학생들은 남학생의 눈을 의식해서 여성스럽게 보이려고 몸을 사리는 게 역력했다. 여대 안에서는 모두 학생으로 불리는데 남녀공학에서는 여학생으로 불리는 것만 봐도 알 수 있는 일 아니냐며, 부회장과 부대표만 할 수 있고 캠퍼스 잔디밭에 마음대로 눕지도 못하는 남녀공학 대학에 왜 가려고 하는지 이해할 수 없다고 잘라 말했다. 그러나 단지 그 소식을 말해주기 위해 개강 첫날 점호가 끝나자마자 달려와서 매점으로 나를 데려간 것은 아니었다.

방학 동안 이경혜의 고등학교 동문회에서는 일일 찻집을 열었다. 동문회 기금을 마련하는 행사였다. 그녀의 말을 빌리면 "어떻게든 내 것을 하나라도 더 뺏어서 남동생에게 주려는" 엄마와 옥신각신하며 긴 방학을 게으르고 지루하게 보내고 있던 이경혜에게는 귀가 번쩍 뜨이는 소식이 아닐 수 없었다.

그녀는 산뜻한 민소매 원피스에 물방울무늬 머리띠를 매고 하루 종일 열심히 차를 주문받고 날랐다. 미리 티켓을 배당받아 팔았으므로 손님은 대부분 가족과 친구 들이었고 지

230

나가다 우연히 들른 사람들도 간혹 있었다. 이경혜의 쟁반에 쪽지를 접어 올려놓은 남자 손님은 그중 하나였다. 자신을 서울시립대 2학년이라고 소개한 그는 서울 말씨에 귀여운 인상이었다. 그날 하루 세 차례나 다방에 들러 이경혜에게만 차를 주문했다. 이경혜는 동문회 선배들이 자신을 가리켜 '꼬리 있는 여자'라고 놀리는 것이 싫지 않았다. 얘기를 나눠보니 남자는 성격이 활달했고 풍부한 유머 감각으로 그녀를 자주 웃게 만들었다.

아마 2주 정도 푹 빠져 지냈을 것이다. 공원의 팔각정에도 올라가고 극장에서 손도 잡았다. 그 남자가 레코드점에서 흘러나오는 「When I Need You」의 가사 중 "hold out"을 "코닥"이라고 자신 있게 따라 부를 때, 자기 학교로 가는 노선버스 번호를 잘 모를 때, 강의실에 있는 자기 책상에 낙서가 많다고 말할 때 이상하다는 걸 눈치챘어야 했다. 알고 보니 소문으로만 듣던 가짜 대학생이었다.

그녀는 어리석은 일탈을 반성하는 의미에서 이제부터 '오리지널' 남자친구에게 더욱 헌신하겠다고 맹세했고 그 맹세의 증인이 되었기 때문에 나에게 아이스크림을 사 주노라고 선언했다. 양이 적은 그녀지만 그날의 선택은 '투게더'였다.

모두에게 여름의 흔적이 있었다.

그날 기숙사를 나온 나는 서울역에서 1시 20분 기차를 탔다. 고향 집으로 돌아오자마자 내 방의 이부자리에 들어가 오랫동안 깊이 잤다. 열이 좀 있었지만 나쁜 꿈은 꾸지 않았다. 방문 밖으로 가족들의 발소리와 간간이 내 걱정을 하는 부모의 대화가 들려왔다. 엄마의 성화에 못 이겨 밥상 앞에 앉고도 숟가락을 든 채 꾸벅꾸벅 졸았다. 그리고 며칠 지나 완전히 자리를 털고 일어났을 때 실연의 격정은 어느 정도 사라져 있었고 무기력만 남았다.

나의 여름은 일상의 의식으로 채워졌다. 늦잠을 잤고 엄마를 도와 설거지와 청소를 했고 시장에 따라가기도 했다. 가족과 함께 계곡으로 피서를 가서 벌레에게 물려가며 닭백숙과 수박을 먹기도 했지만 대개는 집안에 틀어박혀 있었다. 해 질 녘에 동네 국민학교에 가서 혼자 운동장 구석의 벤치에 앉아 건물 지붕에 땅거미가 내려앉는 것을 바라보았다. 주말이면 KBS 「명화극장」을 봤고 잠이 안 와 모기장 속의 검은 허공을 오랫동안 노려보는 날이 많았다.

이따금 폭우가 쏟아졌다. 그때마다 전축에 아버지의 '흘러간 팝송' 레코드를 올려놓고 볼륨을 높였다. 「희미한 옛사랑의 그림자」에서 「어느 소녀에게 바친 사랑」까지. 마지막 곡이 끝나면 일어나서 바늘을 처음으로 되돌렸다. 뒷면

은 들어본 적이 없었다. 언제부터인가 내가 빗소리를 싫어
하게 되었다는 걸 깨달았다.

고향 친구들은 만나고 싶지 않았다. 만나면 으레 듣게 되
는 변했다거나 변하지 않았다는 말, 둘 다 싫었다. 예전에
알았던 익숙한 풍경 모두가 일정한 거리를 두고 저만치 멀
어져 있는 것 같았다. 아니 내가 그곳으로부터 밀려났거나
겉도는 느낌이었다. 고향도 아니고 고향이 아닌 것도 아니
었으며 집도 아니면서 집이 아닌 것도 아니었다.

오현수와 편지를 두어 번 주고받았고 학보사의 하계 단합
대회 여행에는 가지 않았다. 시간은 느리게 흘렀다.

개학을 며칠 앞둔 날 나는 오랜만에 시내버스를 타고 중
심가로 나갔다. 분식센터에서 가락국수를 먹은 다음 오거리
의 서점에 들렀다. 서가에 진열된 『한국문학사』가 눈에 띄
어 집어 들었다.

"참되고 아름다운 문학은 작가가 자신과 자신이 속한 사
회와의 관계를 이해하려는 노력 속에서 생겨난다는 것을 밝
히는 것이 이 책의 목적이다." 선 채로 서문을 세 번쯤 읽고
나서 그 책을 샀다. '참되고 아름다운'이란 표현 속에 깃든
씩씩한 희망과 순정함이 웬일인지 내 마음을 조금 아프게
만들었다. 돌아갈 곳이 있다는 생각, 그리고 그곳에 대한 알
수 없는 그리움 같은 것이 가슴 밑바닥의 무기력한 고요를

조용히 흔들었다.

돌아오는 버스 안에서 불현듯 깨달았다. 첫사랑의 죽음에는 애도 기간이 필요 없다. 나에게 그 여름은 주인공이 죽어버려서 더 이상 뒷얘기가 중요하지 않게 된 비극의 에필로그 같은 것이었다. 아니 주인공의 죽음과 상관없이 비극에는 에필로그가 필요 없다. 잊는 것만이 완전한 애도이다. 스무 살 나의 여름과 함께.

2.

아침마다 스피커에서 흘러나오는 음악 소리에 눈을 뜨고 룸메이트들과 함께 식당에 내려가 딱딱한 토스트와 삼각뿔 우유를 먹고 부스스한 차림의 부사감에게 인원 점검을 받는 생활이 다시 시작되었다. 기상 음악이 나올 때마다 짜증을 내며 이불 속에서 발차기를 하는 양애란과 아침 식탁에 조간신문을 가져오는 오현수의 규칙성에도 변함이 없었다.

빠르게 변해가는 세상은 여전히 이야기로 가득 차 있었다. 종합병원에서 응급 환자에게 산소 대신 질소를 주입했다는 뉴스에 양애란은 뜬금없이 오현수에게 종합병원 레지던트인 오빠의 안부를 물었다. 오빠와 단 두 남매뿐인데 어떻게 나이 차가 열두 살이나 나는지 고개를 갸우뚱하다가 갑자기 요즘 의대생들이 새로 시행되는 의료보험 제도에 불만이 많더라고 알은체를 하기도 했다.

양애란의 화법은 늘 그런 식이었다. 머릿속에 떠오르는 말을 그때그때 맥락 없이 내뱉었다. 한일은행 지점에 2인조 권총 강도가 들었다는 뉴스를 듣고 엉뚱하게도 "실력보다 빽이 판치는 세상"이라며 화를 낸 것은 성적이 꼴찌에 가까웠던 고등학교 동창 하나가 고향 국회의원의 전화 한 통으로 취직한 곳이 바로 그 은행이었기 때문이었다.

반대로 최성옥은 논리적이지만 고지식한 데가 있었고, 생각을 충분히 한 다음 문어체로 느리게 말했다. 최성옥은 지난여름 스터디 그룹 친구들을 따라 농촌활동에 참여했다. 거기에서 농촌에 대해 무지한 도시 학생들이 무턱대고 논에 들어갔다가 물컹한 논바닥 위에서 중심을 잡지 못하고 그대로 미끄러지는 걸 자주 목격했다. 잡초나 피를 뽑아야 하는데 반대로 벼 이삭을 뽑아버리고 무너진 제방을 고친다며 논으로 가는 물길을 막아놓는 일도 다반사였다. 그러다 보니 주민들은 대학생들에게 일은 그만두고 차라리 아이들 공부나 가르쳐달라고 청하기도 했다.

최성옥의 표현을 그대로 옮기자면 '농촌은 시혜의 대상도 목가적 장소도 아닌, 역사가 긴 생업의 현장'이었다. 그러므로 '농촌봉사'가 아닌 '농촌활동'이 되어야 했다. 그녀는 학보에도 '봉사' 대신 '활동'이란 용어로 바꿔야 한다고 수습기자인 내게 정식으로 정정 요청을 했다.

나는 최성옥의 이야기를 귀담아듣는 척했지만 머릿속으로는 그녀와 송선미 사이에 오갔던 대화를 떠올리고 있었다. 농활에 참가한 뒤 최성옥은 고시생 남자친구와 크게 다퉜다. 고시생은 마을회관에서의 합숙에 굳이 '혼숙'이라는 말을 사용했다. 식사 당번일 때 메뉴가 볶음밥이었는데 15명분을 만들다 보니 재료를 볶기가 쉽지 않더라고 말했더니 '왜 네가 그 자식들 밥을 해 먹이냐'며 역정을 냈다.

송선미는 "알라맨키로 와 그라노"라고 걱정을 해준 다음 "공부가 지겨버서 서터레스 땜에 안 글나. 우짜든동 니는 살 살 달래가 넘구고 마 이자뿌라"라고 토닥였다. 그러나 웬일 인지 최성옥은 고개를 저었다. 고시생은 자신이 시험에 합 격한 순간부터 최성옥의 모든 관심사는 현모양처로의 일로 매진이어야 한다고 말한 적이 있었다. 지성이든 열정이든 최성옥이 가진 것은 죄다 자신의 사유재산으로서 자기를 보 필하는 데에만 쓰여야 한다고 생각하는 게 분명했다. 그럴 때는 그의 어머니와 조금도 다를 게 없었다.

통닭을 사 들고 고시촌이다 절이다 찾아다닐 시간에 책을 한 장이라도 더 읽었어야 했다고 자조적으로 말하는 최성옥 에게 송선미는 이번에도 고개를 여러 번 끄덕여 보였다. "그 라믄 이참에는 쫌 야무치게 갈바주뻬라. 가시개인지 똥글배 기인지 확실하게 하라 해라. 아무리 공부가 안 된다 캐싸도 뛰가서 달래주지 말고. 알았제?"라고 격려도 보냈다. 그녀 는 최성옥이 어떤 판단을 내리든 관계없이 무조건 신뢰하고 편을 들었다. 둘 사이에는 어떤 '걸그칠' 일도 '앵꼬븐' 일도 일어나지 않을 것 같았다.

나는 가까운 사람들의 일상적이고 변함없는 모습에서 원

래의 자리로 돌아왔다는 친밀과 안도감을 느끼려고 애썼다. 그러나 시간의 공백 뒤에 되풀이되는 고질적인 두려움과 낯가림은 어김없이 찾아왔다. 내가 온 힘을 다해 할 수 있는 일이라고는 무리 속에 끼어들어 남들과 비슷해 보이는 것뿐이었다.

개강한 지 2주쯤 지났을 때 이재숙은 나와 오현수를 학교 앞 중국집에 데려갔다. 부산에서 오현수에게 진 빚을 갚는 자리에 나까지 끼워준 거였다.

신학기 모임이 많아 중국집은 꽤 붐볐다. 어떤 방에서는 간간이 박수 소리가 들려왔고 노래가 새어 나오는 방도 있었다. 홀의 구석 자리에 앉아 셋이서 간짜장과 볶음밥을 나눠 먹고 있는데 그중 한 방의 문이 열리고 한 남자가 밖으로 나왔다. 구두를 찾아 신고 화장실 쪽으로 걸어가는 뒷모습에 저절로 눈이 따라갔다. 브론스키, 아니 이동휘였다.

그 사이 머리가 길고 반팔 셔츠 아래에 굵은 팔뚝이 드러나서인지 그는 어딘가 어른스러워 보였다. 그러고 보니 반팔 옷을 입는 계절에는 그를 만난 적이 없다는 생각이 스쳐갔다. 한승우의 연락을 기다리느라 그에게서 걸려온 전화에 냉랭하게 대꾸했던 것이 5월 말쯤이었던가. 그 통화 이후에 이동휘도 다시 연락을 해오지 않았다.

이동휘와 얼굴을 마주치게 될까 봐서 나는 얼른 오현수

와 자리를 바꿔 앉았다. 음식 맛은 이미 달아난 뒤였다. 그가 화장실에서 나와 다시 방 안으로 들어가는 것을 확인한 다음 나는 군만두를 더 시킬까 고민하는 이재숙을 재촉해서 중국집을 나왔다. 도망이라도 치듯 걸음이 빨라졌다. 이동휘의 모습이 내 속에 있던 어떤 기억을 환기시켰는지 알 수 없었지만 치기에 들떴던 지난 계절, 첫사랑이 남긴 상처의 흉터를 만진 기분이었다.

그날 밤 세면실에서 함께 양치질을 하던 오현수가 갑자기 생각났다는 듯 물었다. 중국집에서 자리를 바꾼 이유가 방에서 나온 남자 때문이며 그 남자가 브론스키가 맞냐는 물음이었다. 그리고 나는 계속 고개를 숙이고 있어서 몰랐겠지만 그 남자도 나를 알아본 눈치더라고 알려주었다. 그의 눈길이 무심코 내 얼굴을 스쳐 갔던 순간보다 급히 되돌아와 다시 머무르던 순간이 훨씬 더 짧더라는 거였다.

2학기 커리큘럼도 1학기와 크게 다르지 않았다. 전공은 한국근대문학과 고전문학, 국어학 세 분야였다. 교양 선택으로는 국사와 체육 과목을 들었는데 그중 〈교양국사〉는 내가 거의 유일하게 기다리는 수업이었다.

젊은 국사 강사는 동문 선배이기도 했다. 키가 큰 탓인지 남을 내려다보는 듯 거만한 인상이었지만 강의는 무척 활달하고 열정적이었다. 칠판에 필기를 할 때면 분필이 뚝뚝 부러지기 예사였다. 한국사에서 근대의 시작을 어느 시점으로 잡는가에 따라 역사를 보는 눈이 달라진다는 사실을 강조할 때는 칠판에 쓴 '근대'라는 글자 위에 구멍이라도 뚫을 듯이 색분필로 수없이 동그라미를 겹쳐 그렸다. "너희들 중에 민족자결주의가 이까짓 세상, 차라리 민족 모두 손잡고 죽어버리자는 뜻이라고 생각한 사람은 없겠지?"라는 어설픈 농담을 하면서까지도 눈을 반짝거렸다.

그녀는 늘 엉터리 영어가 인쇄된 싸구려 티셔츠 위에 단벌인 합성섬유 재킷을 입었다. 종아리를 덮는 그녀의 검은색 스커트는 수업이 끝날 때쯤에는 온통 분필 가루투성이였고 그걸 힘차게 툭툭 털어내는 것이 강의가 끝났다는 신호였다.

하지만 강의를 마친 뒤의 그녀는 전혀 다른 모습이 되었다. 강의 시간 내내 칠판 앞을 이리저리 돌아다니며 열강하던 그녀가 끝나자마자 피곤한 얼굴로 의자에 털썩 주저앉는 것은 그렇다 치더라도 하나둘 강의실을 빠져나가는 학생들을 바라보는 눈빛에는 분명 지금까지의 열정과는 다른 싸늘함이 담겨 있었다. 하기 싫은 일을 해내고 말았다는 자조적인 표정 같기도 했다.

어느 날 학교 우체국에 들렀다가 그녀의 모습을 보았다.

그녀도 나처럼 시외 통화를 하러 왔는지 두 개뿐인 플라스틱 의자 중 한 개를 차지하고 막 수업을 마쳤을 때처럼 기운 없이 앉아 있었다. 늘 입는 낡은 재킷은 옆 의자에 벗어놓은 채였다.

인사를 할까 했지만 다른 것에는 전혀 관심 없는 지친 표정이라서 나는 그냥 창구로 가서 전화 신청 용지에 집 전화번호를 적었다. 엄마는 내 전화를 받을 때마다 통화 요금이 많이 나올까 봐 대뜸 "얼마 필요한데?"라고 묻기부터 해서 짜증이 나긴 했지만 사실 내 전화 용건에 대한 엄마의 예측이 빗나간 적은 없었다.

그때 우체국 직원이 강사의 이름을 부르는 소리가 들려왔다. 전화 연결됐어요,라는 직원의 말에 그녀가 자리에서 일어나 전화 부스 안으로 들어가는 게 보였다. 문이 없고 칸막이만 있는 부스라서 나는 그녀의 통화 내용을 듣고 말았다. "엄마, 미안해. 이번이 진짜 마지막이야. 성은이 아무래도 병원에 데려가야 할 것 같아. 아니, 그런 건 아니고. 애가 아플 줄 알았나. 엄마, 진짜 마지막이야. 성은아빠 소식은 나도 몰라. 잡혔다는 뉴스 안 나오면 그게 희소식이지."

통화를 마친 그녀는 부스에서 나와 곧바로 내가 앉은 의자 앞을 지나쳐갔지만 계단 강의실에서 만나는 70명 중 하나인 나를 알아보지는 못했다. 우체국 문을 열고 나가려던 그녀는 문득 걸음을 멈췄다. 그리고 다시 되돌아와 의자 위에 걸쳐놓았던 자신의 재킷을 향해 팔을 뻗었다. 검게 젖어 있던 티셔츠의 겨드랑이 쪽에서 땀냄새가 훅 끼쳐왔다. 나는 그녀의 재킷을 집어 건네주고 싶은 충동을 가까스로 참았다.

내 이름이 불리고 전화 부스 안으로 들어가 수화기를 들었는데 나는 전에 없이 엄마에게 말을 더듬고 있었다. 통화 요금이 계속 올라가고 있었지만 엄마는 기다려주었다. 나는 예상대로의 용건을 말한 다음 추석에 집에 내려가겠다는 말을 충동적으로 덧붙였다. 왠지 모르지만 인생이 커다란 감옥 같았고 거기에는 미래라고 이름 붙일 만한 출구도 없는 듯했다. 과장된 절망의 포즈에 빠진 나머지 나는 퇴행적인 노스탤지어로 달아나야 했을 것이다.

3.

9월이 시작되고 며칠 뒤 추석 귀성표를 예매하기 위해 아침 일찍 고속버스 터미널로 갔다.

강남으로 이전한 지 얼마 되지 않아 고속버스 터미널은 가건물이었다. 귀성표를 사기 위해 그 앞 공터에 가득 모여 있는 인파는 마치 정기적으로 단체 관람을 해야 했던 반공 사진 전시회 속의 피난민 무리 같았다. 수많은 사람들이 무질서하게 섞여 있어서 줄은 어디가 시작이고 끝인지조차 알 수 없었고 여기저기에서 욕설과 고함이 오가 난장판이었다.

조금 뒤 '서울고속버스터미널'이란 글자가 박힌 작업복을 입고 팔뚝에 '질서' 완장을 찬 남자들이 나타났다. 남자들은 한 손으로는 확성기를 잡고 다른 손으로는 대나무 장대를 일정한 방향 없이 마구 휘둘러댔다. 그리고 말을 듣지 않으면 고향에 가기 전에 먼저 골로 보내주겠다고 윽박지르며 줄을 세우기 시작했다.

사람들은 장대에 쫓기고 맞아가며 기나긴 줄을 만들었다. 대오를 정렬한 다음에는 시키는 대로 마치 모판의 모처럼 열을 맞춰 모두 그 자리에 쪼그리고 앉았다. 정수리 위로 대나무 장대가 수평으로 빠르게 왔다 갔다 하며 머리통이 솟아오르지 못하도록 위협했다. 조금이라도 허리를 폈다가는 노인이든 어린아이든 가리지 않고 머리통을 맞아야 했다. 그들이 아무 이유도 없이 위치를 바꾸라고 명령하면 군대에서 기합을 받듯이 무릎걸음으로 움직였다.

표는 오래지 않아 모두 동이 난 모양이었다. 완장을 찬 남자들도 거의 동시에 모습을 감추었다. 그제야 화도 치밀고 허탈해진 사람들은 한참을 웅성거린 뒤에야 하나둘 흩어지기 시작했다.

나는 가건물 앞을 지나다가 모퉁이에 서서 담배를 피우고 있는 완장 찬 남자들을 보았다. 그들은 공무원과 기자 들의 전화 청탁이 빗발쳐 윗선에서 표를 몽땅 빼돌린 이야기며 그만큼 암표상과 거래할 양이 줄어들어 자기들만 손해를 봤다는 것, 대나무 장대 70개를 준비했는데 모두 부러졌다는 이야기를 주고받았다.

내가 앞을 지나갈 때 그들 중 하나가 담배꽁초를 멀리 퉁겼는데 그 포물선은 조준한 듯 정확히 내 발밑으로 떨어졌다. 애써 놀라지 않은 척 굳은 표정으로 조심스레 걸음을 옮기는 내 모습이 더 재미있었던지 그들은 일제히 어깨를 들썩이며 웃어젖혔다. 나는 입술을 꾹 물었고 내 손가락 끝이 떨리는 걸 무력하게 바라보았다.

그날은 편집회의가 있는 날이기도 했다. 점심을 먹을 새도 없이 곧바로 학보사로 가야 했다.

버스는 30분 만에 왔고 빈자리는 없었다. 버스가 출발한 지 얼마 지나지 않아 멀미가 올라왔다. 온몸에 힘이 빠지고 눈꺼풀이 감겼다. 두 손으로 손잡이를 꼭 붙들고 버스 진동에 따라 흔들리는 팔에 이마를 기댄 채 나는 또다시 생각했다.

나는 그 시간으로부터 얼마나 벗어난 것일까. 오로지 내게 주어진 자리를 벗어나지 않는 것과 성적을 올리는 것, 두 가지에만 의미를 두던 고등학교 시절 훈육의 틀과 그리고 내가 동의할 수 없었던 세상의 모범생이라는 모순된 자리. 거기에서 시스템의 눈치를 보며 적응한 척했던 것이 단지 임시방편이었을까. 혹시 그대로 내 삶의 태도가 되어버린 것은 아닐까.

훈육과 세뇌에는 탈출구가 없다. 사람을 무기력하게 만들기 때문이다. 그렇다면 나는 내가 원하는 모습으로 바뀔 수도 없으며, 끝없이 반복되는 그 틀의 궤적에 부딪히고 상처 입고 위축되며 계속해서 눈치껏 나를 속이며 살아야 하는 걸까.

학보사에 도착했을 때에는 벌써 회의가 시작되어 있었다.

가을 학기에는 행사가 많았다. 체육대회와 합창대회, 학술 강좌, 등반대회가 있었고 음대 정기 연주회와 수학여행까지 겹쳤다. 특집 기사의 주제는 '활발한 가을 행사'로 잡힐 수밖에 없었다. 그것은 한 달 내내 시리즈로 이어질 계획이었다. 편집장은 다음 달 특집도 지금부터 준비해야 취재를 충분히 할 수 있다며 아이디어를 내라고 채근했다. 기세로 보아 회의가 쉽게 끝날 것 같지 않았다.

내내 고개를 숙이고 있는 내게 빨간 볼펜 선배가 어디 아프냐고 물었다. 회의가 지겹던 차에 모두가 나에게 관심을 돌렸다. 그리고 아침부터 고속터미널로 달려갔지만 귀성표 예매에 실패했다는 말에 각기 한 마디씩 위로를 건네기 시작했다. 누군가는 시골 사람들이 서울에 너무 많이 올라와 사는 탓이라고 하고 누군가는 명절을 가족과 떨어져 조용히 보낼 수 있어 차라리 부럽다고도 했다.

그들은 부산을 포함해서 서울 이외의 곳은 다 '시골'로 칭하고 있었다. 또한 위도와는 상관없이 속초에서도 서울은 '올라오는' 도시였다. 나는 멍하니 그들을 바라보았다. 그 곳으로 가기 위해 장대로 머리통을 맞아가며 버스표를 사려다 실패한 '시골'에도, 그리고 모두가 '올라온다'고 말하는 서울에도 내 자리는 없는 것 같았다.

회의가 다시 진행되었고 다음 특집은 '가을을 보내는 젊은이들의 현장'으로 정해졌다. 서점과 도서관, 운동장, 시외버스 터미널, 연극 소극장 등으로 취재 현장을 나누고 한 꼭지씩 기사가 배당되었다.

나에게는 운동장 취재가 맡겨졌다. 빨간 볼펜 선배가 가장 관심 있는 장소가 어디냐고 물었을 때 운동장만 아니면 된다고 대답한 결과였다. 그녀는 수습기자일수록 다양한 경험을 해야 하고 관심이 먼 분야를 치열하게 파고들어야만 시야가 넓어진다고 내게 운동장 취재를 맡긴 이유를 설명했다. 정기 연고전을 취재해 오라고 구체적인 현장까지 지정해주었다.

현장을 치열하게 파고든다든지 초대받지 않은 행사에 무턱대고 찾아가는 것은 진짜 기자들이나 하는 일이었다. 남에게 먼저 말도 잘 걸지 못하고 전화 통화조차 힘들어하는 나는 절대로 진짜 기자는 되지 못할 것이기 때문에 원하지도 않을 작정이었다. 그러나 한편 조직을 실망시키는 일은 나의 소심함에 어울리지 않는 일이었다. 못 하겠다고 솔직히 말하는 것 또한 방어와 허세로 점철된 나의 생존 방식과는 거리가 멀었다.

사실 나는 2학기 들어 학보사 일에 더욱 의욕을 잃었다. 내 능력 이상의 영역이라는 생각이 자주 들었다. 하지만 새로운 영역에 도달하도록 더욱 노력해야 하는 건지, 내 길이 아니라는 결론을 받아들이고 한시바삐 그만두는 게 시간 낭비에서 벗어나는 일인지는 잘 판단이 서지 않았다.

그것은 오지은을 대할 때도 마찬가지였다. 방학이 끝나고 돌아와 오지은에게서 한승우의 입대 소식을 들은 이후 나는 그녀에게 태연해지려고 애썼다. 모욕감에서 조금이라도 벗어나려면 그것을 사소한 것으로 만드는 방법밖에 없다고 생각했을 것이다. 약점을 들킬 때마다 해오던 생각이었다. 하지만 마음의 불편함을 참는 내가 비굴하고 이중적으로 느껴지는 순간은 생각보다 자주 찾아왔다. 최악은 지금처럼 발등에 불이 떨어졌을 때 그 발로 상을 걷어찰 만한 극적인 배짱이 없다는 점이었다.

그날 저녁 나는 골목의 공중전화로 갔다. 웅변학원 원장의 말대로 긴장을 푸는 게 중요한데, 세상이 온통 다 싫고 몸에 기운이 하나도 없는 것이 제법 도움이 되었다.

다행히 이동휘는 집에 있었다. 하숙집에서 저녁을 먹고 다시 도서관에 가려던 참이라고 했다. 그가 직접 전화를 받은 덕분에 바꿔달라는 말을 할 필요가 없었다. 가장 어려운 관문이 생략된 셈이었으므로 나는 비교적 차분하게 말문을 뗄 수 있었다. 오랜만에 듣는 그의 목소리 속에서는 약간의 사투리 억양이 느껴졌다. 웬일인지 그것도 나를 조금 안심시켰다.

나는 연고전을 취재해야 해서 그 부탁 때문에 전화했다고 말했다. 공적인 용무처럼 느껴지도록 건조하게 말한다는 게 약간 뻔뻔스러운 말투가 돼버린 것 같기도 했다. 거절당해도 무리가 아니라는 자포자기적인 생각도 스쳐 갔고 그 역시 나다운 자기방어의 한 방편인 것 같아 짧은 순간에도 머릿속이 복잡했다.

잠시의 침묵 뒤에 그가 입을 열었다. "이번에도 학보 모니터 같은 건가요?" 그러고는 내가 뭐라고 대답하기 전에 담담한 어조로 덧붙였다. "유경 씨. 제가 내일 기숙사로 전화하겠습니다. 그럼 그건 제가 만나고 싶다는 뜻이 되는 거죠?" 나는 그 말이 무슨 뜻인지 얼른 알아듣지 못해 "네?"라고 반문했고, 의미를 깨달은 순간 당황한 나머지 "아니요"라고 다시 대답했다. 그러고는 이제야말로 오해를 살지 모른다는 생각에 "다시 전화하실 필요는 없다는 뜻이에요"라고 고쳐 말했다. 우왕좌왕하는 모습이 바보 같다고 여겨졌지만 뭔가 후련한 기분도 들었다. "잘됐네요." 이동휘는 갑자기 가벼운 한숨을 내쉬었다. "기숙사 전화는 정말 잘 안 걸리거든요"라고 말하는 목소리에는 약간의 웃음이 섞여 있었다.

이재숙이 연고전에 가고 싶어 하는 건 순전히 야구 때문이었다. 춘계 대학야구 연맹전 이후 베르테르와 멀어진 그녀는 마음속으로나마 화해를 청하기 위해 그가 좋아하던 최동원의 팬이 되기로 결심한 바 있었다.

양애란은 그 반대였다. 경기에는 전혀 관심이 없었고 색다른 데이트와 축제 분위기를 원했다. 특히 경기가 모두 끝난 저녁에 종로와 명동까지 진출해서 차도를 점령하고 응원 구호를 외치고 목청껏 노래를 부르는 무리에 끼고 싶었다. 언젠가 그녀는 횡단보도가 없는 이면 도로에서 길을 건너다 경찰의 호루라기 소리에 쫓겨본 적이 있었다. 현충일에는 술집에서도 술 판매가 금지되었고 등화관제가 있는 날은 다방이 저녁 8시에 문을 닫았는데, 그런 날 명동 근처를 돌아다니다가 단속 나온 경찰에게 빨리 귀가하라고 야단을 맞기도 했다. 그런 양애란에게 종로와 청계천, 을지로까지 넓은 차도 위를 모르는 사람들의 어깨를 걸고 함께 걷는 일은 상상만 해도 짜릿했다. 사감이 순순히 외출증을 끊어줄 리 없었으므로 초저녁에 헐레벌떡 기숙사 언덕길을 달려오는 게 현실이었지만 말이다.

연고전이 열리는 동안 저녁 기숙사 식당에는 봄 축제 때처럼 빈자리가 많았다. 기숙사 귀신이라고 불리는 걸 좋아하지 않았지만 오현수는 저녁에 남은 반찬이 어떻게 다음 날 점심 메뉴에 겉모습을 바꿔 등장하는지 귀신같이 알아챘다.

곽주아가 교회 사람들과 어울려 연고전에 갔다는 뜻밖의 소식도 있었다. 곽주아는 운동장에 나가보니 남자들이 새삼

대단해 보이더라고 치켜세웠는데 운동선수들을 칭송하는 게 아니라 여자친구를 위해 아이스크림을 먼저 사려고 매점에서 몸싸움을 벌이는 남자들의 승부욕과 감투 정신에 감동받아 한 말이었다.

이동휘와 나는 농구 경기에 갔다. 농구는 다른 종목과 달리 티켓을 사야 하는 경기였다. 그는 과대표에게 특별히 부탁해야 했다며 약간 수줍은 표정을 지었다. 하지만 경기를 보는 내내 큰 소리로 웃고 박수를 쳤다. 운동장이라는 장소의 분위기 때문일까. 깍듯하고 미지근하던 예전보다 성격도 훨씬 쾌활해 보였다.

내가 오해한 것은 또 있었다. 내 기억 속 첫 미팅 때의 그는 카드에 적힌 이름이 소설 주인공이란 걸 알자 유치하다는 듯 픽 웃은 남학생이었다. 그러나 그날의 웃음은 브론스키라는 인물이 자신과는 전혀 어울리지 않기 때문에 나온 순간적인 반응일 뿐이었다. 옆에 앉은 남학생의 카드에서 제롬이라는 이름을 발견한 그는 그것이야말로 자기 이름이라고 생각했고 여학생 중에 알릿사가 누구인지 확인하기 위해 눈을 들었을 때 나와 시선이 마주쳤는데 어찌나 냉랭한 표정을 짓고 있던지 또 한 번 머쓱한 웃음을 짓고 말았다고 털어놓았다.

운동장을 나온 뒤 그는 가게에 들러 담배를 샀다. 내게는 은단 껌을 한 통 건네주었다. 그러고는 '솔' 담배를 피우면서 동시에 은단 껌을 씹으면 입안에서 쑥냄새가 난다고, 담배 피우는 곰이 된 기분이라고 싱거운 농담을 던졌다. 우리는 마치 처음 만나는 사람들처럼 긴장했고 또 흥분해 있었다.

기숙사에 바래다주는 것도 처음이었다. 며칠 뒤가 추석이 었다. 달이 꽤 밝아 골목이 그리 어둡지 않았다. "추석에는 뭐 해요?"라고 그가 물었을 때 나는 전과 달리 질문의 의중 을 떠보려고 하거나 자존심을 내세운 우회적인 대답을 궁리 하지 않았다. 표가 없어 집에 내려가지 못한다고 대답했다.

그날 나는 점호 시간에 맞춰 서둘러 귀사하는 기숙사생들 속에 있던 이재숙을 보지 못했다. 그리고 이재숙이 자기 방 에 들어가자마자 송선미에게 조금 전 나와 함께 있던 남자 가 브론스키 같더라고 말했고 뒤이어 방문을 열고 들어오 던 김희진의 표정이 갑자기 변했다는 사실 또한 알 턱이 없 었다.

4.

양애란은 텔레비전 주말 연속극을 즐겨 봤다. 제1회 MBC
「대학가요제」가 생중계되던 날 두 시간 반 동안이나 TV 시
청실이 발 디딜 틈 없이 북적이던 때는 별로 관심을 안 보이
다가, 모두가 떠나버린 뒤 브라운관 앞에 혼자 앉아 주말 연
속극을 볼 정도였다.

연속극에는 일정한 패턴이 있었다. 남자 주인공은 대개
야망이 있는 가난한 집 장남이거나 고학생이다. 그를 사이
에 두고 순수하고 헌신적인 첫사랑과 당돌한 성격의 부잣집
무남독녀가 대결을 벌인다. 무남독녀는 특히 남자의 고분고
분하지 않은 면에 끌린다. 거기에 또 빠질 수 없는 것이 남자
주인공에게서 버림받은 첫사랑 여성에게 마음을 뺏긴 능력
있는 남자이다. 그녀의 청승과 초라함을 감싸주면서 해피엔
드의 견인차 역할을 한다. 부잣집, 삼각관계, 복수 이 세 가
지는 늘 양애란의 상상력을 자극하고 공감을 불러일으켰다.

그와는 다르게 오현수는 로맨스 소설은 좋아했지만 멜로
드라마에는 흥미가 없었다. 속으로 돈과 출세에 대한 욕망
을 용인하고 있으면서 스스로를 갈등하는 순수한 인물인 양
포장하는 것이 가식적이라고 생각했다. 그런 점은 등장인물
과 시청자 모두 마찬가지였다. 돈을 위해 순수함을 버리든

지 순수함이 중요하다면 돈을 무시해야 하는데 전 국민에게 현실의 벽이라는 면죄부를 주면서 돈과 신분 상승에 대한 욕망을 추인한다는 거였다. 오현수는 로맨스소설 같은 진정한 통속의 세계에는 도덕적 허세 같은 나약함은 없다고 잘라 말했다.

추석 때 개봉하는 영화 중 양애란이 가장 보고 싶어 하는 것은 「겨울여자」였다. 주말 연속극 〈청실홍실〉에서부터 팬이 되었던 장미희가 출연하고, 무엇보다 "이화의 당돌하리만큼 깜찍한 행실은 지탄받아야 하는가, 아니면 용납되어야 하는가!"라는 광고 문구가 눈길을 끌었기 때문이다.

'모성과 처녀성을 동시에 가진 여대생'이라는 장미희의 사진 아래에는 "나까짓 게 뭔데"라는 대사가, '정의감에 불타는 정치학도'라는 남자 배우의 사진 아래에는 "이런 게 여관방이라는 거야"가 박혀 있었다. 여대생 이화가 몸과 마음을 다해 헌신하는 또 한 사람의 남자는 '방황하는 예술가의 영혼'이라고 소개되었다.

신문광고를 본 최성옥이 고개를 흔들었다. "모성과 처녀성이 다 있는 여인상이라는 게 무슨 뜻이야? 남자가 원할 때 무조건 자주는 게 모성인데, 같이 자는 여자가 또 순결해야 한다는 거야? 그래서, 모성을 발휘해 남자들과 쉽게 자고 그러면서도 순결함을 잃지 않는 여자를 창조한 거래? 예쁜 여대생으로?"

최성옥의 말투에 날이 서 있었으므로 양애란은 「겨울여
자」가 아니라 「브레이크아웃」을 보겠다고 한발 뒤로 물러
났다. 생각해보니 찰스 브론슨을 찬 손 부르튼 손이라고 부
르기 좋아하는 남자친구가 액션 영화 팬이라고 덧붙였다.
내가 이동휘와 보기로 한 영화는 잭 니콜슨이 정신병원에서
탈출하는 「뻐꾸기 둥지 위로 날아간 새」였다.

덕수궁 앞에서 만나자고 제안한 것은 그였다. 그의 짐작
대로 상가가 대부분 문을 닫아서 달리 약속 장소로 정할 만
한 곳이 없었다. 한승우와 함께 돌담길을 여러 번 걸었지만
정작 고궁 안에 들어가보는 건 처음이었다. 우리는 한복을
입은 소란스러운 가족 나들이객들 틈에 섞여 걸음을 옮겼
다. 객지에서 혼자 맞는 첫 명절이란 생각이 잠깐 스쳐 갔고
그것은 이동휘도 마찬가지였다. 그러고 보니 우리에게는 공
통점이 많았다. 어쩌면 그런 것으로 눈길을 돌리기 시작했
다는 뜻일 수도 있었다.

궁궐과 정원은 뜻밖에도 아름다웠다. 흰 선을 두른 날렵
한 검은 지붕들, 그 위에 사선으로 올라앉은 잡상들, 빛을
머금은 듯 희고 환한 문종이 위에서 우아하게 교차하고 있
는 문살들, 완만한 돌다리와 화려한 듯 단아한 단청. 우리는
왕의 가마가 다니는 어도의 판판하고 검은 돌들을 밟았고

기와 담장 너머 부드러운 흙길을 지났다. 가을 햇빛이 내려 앉은 돌계단에 잠시 걸터앉기도 했다.

산책하는 동안 그다지 많은 대화를 나누지는 않았다. 그 럴듯한 질문을 만들어내려고 궁리하지 않았고 기대에 맞는 대답을 하려고 애쓸 필요도 없었다. 어쩌면 그게 가장 달라 진 점이었다. 이제 우리에게는 만남의 명분이 필요 없었고 과제를 해결하는 기분이 들지도 않았다. 상대가 내 점수를 매기고 있지 않을까 하는 경계심도 사라졌다. 서두르지 않 고 보폭을 맞추며 파란 가을 하늘과 이끼로 덮인 오래된 나 무들 사이를 나란히 걸으면 되었다.

덕수궁에서 나온 우리는 시청 앞을 지나고 명동을 통과해 중앙극장에 갔다. 그리고 영화를 본 뒤에는 버스를 타기 위 해 종로로 걸어 나왔다. 이동휘가 기숙사 점호에 쫓기지 않 도록 미리 학교 앞으로 가자고 말했기 때문이었다. 이동휘 는 방향감각이 있었고 동선을 빨리 결정했다. 그것은 길눈 이 어두워 걸핏하면 엉뚱한 곳에서 헤매다가 버스를 잘못 타곤 하는 나를 무척 안심시키는 일이었다.

학교 앞에 도착해보니 그곳 역시 다방과 식당이 거의 문 을 닫아 썰렁했다. 간판에 불이 들어와 있는 것은 2층 경양 식집 〈로망스〉 한 군데뿐이었다.

〈로망스〉의 문을 열자마자 입구 쪽 자리에 앉아 있는 김희진을 발견한 나는 순간 걸음을 멈췄다. 그러나 그녀는 마치 기다리고 있기라도 한 것처럼 나를 향해 자연스럽게 한 손을 쳐들었다. 뒤따라 들어온 이동휘를 향해서도 안녕하세요,라고 스스럼없이 인사를 건넸다. "그냥 나갈까요?" 이동휘가 내 쪽으로 얼굴을 기울이고 속삭였지만 김희진은 이미 자리에서 일어나고 있었다.

그녀는 당연하다는 듯 우리를 자신의 자리로 불러 앉혔다. 앞에 앉아 있던 동행 남자에게 나를 기숙사에서 가장 친한 친구라고 소개했다. 탁자 위에는 맥주잔과 반쯤 남은 멕시칸샐러드 접시가 놓여 있었고 종업원은 우리가 합석하는 걸 반기며 얼른 메뉴판을 가져다주었다.

자리에 앉자 김희진의 동행은 이동휘의 나이부터 물었다. 대화를 시작하려면 먼저 서열을 정해야 한다는 뜻 같았다. 그는 복학생이었고 점퍼 깃에 서울대 배지를 달고 있었다. 시위를 하다가 잡혀 구치소에서 몇 달을, 감옥에서 1년을 보냈으며 방위 근무를 마친 뒤에 다시 대학생이 되었다고 자기소개를 했다. 굳이 이동휘에게 나이를 물을 필요도 없이 그의 머릿속에 들어 있음직한 모든 서열의 기준에서 계급이 위였다.

어디서나 그렇듯 서열 높은 사람이 자기 이야기로 화제를 주도하기 시작했다. 짧은 수배 생활 중의 무용담에서부터 시작된 그의 이야기는 여름날 감방에서 방마다 쿵쿵 소리가 나고 벽에 핏자국이 생기는 건 다름 아닌 모기 때문이라는 둥 감방의 체험담을 거쳐 대한민국 방위의 빡센 군기에 이르기까지 쉽게 끝날 줄을 몰랐다. 자기 때와 달라서 요즘 대학생은 너무 나약하고 개인주의라며 "뺀질이 자식들이 빠져가지고"라고 일갈하기도 했다.

김희진은 대체로 복학생의 말에 귀를 기울이는 것 같았지만 중간중간 핀잔을 주고 빈정대는 말을 던져 그에 대한 자기의 위세를 과시했다. 거기에는 다른 의미의 서열이 작동되었다.

술을 잘 마시지 못하는 나는 술잔에 거의 손을 대지 않았다. 긴장된 나머지 말이라도 더듬게 될까 봐 입을 다물고 구석 자리에 가만히 앉아 있었다. 김희진은 술도 잘 마셨고 화제가 자기로부터 멀어지지 않도록 적절히 대화에 끼어들었다. 포크를 떨어뜨렸을 때 얼른 바닥으로 몸을 구부려 주우려 하는 나를 만류하면서 "바닥에 떨어진 건 안 집는 게 매너"라고 지적하더니 종업원을 불러 새 포크를 가져오게 했다. 나는 무슨 말인가 하고 싶었지만 입술이 심하게 떨리기 시작하는 걸 깨닫고 황급히 고개를 숙여버렸다.

이동휘를 대하는 김희진의 태도는 상냥하고도 친밀했다. 그녀는 그가 요즘도 눈을 비비다 콘택트렌즈를 빠뜨리는지 담배는 여전히 '솔'을 피우는지 하숙생들의 등쌀에 못 이겨 밤늦게 고스톱 판에 끼곤 하는지 물었다.

분명한 것은 그 자리의 모두가 김희진에게 휘둘리고 있다는 점이었다. 그날 김희진에게는 자신이 여주인공으로 출연하는 연극을 보아줄 집중력 높은 관객이 필요한 것 같았다. 그녀의 독무대에서 나는 관객일 뿐 아니라 때때로 그녀를 돋보이게 하는 소품으로 사용되었다.

이동휘가 자리에서 일어났다. 이제 둘만의 시간을 보내고 싶다고 말하고는 내 팔을 잡아 일으키더니 김희진의 대답도 듣지 않은 채 그대로 자리를 떴다. 그는 계단을 다 내려온 뒤에야 갑자기 어색해진 얼굴로 잡고 있던 내 팔을 슬그머니 놓았다.

우리는 잠시 아무 말도 하지 않고 기숙사 쪽을 향해 걸음을 옮겼다. 하늘 멀리로 커다랗고 둥근 달이 떠 있었다. 아직 완전히 어두워지기 전이라서 달의 테두리 안쪽은 레이스 천처럼 희미했지만 발밑에 뻗어 있는 길은 유난히 하얗게 느껴졌다.

버스 정류장을 지나고 학교 정문을 지나 길이 꺾이는 모퉁이에서였다. 울퉁불퉁한 턱이 있는 줄 모르고 무심코 발을 내딛다가 몸이 휘청하는 순간 이동휘가 얼른 내 팔을 붙들었다. 그는 잠시 걸음을 멈춘 채 그것을 어떻게 처리해야

할지 모르겠다는 듯 바라보더니 자기 팔에 끼웠다. 어정쩡
하게 팔짱을 낀 그대로 우리는 어둠이 내리기 시작하는 공
원까지 말없이 걸어갔다. 그곳은 기숙사로 통하는 세번째
길로 이어져 있었다.

공원에 들어서자 잎이 무성한 나무 아래 벤치가 눈에 들
어왔다. 그 벤치에 앉기 전 팔짱을 풀려고 했을 때 나는 내
손을 끌어당기고 있던 그의 팔에 단단히 힘이 들어가 있었
다는 걸 깨달았다. 그것은 빗장처럼 견고하고 잘 들어맞아
언제까지고 풀리지 않을 것만 같았다.

추석 연휴가 끝난 뒤 기숙사의 많은 방에서 「히브리 노예
들의 합창」과 「겨울 이야기」가 흘러나왔다. 영화 「겨울여
자」의 삽입곡들이었다. 양애란은 그 음률을 자연스럽게 콧
노래로 따라 불렀지만 찰스 브론슨에 대해서는 콧수염이 있
다는 걸 빼고는 아무것도 몰랐다.

연휴 마지막 날 아침 식당에서 최성옥이 긴급조치 위반으
로 시인 고은이 구속되었다는 신문 기사를 읽어주자 양애란
은 눈을 동그랗게 뜨고는 함께 구속되었다는 조태일이 「겨
울여자」의 원작 소설을 쓴 그 작가냐고 물었다. 그리고 놀랐
을 때의 버릇대로 자신이 그토록 싫어하는, 북한 말과 비슷
한 강원도 억양이 튀어나온 걸 알고는 얼른 입을 다물었다.

5.

그 무렵 322호에서 벌어졌던 가장 큰 사건은 최성옥의 지각일 것이다.

사람 그림자 하나 없는 골목을 숨차게 뛰어 올라오며 최성옥은 지각이 확실하다는 걸 깨달았다. 과연 철문은 굳게 닫혀 있었다. 그녀는 문 앞에 당도하자마자 망설일 틈도 없이 칸살 사이에 발을 집어넣었다. 그러고는 그대로 철문을 타 넘었다. 잔디밭을 지나 기숙사 건물을 향해 뛰면서 생각을 집중했다. 현관문은 이미 잠겼을 테니 건물을 끼고 돌아가서 1층 방의 창문으로 들어가는 방법밖에 없었다.

최성옥은 정신없이 달려 106호의 창문을 두드렸다. 막 점호를 마친 이경혜가 소리를 듣고 뛰어왔다. 즉시 창밖으로 팔을 뻗어서 최성옥의 손을 붙잡았고, 뒤이어 달려온 약대 3학년과 힘을 합쳐 그녀를 방 안으로 끌어당겼다. 약대생은 생각보다 힘이 셌고 엉뚱하게도 그런 돌발 상황을 즐기는 듯 보였다.

사감과 부사감은 1층 점호를 마치고 2층으로 올라가는 중이었다. 그들이 복도를 지나 2층 구석방으로 가면 기숙사 건물의 구조상 계단 쪽으로는 시선이 미치지 않았다. 급히 복도로 나가서 그들의 동선을 눈으로 좇아가던 이경혜가 신호를 보냈다. 최성옥은 계단으로 뛰쳐나가 322호를 향해 전속력으로 달렸다. 그리고 최성옥의 뜻밖의 지각 사태에 당황해 초조한 얼굴로 방문 앞에 서서 점호를 기다리던 322호 룸메이트들에게 가까스로 합류했다.

사감 일행이 무사히 3층 점호를 마치고 4층으로 올라갔을 때 322호와, 그리고 계단 아래에서 마음을 졸이며 지켜보던 106호 룸메이트들 사이에는 소리 없는 환호성이 터져 나왔다. 뒤늦게 전말을 전해 들은 417호에서도 "마 심장 널쭈겠다. 말만 들어도 시끕하겠구마는, 완전 간띠가 부웠네" "그 언니, 원래 체육 특기생으로 들어왔다고 하던데 진짠가 봐요?" "어데? 전기 다마 갈고 드라이랑 의자 고치는 거 보믄 모리나. 천상 이과다"라는 대화가 오갔다.

그 사건은 최성옥으로 하여금 자신이 감당하지 못할 만큼 여러 가지 일을 떠안고 있지 않은지 돌아보는 계기가 되었다. 결국에는 자신의 아르바이트 하나를 다른 룸메이트에게 대신 맡아달라고 제안하기에 이르렀다. 그것은 정부에서 시행하는 공공사업이라서 도중에 그만둘 수도 없었고 마감까지 정해져 있어 며칠 내로 끝내야 하는 일이었다. 시간이 나는 것은 오현수뿐이었다.

양애란의 축제 의상 담당 때처럼 오현수는 별다른 불평 없이 받아들였다. 남들 모두 심각하게 매달리는 일에 무심한 방관자로 지내는 것 못지않게 그 심각한 상황이 자신의 몫이 되었을 때 뜻밖에도 흔쾌하게 받아들이는 것 역시 오현수의 산뜻한 면이었다. 어쨌든 그렇게 해서 기숙사와 학교의 반경을 거의 벗어나지 않던 오현수가 미아리와 정릉의 가파른 골목길을 헤매며 집집마다 문을 두드리게 되었다.

그 아르바이트는 총인구 및 주택 조사였다. 오현수가 최성옥에게서 건네받은 8절지 인쇄용지에는 주소란이 있고 그 옆에 거주 인구의 수를 적는 공란이 있었다. 주소지에 올라 있는 가구를 일일이 찾아다니며 몇 사람이 살고 있는지 조사하는 일이었다.

오현수는 이따금 공란에 거짓으로 숫자를 채워 넣는다고 내게 털어놓았다. 처음에는 그렇지 않았다. 집 안에서 사람이 나올 때까지 계속해서 초인종을 누르고 대문을 두드렸다. 개에 쫓기고 온갖 욕설을 듣고 또 장사를 시작하는 가게에 들어갔다가 소금 바가지를 뒤집어쓰기도 했다. 방 안에서 가라고 소리칠 뿐 절대로 문을 열어주지 않는 여자들 목소리와 대꾸 없이 통명스럽게 도로 문을 닫고 들어가버리는 노파들 앞에서 맥없이 돌아 나와야 했고 막말을 하거나 수작을 걸거나 음담패설로 모욕을 주는 남자들에게서는 있는 힘껏 도망쳐야 했다.

그런 일들은 친엄마가 일본에 살고 있다는 평범하지 않은 가족 내력에 더해 스무 살에 이미 자신을 아웃사이더의 자리에 놓은 오현수에게 인생의 진면목을 보여줄 만큼 새로운 발견은 아니었을지도 모른다. 그와는 정반대로, 찬물에 미숫가루를 타 주고 담그고 있던 김치를 한 잎 찢어 맛보게 하거나 기둥에 걸려 있던 부채를 한사코 손에 쥐여주던 사람들과의 만남과 마찬가지로 뜻하지 않게 그녀를 당황하게 만들었을 뿐이었다. 그렇다고 쉽게 잊을 수 있는 일도 아니었다.

오현수가 산동네의 집을 기웃거리고 문을 두드리며 지금까지 알지 못하던 것을 보았다면 그것은 '다른 삶'의 실감이었다. 그녀는 산동네를 처음 가보았다. 물지게를 지고 계단을 오르는 꼬마들과 공용 화장실 앞에 늘어선 긴 줄도, 구멍이 숭숭 뚫린 듯 안이 들여다보이는 바라크 집도 처음 보았다. 이사 철에 대책 없이 집에서 쫓겨나 길에 나앉는 사람들과 추석을 앞두고 집을 비우고는 끝내 돌아오지 못하는 사람들에 대해서도 마찬가지였다.

그동안 자기 자리가 아닌 곳에 가지 않고 모르는 것에 대해 말하지 않아야 한다고 생각해왔던 오현수는 모르는 것이 거의 다라는 생각을 하나 더 보태게 되었다. 그녀에게는 그것이 다른 조건을 가진 삶에 대한 존중의 한 방식이었다.

6.

10월은 중간고사와 함께 시작되었다. 4학년들은 그달 말로 다가온 졸업논문 마감 때문에 부쩍 바빠졌다.

이경혜네 방은 볕이 잘 들지 않는 1층 모퉁이에 있었다. 창문을 열면 바로 담장이 보이는 외지고 답답한 방이었다. 그 때문인지 정원에서 한 명이 모자란 세 명이 배정되었는데, 새 학기에 1학년이 나가서 이제 둘이 되었다.

이경혜의 룸메이트인 약대 3학년은 고지식한 공부벌레 타입이었다. 언제나 수수한 단발에 두꺼운 근시 안경을 쓰고 도서관에 특화된 조용한 걸음걸이를 갖고 있었다. 그러나 어울리지 않게 코미디와 만담이 취미였다. 책상에 코를 박고 있다가 갑자기 고개를 발딱 젖히고 활기찬 목소리로 유머집에서 본 한물간 농담을 신나게 늘어놓곤 했다. 그런 일은 시험 기간이 되면 특히 잦아졌다.

가짜 대학생에게 한눈을 판 데 대한 반성이라며 수업도 제치고 남자친구를 만나러 다니던 이경혜는 시험이 다가오자 내게 노트를 빌린다는 구실로 자주 322호를 들락거렸다. 내가 자기의 도움으로 학생 기자가 되었다고 강조하곤 하는 그녀는 나를 '두 사람 몫의 기자'로 만들어주겠다며 대학가 정보책을 자청했는데, 남자친구가 속해 있는 서클의 동향을 전해준다고 하지만 사실상 남자친구와의 스킨십 진행에 대한 경과보고였다. 2학기 들어 움직임이 더 활발해지고 속도가 붙고 있다는 말도 두 가지 모두에 해당하는 듯했다.

중간고사가 끝난 어느 날 최성옥은 내게 스터디 그룹에 한번 가보지 않겠냐고 권했다. 표정이 자못 진지해서 거절하기 어려웠다. 최성옥을 따라 모임 장소로 가는 버스 안에서 수없이 후회를 했지만 이제 와서 돌아갈 수도 없는 일이었다.

그곳에서 처음 놀랐던 것은 스터디 그룹을 지도하는 졸업생 선배가 바로 〈교양국사〉 강사라는 사실이었다. 검은 스커트 대신 청바지를 입은 점이 달랐을 뿐 목이 늘어난 싸구려 티셔츠는 여전했다. 더욱 놀랍게도 그녀는 내 얼굴을 알아보았다. 내가 인사를 하자, "내 수업 듣지?"라며 가볍게 알은척을 했던 것이다.

모임 분위기는 여느 서클과 비슷했다. 먼저 생물과 2학년이 잡지『대화』에 실린「무등산 타잔의 진상」이란 기사를 소개했다. 언론의 자극적인 보도가 정작 중요한 강제 철거의 문제점을 가려버렸다는 결론으로 발제가 끝나자 참석자들 모두 박수를 쳤다.

그 다음은 정외과 3학년의 차례였다.『창작과비평』에 실린「아홉 켤레의 구두로 남은 사내」와「월행」에 대한 독후감을 발표한 뒤 토론 순서가 이어졌다.

마무리는 〈교양국사〉 강사의 몫이었다. 그녀는 최근에 읽은 루쉰의 책을 인용했다. 출구도 창문도 없는 폐쇄된 감옥에 많은 사람이 깊이 잠들어 있다고 하자. 그들은 얼마 안가 모두 질식해 죽을 운명이다. 그런데 누군가가 잠든 사람들을 깨운다면 그것은 옳은 일일까. 그들에게 죽음의 공포를 느끼게 하므로 더욱 잔인한 짓이 아닐까. 그렇지 않다. 그중 몇 사람이 깨어난 이상 그 폐쇄 감옥을 무너뜨릴 희망이 전혀 없다고 할 수는 없기 때문이다.

그녀는 깨어 있는 것과 행동하는 것 모두 중요하다고 말한 뒤 깨어난 사람은 누구나 행동해야 할 책임이 있으며 그책임을 회피한다면 언제까지나 주인 된 세상에 살지 못하고남의 세상에 억지로 적응하면서 살아야 한다고 강조했다.

그녀는 강의를 할 때처럼 강박적으로 열심이지도 않았고강의를 끝낸 뒤의 묘한 싸늘함도 없었다. 우체국에서 마주쳤을 때 보았던 궁색하고 초라한 모습은 더욱 아니었다. 마치 좌석 번호와 일치하는 티켓을 지니고 자기 자리에 앉아있는 사람처럼 안정되고 확신에 차 보였다.

"여러분, 다가올 80년대, 90년대의 사회는 지금 여러분의행동에 달려 있어요." 그녀의 말이 끝나자 참석자들 모두 박수를 쳤다. 그 자리에 있는 동안 한 번도 제대로 박수 소리를 내지 못하고 어정쩡하게 두 손바닥을 맞대고 있던 내가 더욱 무력한 방관자같이 느껴지는 순간이었다.

나는 최성옥을 흘끗 바라보았다. 거의 동시에 최성옥도 내 쪽을 향해 고개를 돌렸고 눈이 마주치자 전에는 거의 본 적 없는 정다운 미소를 지어 보였다. 웬일인지 나는 금방이라도 울 것 같은 심정이었다.

그 주말에는 캠퍼스 부근과 기숙사 문 앞을 서성이는 남학생들이 유난히 자주 눈에 띄었다. 알고 보니 서울대가 임시 휴교에 들어갔다고 했다. 서울대의 무기한 휴교는 사회학과의 학술 심포지엄 때문에 벌어진 일이었다. 대형 강의실에 수백 명의 학생이 모였는데 학생들의 소요 사태를 우려한 학교 측에서 갑자기 행사를 취소했다. 농성이 시작되었고 최루탄이 터졌다. 전투경찰이 강의실 안으로 들어와 학생들을 끌어내서 경찰차에 실어 그대로 관악경찰서로 연행했다.

그다음은 연대였다. 4월의 백지 선언문으로 경찰을 따돌리는 데는 성공했지만 그만큼 감시와 징계가 심해져 위축되어 있던 학생들이 다시 일어났다. 교문을 나와 신촌로터리를 거쳐 이대와 서강대로 향하는 네 시간 동안 시위대는 2천 명으로 불어났다. 며칠 뒤에는 고대에서 데모를 계획하던 학생들이 구속되는 사태가 벌어졌다.

그러나 학보사의 특집은 그런 분위기와 거리가 멀었다. '생활 속의 토속신앙'이나 '면학 캠페인의 허와 실' 같은 것들을 싣고 있었다. 새로 보직을 맡은 주간은 대대적인 '홈커밍 데이' 행사를 계획 중이었다. 원로 동문들과 학보사 출신 선배들을 초청하는 간담회였는데 해외 동문의 초대 비용은 학도호국단에서 나왔다. 행사일은 기숙사의 오픈하우스 전날로 맞춰져 있었다.

빨간 볼펜 선배의 말대로라면 학생들의 관심을 돌리기 위해 학도호국단과 학보사와 기숙사가 공모하는 대외 홍보용 관제 행사였다. 제목은 "평화와 화합의 축제"로 정해졌다.

홈커밍 데이 행사의 취재 담당은 오지은이었다. 내게는 뒷얘기인 '낙수' 기사가 맡겨졌다. 행사장에 오지은은 예상대로 고급스럽고 세련된 베이지색 실크 정장을 입고 나타났다. 얼마 전 안경테를 바꿨는데 경첩 안쪽에 스프링이 달려 모양이 변형되지 않는다는 독일제 로덴스톡은 그녀의 갸름한 얼굴에 무척 잘 어울렸다.

청바지 차림이긴 했지만 나도 오현수에게서 빌린 아이보리색 블라우스로 최대한 정장 분위기를 냈다. 눈에 안 띄는 구석 자리만 골라 다니는 오랜 버릇 때문에 오지은에게 몇 번이나 지적을 받았고 그때마다 얇은 블라우스의 등이 땀으로 젖었기 때문에 결과적으로 좋은 선택은 아니었다.

행사장에서 가장 눈에 띄는 사람은 미국에서 왔다는 오십 대 동문이었다. 히피풍의 청바지 위에 커다란 장미 자수 패치가 붙은 청카바를 걸친 그녀가 "저는 멤피스에서 왔어요. 아시죠? 얼마 전 저의 이웃 엘비스 프레슬리가 죽은 거. 여기 오기 전에 무덤에 꽃을 놓고 왔답니다"라고 자신을 소개하자 박수가 쏟아졌다. 나는 그런 자잘한 내용으로 원고지를 채워 편집장의 책상 위에 올려놓고 점호가 끝난 어두운 기숙사로 돌아왔다.

다음 날은 가을 학기에 기숙사생들의 가장 큰 관심사인 오픈하우스 날이었다.

말 그대로 기숙사를 개방하는 오픈하우스 행사는 낮 12시부터 시작되었다. 부모를 초대하기도 했지만 대부분은 교회와 서클 같은 모임의 회원들, 그리고 남자친구를 초대했다.

봄의 축제 때처럼 아침 일찍부터 세면실이 붐비고 각 층 계단 앞에 있는 대형 거울 앞에 줄이 만들어졌다. 방마다 대청소를 마친 것은 물론이고 방문객을 맞기 위해 책상 한편에 커피포트와 찻잔, 과일과 칼, 과자와 종이 접시 따위를 가지런히 늘어놓았다. 카세트라디오에서는 음악이 흘러나오고 있었다.

322호는 아무도 손님을 초대하지 않았다. 최성옥은 고시생과 냉전 중이었고 오현수는 여대 기숙사에 한번 와보고 싶다는 레지던트 오빠를 말리는 데에 가까스로 성공했다. 청소가 귀찮았던 양애란은 사는 모습을 다 보이면 자기에 대한 환상이 깨진다며 새로 산 흰색 진 바지에 짧은 스카프를 매고 여의도로 자전거를 타러 나갔다. 용돈을 마련하러 언니 집에 가야 한다고 외박증까지 끊었다.

나는 이동휘를 초대할까 말까 수없이 망설이다가 결국 결정을 내리지 못한 채 그날 아침을 맞고 말았다. 속마음으로는 이동휘에게 내 책꽂이의 책과 우리 방의 창문에서 보이는 풍경을 보여주고 나의 룸메이트들도 소개하고 싶었다. 내 책상 앞에 함께 앉아 차를 마시고 과자를 먹고 앨범을 넘겨보며 가까이에서 이야기를 나누고도 싶었다.

그러나 오픈하우스 날의 그 들뜨고 부산한 분위기, 한껏 단장한 무리들이 내뿜는 에너지 속에서 어쩔 수 없이 내가 서툴고 초라해질 것이 두려웠다. 이재숙처럼 새 옷을 사고 이불 빨래를 하거나 곽주아처럼 교회 손님들에게 보이기 위해 새로 사진 액자를 만들어 걸 만큼 나 자신의 욕망에 솔직하지도 못했다.

그날 기숙사는 몹시 혼잡했다. 나와 오현수는 계속 방에 있었지만 음악 소리와 웃음소리와 발소리와 말소리로 온종일 정신이 산만했다. 누군가 금방이라도 문을 두드릴 것 같아 마음속도 어수선했다.

송선미의 손님인 미국 사는 이모가 전날 학보사 행사장에서 만난 멤피스 선배여서 놀랐다는 걸 빼면 별다른 일은 일어나지 않았다. 송선미는 오후 늦게야 아르바이트에서 돌아온 최성옥을 이모에게 소개할 수 있었는데, 세상에 둘뿐인 자기편이 한자리에 모였다며 환하게 웃었다.

드디어 저녁이 되어 행사가 끝나고 일제히 손님들이 빠져나갔다. 1층 홀에 바람 빠진 행사용 풍선들이 조금씩 흔들리고 현관에 몇 켤레 남은 신발들이 어지럽게 흩어져 있었다. 사무실도 닫히고 식당 쪽도 불이 다 꺼졌다. 나는 소란스러웠던 날이 조용히 저물어간다고만 생각했다. 점호 시간도 유난히 평화롭게 느껴졌다.

초대 손님 사이에 섞여 기숙사에 들어온 한 남학생이 106호에 숨어 있다는 소식은 점호가 끝난 뒤 전해졌다. 이경혜가 급하게 최성옥을 찾아와 도움을 청했을 때 함께 방에 있었던 것은 나와 오현수뿐이었다. 106호에서 침입자를 지키고 있는 약대생까지 모두 다섯 명만 그 사실을 알았다. 아직까지는 그 다섯 명에게 일어난 사건이었다.

1977~2017

1.

그날 내가 자리에서 먼저 일어났을 때 김희진이 어떤 표정을 지었는지는 알 수 없다. 의자에 걸쳐놓았던 에코백과 스웨터를 집어 들자마자 나는 그녀의 얼굴을 보지 않은 채 곧바로 문을 향해 걸어 나갔다. 늘 먼저 떠나는 것은 그녀였고 잘 가라는 인사를 받는 쪽도 그녀였지만 그날은 아니었다.

그러나 혼자 남겨졌다 해도 그녀는 나처럼 그날 분의 대화가 떨궈놓은 감정의 부산물을 수습하느라 자리에서 머뭇대지는 않을 것이다. 무엇보다 그녀에게는 기다리는 손님이 있었다. 손님은 곧 도착할 테고 늦은 시각이긴 하지만 어쩌면 그때부터 김희진을 외출하게 만든 진짜 만남이 시작될지도 몰랐다. 그녀의 옷차림이 다른 때보다 화려해 보인 데에는 이유가 있었을 것이다.

나는 그 손님이 나를 만나러 오고 있다는 그녀의 말은 믿지 않았다. 들러리로든 관객으로든 나를 그 자리에 붙들어두기 위해 순간적으로 떠올린 거짓말에 불과할 것이다. 40년을 만나오는 동안 수없이 겪었던 일이다. 그녀는 자신의 욕망을 정당화하기 위해 상황을 왜곡하고 그에 맞춰 자의적인 논리를 갖다 붙이곤 했는데 스스로가 거기에 기꺼이 설득되었기 때문에 죄책감 같은 건 남기지 않았다.

처음 들어왔을 때 북적이던 것과 달리 일본식 식당의 실내는 조용했다. 몇 테이블에만 손님들이 남아 조도를 낮춘 조명 아래에서 오붓하게 술잔을 기울이는 분위기였다. 우리에게 가라아게와 사케를 날라 왔던 종업원 청년은 퇴근을 하려는지 검은색 리넨 앞치마를 벗으며 카운터의 직원과 얘기를 나누고 있었다. 나는 그들 옆을 지나쳐 출입문 앞으로 다가갔다.

손잡이를 잡는 순간 누군가 밖에서 그 문을 열고 들어왔다. 네이비 면 코트 속에 올리브색 셔츠를 입은 키가 큰 남자였다.

"죄송합니다."

남자는 하마터면 부딪칠 뻔한 나에게 가볍게 고개를 숙여 사과했는데 그러는 동안에도 눈은 계속해서 실내를 살폈다. 검은 뿔테 빈티지 안경 위로 흰 머리카락이 몇 가닥 내려와 있었다. 나는 그대로 문밖으로 나갔다.

가을 밤공기가 제법 싸늘했지만 술기운 탓인지 얼굴에 닿는 바람의 느낌은 시원했다. 손에 들고 있던 스웨터를 걸쳐 입고 출판사 로고가 새겨진 에코백을 단단히 어깨에 둘러멘 뒤 지하철역을 향해 천천히 걸음을 옮기기 시작했다. 가로등 불빛을 받은 나무들이 어딘지 피로해 보였다. 나무들의 검은 그림자를 하나씩 지나쳐가면서 나는 조금 전 스친 남자가 김희진의 손님일 거라는 생각을 하고 있었다. 그 시각 그 술집에 약속이 있는 중년 남자가 한 명 이상일 것 같지는 않았다.

그녀의 말대로라면 나도 아는 사람이었다. 길게는 40년 전이고 짧아야 20년 전의 인연일 것이다. 어느 쪽이 됐든 어두운 조명 아래에서 뜻밖의 짧은 스침만으로 그 남자가 누구인지 알아볼 수 없을 만큼 시간이 많이 흘렀다.

신도시까지 운행하는 지하철은 끊겨 있었다. 할 수 없이 택시를 타야 했다. 예상치 않은 지출이라 언짢은 마음도 들었지만 택시 뒷좌석에 앉아 창밖을 바라보고 있으니 오랜만에 밤의 강변로를 달리는 기분은 그리 나쁘지 않았다. 김희진이 전에 없이 옛이야기들을 많이 꺼냈기 때문인지 긴 여행을 마치고 귀로에 오른 느낌마저 들었다.

나는 시트에 등을 기대고 차창 밖으로 지나치는 불빛의 행렬을 물끄러미 바라보았다. 김희진의 주도로 카페 단골들과 어울려 다니던 '술과 장미의 나날' 시절에는 취한 채로 택시에 몸을 싣고 이 길로 귀가하는 날이 자주 있었다.

젊고 희로애락이 선명하고 새로 시작하는 일도 가능했던 시절이었다. 그 시절의 인생이 더 나았을까. 꼭 그렇지는 않을 것이다. 욕망이나 가능성의 크기에 따라 다른 계량 도구를 들고 있었을 뿐 살아오는 동안 지녔던 고독과 가난의 수

치는 비슷할지도 모른다. 일생을 그것들에서 벗어날 수 없었다 해도 나에게만 유독 빛이 들지 않았다고 생각할 만큼 내 인생이 나빴던 것도 아니다. 그리고 이제 세상이 뭔가 잘 못됐다면 그 시스템 안에서 살아남으려 했던 나의 수긍과 방관의 몫도 있다는 것을 알 나이가 되었다.

집에 도착했을 때는 이미 자정이 넘은 시각이었다. 외출복을 벗어 걸고 서랍장 안에서 속옷과 잠옷을 챙겨 욕실로 들어갔다. 샤워를 하고 나와 보니 그사이 김희진이 전화를 했는지 액정에 부재중 전화가 표시돼 있었다. 나는 휴대폰 전원을 아예 끄고 침대에 들어갔다.

2.

긴 시간을 알고 지낸 사람들의 인생을 각기 포물선 그래
프로 그려보면 뜻밖에도 서로 맞닿는 경우가 적다는 걸 알
수 있다. 마치 시소게임 같다. 한 사람이 오르막길로 상승할
때 다른 사람은 내려가기 마련이다. 한 사람이 언덕마루에
서서 경치를 내려다볼 때 다른 한 사람은 바닥에서 헛발질
을 하고 있기도 한다. 아침에 볕이 들었던 자리가 저녁이 되
면 싸늘해지듯 빛은 자리를 옮겨 다니는데 어둠은 규칙 없
이 찾아온다.

김희진의 소설에서 기숙사 시절의 나는 그녀에게 차별과
모욕을 행사하는 공주로 등장한다. 그러나 대학을 졸업한
뒤 같이 일하던 광고 회사에서 김희진은 나의 직장 상사였
다. 내가 결혼한 뒤 정규직에서 계약직으로 밀려났을 때 그
녀는 대리로 승진했다. 내게 종종 생맥주를 사 주며 경력을
포기하지 말라고 격려할 때의 그녀는 유능하고 여유 있어
보였다. 인사권을 가진 유부남 이사와의 관계를 폭로하는
투서 때문에 갑자기 회사에서 사라지기 전까지였다.

회사에서는 그녀의 자리를 충원하는 대신 내게 그 일을
맡겼다. 일은 힘들었지만 어쨌든 그 덕분에 나는 계약 기간
을 조금 더 연장할 수 있었다.

같은 시기에 김희진이 힘든 시간을 보냈다는 것은 짐작하기 어렵지 않다. 나쁜 소문은 꼬리가 되어 어디까지나 뒤를 따라다닌다. 그녀는 지금까지 알던 사람을 피해야 했고 학맥이나 경력과는 전혀 관계없는 지점에서 살길을 모색해야 했을 것이다.

계약 기간이 끝나 광고 회사에서 해고된 나는 여성지에 파트타임 직원으로 들어갔다. 학보사 시절의 악몽이 되살아나는 취재나 전화 통화를 기피했기 때문에 주로 기사 리라이팅과 교정을 맡았다. 하지만 그런 핸디캡을 갖고는 새 잡지 창간을 계기로 파트타임 직원을 모조리 물갈이할 때 살아남을 수 없었다.

다시 일을 찾아야 했다. 남편은 결혼 후 세번째로 회사를 집어치운 상태였다. 초저녁부터 어린 딸을 억지로 재워놓고 식탁에 앉아 꾸벅꾸벅 졸아가며 출판사의 교정 아르바이트를 하는 밤들이 계속되었다. 전세금을 대출받은 은행의 이자와 모든 공과금이 연체되기 시작했지만 매번 아르바이트를 구하기가 쉽지 않았고 내가 버는 돈은 점점 줄어만 갔다. 딸과 남편은 나에게 똑같은 노동강도로 예민했다.

기간제 국어 강사 자리가 났을 때에는 말더듬증 따위를 두려워할 처지가 아니었다. 나는 여전히 많은 사람들 앞이나 긴장된 자리에서 입을 떼는 일에 곤혹을 겪고 있었다. 하지만 불안과 신중함은 사치였다. 의무적으로 학점을 땄을 뿐 나 같은 언어장애에게는 허세에 불과하다고 처박아두었던 교사자격증에 대고 절을 할지언정 스스로를 냉소할 만큼 순진하거나 고상한 패기는 남아 있지 않았다.

그렇게 해서 발을 내딛게 된 학교에서 매일 교실 문으로 들어서는 일은 낭떠러지 앞에 서는 순간 같았다. 다행히도 비슷한 처지의 기간제 영어 강사와 친해진 덕분에 초벌 번역 아르바이트를 알게 되었다. 혼자서 작업하고 무엇보다 여러 사람 앞에서 말을 하지 않아도 되는 일이라는 점에서 필사적으로 그 기회를 붙들어야만 했다. 학교에서 돌아와 서둘러 집안일을 해놓고 딸을 재운 다음 남편의 귀가를 기다리며 새벽까지 그 일에 매달렸다. 그리고 결국은 그 일이 지금까지 나를 근근이 먹여 살리고 있다.

나를 지금의 인생으로 데려다 놓은 것은 꿈이 아니었다. 시간 속에 스몄던 지속되지 않는 사소한 인연들, 그리고 삶이라는 기나긴 책무를 수행하도록 길들여진 수긍이라는 재능이었다.

과거의 빛은 내게 한때의 그림자를 드리운 뒤 사라졌다. 나는 과거를 돌아보며 뭔가를 욕망하거나 탄식할 나이도 지났으며 회고 취미를 가질 만큼 자기애가 강하고 기억을 편집하는 데에 능한 사람도 못 되었다. 뜨거움과 차가움 둘 다

희미해졌다. 그렇다고 해도 '술과 장미의 나날' 시절의 혼란과 환멸을 잊어버린 건 아니었다.

그 시절의 나는 주어진 삶을 끌고 가는 문제와 대결해야 했지만 한편 왜 그 삶을 그대로 끌고 가야 하는지의 이유와도 반목했다. 돈을 벌어야만 실패한 결혼에서 벗어날 수 있다고 생각했고 닥치는 대로 일에 매달렸다. 그러나 벗어난다고 한들 이미 등을 돌린 인생이 내 편이 되어줄 것 같지 않아 자주 분노가 치밀었다. 여기까지 힘들게 왔으니 더 힘이 들더라도 이 삶을 계속 유지해야 한다는 내 머릿속 규율의 패턴에 넌더리가 났다. 내 삶을 궤도 속으로 되돌리려는 안간힘이 때때로 헛수고로 여겨졌고 어느 구석에 불운이 기다리고 있는지 모를 미래에 대해서도 비관적이었다.

상대가 줄 수 없는 것을 원하게 된 파탄 난 관계에서는 남아 있는 사랑의 찌꺼기가 가장 큰 장애물이었다. 가족은 마치 좁은 우리 안의 다친 짐승들처럼 맹렬히 서로에게 상처 주기 바빴다.

내가 원하던 인생에서 너무나 멀어져버렸다는 두려움과 불안. 아마 그것이 나를 김희진의 그룹으로 달려가게 만들었을 것이다. 거기에 내가 원하던 나는 없었다 해도, 결코 좋아할 수 없게 변해버린 나와는 다른 내가 있었다. 나는 토해가며 술을 마시기 시작했고 취기를 빌려 거칠고 시니컬한 말들을 늘어놓았다.

그들과 어울려 시시한 연애담을 공유하고 충동적으로 술집을 순례할 때 나는 인생이란 조금도 심각하지 않다고 자신을 속이는 연기에 도취해 있었다. 내가 아닌 누구였기 때문에 악역도 대역도 얼마든지 가능했다.

김희진은 종종 출판사 인맥이라거나 PC통신 동호회 회원이라며 우리의 술자리에 남자를 데려왔다. 술값을 내주는 사업가도 있었고 개방적인 방식의 친목을 원하는 편집자와 기자도 있었다. 입으로는 단순한 친구 사이임을 강조했지만 김희진은 영역 표시를 확실히 했다. 그룹의 중심은 늘 그녀였고 나머지는 그녀가 활동하는 구역의 수준을 보증해주는 정도의 적당한 지성과 외모와 주량을 지닌 여자 스태프 같은 존재였다.

김희진은 자신의 아래에 있는 한 그녀들에게 관대하고 친절했다. 그러나 자기와 비슷한 위치로 올라온다 싶으면 그때부터는 노골적으로 깔아뭉갰다. 김희진이 술자리에 데려온 한 남자를 사이에 두고 나와 어설프게 대립했을 때 그녀를 날카롭게 만든 것은 상대 남자에 대한 집착이 아니라 자신의 권력 체계를 이탈한 나에 대한 분노였을 것이다.

출판사 편집자였던 남자가 번역 일을 주겠다는 구실로 내게 연락을 해왔고 남자의 속셈이 뻔했음에도 나는 두어 번 그를 만나 함께 술을 마셨다. 그 일로 흥분한 김희진을 짐짓 느긋하게 대할 수 있었던 것은 그가 나에게 전혀 의미가 없었기 때문이었다. 그 시절 김희진이 데려온 모사꾼이나 한량 타입의 남자 중에 나의 관심을 끄는 사람은 없었다. 어떤 이유에서였든 나를 긴장시키고 또 나에게 복잡한 감정을 불러일으킨 사람은 단 한 명이었다.

당연한 일이지만 처음에 나는 그를 알아보지 못했다. 사십대 초반의 평범한 남자였고, 나이답지 않게 온갖 잡다한 직함이 빼곡히 박힌 명함 속의 이름도 흔한 이름이었다. 그는 3당 통합으로 여당이 된 잘나가는 국회의원을 모시고 있다고 자신을 소개한 뒤 부탁할 것이 있으면 찾아오라며 자기의 것도 아닌 권력을 과시했다.

나의 대인 관계가 좁은 탓도 있겠지만 그처럼 첫 대면에서부터 노골적으로 천박함을 풍기는 사람은 처음이었다. 김희진이 돌아가며 그 자리의 여자들을 소개할 때 그의 눈은 마치 점수라도 매기는 듯 위아래로 바쁘게 움직였다.

김희진이 나를 대학 동창이라고 소개하자 남자는 특별히 반색을 하며 명함을 건넸다. 나는 그것을 받아 건성으로 훑어본 뒤 그대로 탁자 위에 내려놓았다. 내 모습을 눈여겨보고 있었던지 그 순간 그가 먼저 말을 걸어왔다.

"김유경 씨, 나 몰라요? 우리 만난 적이 있을 텐데."

"네?"

나는 남자를 똑바로 바라보았다.

"기억 안 나나?"

남자의 말투는 자연스럽게 반말로 바뀌어 있었다.

"이거 서운하네. 나한테는 운명적인 날이었는데."

마치 나와 비밀스러운 과거사라도 공유하고 있는 듯한 은근한 어조에 나는 할 수 없이 그를 주의 깊게 바라보아야 했다.

남자는 짓궂은 웃음을 머금은 채 내가 자신을 바라보도록 잠시 내버려두었다. 궁금하지도 않은 일로 시험까지 당하는 것 같아 나는 불쾌해졌다.

"글쎄요. 말씀하시는 걸로 봐서 제가 언젠가 큰돈을 떼먹은 것 같긴 한데, 운 좋게도 전혀 생각이 안 나네요."

내가 삐딱하게 대꾸하자 남자는 제법 재미있는 농담이라는 듯이 큰 소리로 웃었다. 그런 다음 몸을 앞으로 쓱 내밀면서 무슨 힌트라도 주는 것처럼 "77년도에 기숙사에서"라고 한마디를 던졌다.

그때 김희진이 끼어들지 않았다면 나는 그 남자를 비꼬아 주는 데에 조금 더 시간을 낭비했을 것이다. 그 무렵의 나는 폭발하기 전의 소리 없는 예열과 자포자기의 중간쯤에 있었다. 방어가 지나쳐 공격적이 되기도 했다. 하지만 김희진이 약간 당황한 표정으로 "아 참, 오픈하우스 날 만났다고 했었지. 깜빡하고 있었네"라고 중얼거린 다음 순간 입을 다물고 말았다.

김희진이 그를 만나게 된 것은 한 정치인의 자서전 대필 때문이었다. 처음 만나는 자리에서부터 남자는 대학 시절 운동한 얘기며 긴급조치 위반으로 숨어 다니던 일화를 무용담처럼 늘어놓았는데 그 클라이맥스가 여대 기숙사 잠입 사건이었다. 김희진이 현장에서 멀지 않은 거리에 있었다는 사실이 그로 하여금 더욱 입에 거품을 물게 만들었을 것이다.

김희진이 탁자 위의 술잔을 들었다. 그리고 남자의 잔에 부딪치며 농담하듯 가볍게 한마디 던졌다.

"김유경 이름까지 아는 줄은 몰랐는데."

남자가 대꾸했다.

"내가 딴 건 몰라도 이름 하나는 잘 외우지. 얼굴도 그렇고. 이 바닥에서는 그게 내 밑천이거든."

남자는 내 이름뿐 아니라 말이 느렸던 최성옥과 미모가 뛰어난 송선미의 이름까지 주워섬겼고 그 이름들을 알려준 이경혜와는 최근에도 몇 번 만날 일이 있었다고 말했다. 논술학원 인가를 받는 데에 자신이 힘 좀 써줬다고 강조하며 한참을 거들먹거렸다.

　그 남자를 나는 내 생에 딱 두 번 만났다. 첫인상 역시 두 번째와 크게 다르지 않았다.

3.

    소란스러운 행사가 모두 끝난 가을밤의 기숙사는 나른한 정적에 둘러싸여 있었다.

    오현수는 커피포트에 물이 끓기를 기다리며 라디에이터에 기대서 있었고 나는 그 옆에 의자를 끌어다 놓고 앉아 작은 소리로 함께 잡담을 나누는 중이었다. 책상 앞의 최성옥은 한 손으로 턱을 괸 채 본 회퍼의 『무엇을 따르고 무엇에 저항할 것인가』를 뒤적이고 있었다. 양애란이 얼굴에 화장품을 바르고 두드리는 소리가 빠졌다는 점을 빼고는 평소와 그다지 다르지 않은 풍경이었다. 그리고 노크 소리와 함께 방문이 열렸을 때 우리는 송선미가 그날 낮에 약속한 대로 멤피스의 이모에게서 선물받은 초콜릿을 나눠 주러 온 줄 알았다.

    문안으로 들어선 것은 106호의 이경혜였다.

    평소에도 말이 빠른 이경혜가 다급하게 속삭이기까지 했으므로 무슨 말을 하는지 귀에 잘 들어오지 않았다. 알아들을 수 있는 것은 지금 자기 방에 남학생이 들어와 있고 룸메이트 약대생이 혼자 남아 지키고 있다는 사실뿐이었다.

    대충의 상황을 파악하자마자 최성옥은 곧바로 책상 앞에서 일어났다. 그 바람에 나도 따라서 어정쩡하게 의자에서 몸을 일으켰다. 오현수는 침착하고 정확한 태도로 커피포트의 콘센트를 뽑은 다음 내가 앉았던 의자를 책상 밑으로 밀어 넣고 이층침대 사다리에 걸쳐놓았던 스웨터까지 집어 들었다. 그러나 최성옥이 방을 비우는 건 좋은 생각이 아니라며 한 사람은 남아 있어야 한다고 말하자 두말없이 고개를 끄덕였다.

이경혜가 앞장서고 최성옥과 내가 그 뒤를 따랐다. 복도를 지나 중앙 계단 쪽으로 가는 동안 우리는 긴장한 얼굴로 자기도 모르게 주변을 살피고 있었다. 때마침 계단을 올라오던 김희진과 마주쳤을 때 내 입에서는 순간적으로 숨을 들이쉬는 소리가 지나치게 크게 새어 나왔다.

"어디 가는데?" 김희진이 내게 먼저 말을 붙인 것은 그 때문이었는지도 몰랐다. 그녀는 내가 적당한 대답을 찾지 못해 머뭇거리는 동안 몇 계단 앞서 내려간 이경혜를 슬쩍 돌아보았을 뿐 그대로 내 곁을 지나쳤다. 최성옥에게 가볍게 눈인사를 해 보였지만 더 이상 말을 건네지는 않았다.

106호에 있는 남학생은 침입자라고 하기에는 지나치게 무기력한 모습이었다. 그 방의 임자 없는 책상 의자에 허리를 깊숙이 묻고 앉아 겸연쩍은 얼굴로 우리의 처분만을 기다리는 품이 자신이 벌인 일을 수습하려는 의지는커녕 누군가를 곤궁에 빠뜨렸다는 심각성조차 실감하지 못하는 것 같왔다. 술냄새까지 풍겼다.

그는 이경혜 남자친구가 속한 운동권 서클의 복학생 선배였다. 그날 낮 그는 갑자기 서클 후배의 자취방에 나타나 이경혜의 남자친구를 포함한 몇 명을 호출했다. 그리고 라면을 끓이게 해서 낮술을 과하게 마셨다. 이경혜의 남자친구가 술을 자제하는 이유가 오픈하우스 행사에 가기 위해서라는 걸 안 그는 자신도 가겠다며 반색을 했다. 이런 기회가 아니면 여대 기숙사에 언제 들어가보겠냐고 막무가내로 우기는 그를 아무도 말릴 수가 없었다. 결국은 후배들의 호위를 받다시피 하며 106호에 발을 들이기에 이르렀다.

화장실에 간다고 나간 그가 행사가 끝나갈 시각까지 돌아오지 않자 이경혜의 남자친구와 일행들은 자리에서 일어났다. 다들 복학생이 먼저 돌아갔다고 생각했다. 위급한 상황이 생겨 자리를 떴을 수도 있었다. 그러나 아니었다. 술이 안 깬 채 방을 찾아 헤매던 그는 모두가 방을 비운 사이 다시 돌아와서 이경혜의 이층침대로 올라가 이불을 둘둘 감고 잠들어버렸다.

이경혜와 약대생 룸메이트 모두 점호 시간이 다 되어서야 방에 돌아왔기 때문에 누구도 방해하지 않는 깊은 잠이었다. 용케도 눈을 떴을 때는 이미 기숙사 철문이 닫힌 뒤였고 점호도 끝난 시각이었다. 그는 물을 청하기 위해 침대에서 몸을 일으켜 그 방의 주인들을 경악하게 만들었다.

전말을 전해 들은 최성옥의 입에서는 깊은 한숨이 새어 나왔다. 그녀는 다리를 떨며 잠시 생각에 잠기더니 사감에게 이 사실을 알릴 수밖에 없다고 결론을 내렸다. 방문객 한 사람의 실수로 벌어진 소동일 뿐이므로 이 시점에서 신고를 한다면 훈계와 벌 청소 정도로 끝날지도 몰랐다. 기숙사의 보안 책임자인 사감으로서도 사건이 조용히 덮이기를 원할 것이다.

나에게는 그것이 평소 규범적이고 합리주의자인 최성옥다운 최상의 결론으로 생각되었다. 그러나 앞뒤 없이 대담하고 비판적인 것만을 용기와 정의감으로 아는 이경혜를 설득시키지는 못했다.

이경혜는 통금 시간 동안 복학생을 숨겨주었다가 새벽에 기숙사 문이 열리면 몰래 내보내자는 의견을 냈다. 그대로 사감에게 신고하면 다른 사람은 몰라도 자신은 복학생을 초대한 원인 제공자이므로 중징계를 받을 게 분명했다. 그리고 무엇보다 남자친구와 서클 멤버들을 배신하고 고자질을 했다고 비난받을 것 같아 그것이 가장 마음에 걸렸다.

사실 이경혜가 최성옥의 도움을 청하러 갔을 때에는 정해진 답 외의 다른 해결책을 기대했기 때문이었다. 남자가 아무의 눈에 띄지 않고 여자들만 있는 기숙사를 빠져나가는 것은 불가능하다는 최성옥의 말도 틀린 건 아니었지만 최성옥 자신의 지각 사태 때처럼 잠행이 성공하지 말란 법도 없었다.

최성옥은 신의를 저버리지 않으려는 이경혜를 이해했다. 지각 사태 때의 도움 또한 마음의 빚으로 남아 있었다. 그러므로 사감에게는 복학생이 자신의 손님이라고 말할 작정이었다. 그녀는 봄 학기 때 기숙사 담을 넘은 침입자에게 그랬듯이 이번에도 사감이 당장 복학생을 내쫓고 최성옥 자신에게만 책임을 물은 뒤 사건을 종결시킬 거라고 이경혜를 달랬다.

내 생각에 그것은 허점이 많은 각본이었다. 최성옥의 손님이라면 복학생은 106호가 아니라 322호에 있어야 했다. 그 각본에 맞춰 지금 복학생을 322호로 옮기도록 하는 건 들킬 위험이 많았고 무엇보다 나와 오현수를 끌어들이는 일이 될 것이다.

하지만 나는 그런 생각을 입 밖에 내지는 않았다. 말을 더듣는 사람이 긴급하게 돌아가는 상황에서 대화에 끼어드는 건 전혀 도움이 안 되는 일이었다. 배가 산으로 가더라도 탄채로 그냥 실려 가야 했다. 이경혜의 책상 위에 놓인 탁상시계를 흘끗 보니 우리가 그 대화를 하는 동안 10분이 지나 있었다.

그때 106호 문을 노크하는 소리가 들렸다.

이경혜가 달려가 문을 조금 열어보고는 송선미임을 확인한 뒤 얼른 안으로 들여보냈다. 다음 순간 그 문은 닫히려다가 다시 황급히 열려야 했다. 초콜릿 상자를 들고 송선미의 뒤에 서 있던 이재숙이 큰 소리로 "나도 있어"라고 외쳤던 것이다.

그들은 322호에 갔다가 오현수에게서 최성옥이 언제 방으로 돌아올지 알 수 없다는 말을 듣고 106호로 찾아 나섰지만 전후 사정은 전혀 모르는 채였다. 그리고 방에 들어오자마자 침입자를 발견하고 소스라치게 놀랐을 때는 이미 그날 밤 소동의 여섯번째와 일곱번째 관련 인물이 되어 있었다. 송선미는 조금 전 내가 포착했던 허점을 알아챘고, 사감을 이 방으로 불러오지 말고 어떻게든 그를 사감실로 데려가야 한다고 의견을 냄으로써 조금 더 깊이 가담한 셈이었다.

방에 모인 이들은 이제 사감에게 알리러 갈 일만 남았다고 생각했다. 결론이 내려졌다는 안도감과 함께 대결을 앞둔 새로운 긴장이 감돌았다. 그때 이재숙이 상자를 들고 일어나 모두에게 초콜릿을 하나씩 건넸다. 그 상황에서 뭔가를 씹는 일과 거기에서 얻어진 달콤함은 제법 도움이 되었다. 이재숙은 복학생의 손바닥 위에도 앙증맞은 조개 모양의 초콜릿 하나를 올려놓아 주었다.

초콜릿으로 하나가 된 분위기 속에서 복학생이 의외의 사실을 털어놓지 않았다면 그날 밤의 어설픈 모험은 거기에서 끝났을 것이다. 복학생이 얼마 전의 신촌 가두시위 때문에 수배 중이라는 사실을 털어놓지 않았다면 말이다.

서클 후배들이 오픈하우스 행사에 못 가게 만류하다 실패하자 결국엔 단체로 그를 따라오고 또 화장실에서 돌아오지 않는다고 우르르 찾아 나선 데에는 두 가지 이유가 있었을 것이다. 그리고 그 두 가지 중에서, 복학생이 무책임하고 대책 없는 사람이란 이유가 수배 중이라는 이유보다 더 심각한 문제였으리라는 게 내 생각이었다.

최성옥은 나보다 훨씬 너그러웠다. 복학생이 며칠이나마 쫓기며 숨어 지내는 생활을 하다 보니 자취방에서 라면을 끓여 먹고 늦잠을 자는 평범한 일상이 그리워서 불쑥 후배들을 찾아갔다고 말하자 긴 한숨을 내쉬었고 고개를 몇 번 끄덕이기까지 했다. 마침내 최성옥은 우리를 향해 굳은 표정으로 말했다. 수배 중인 학생을 사감실에 신고하면 곧바로 경찰로 넘겨질 게 뻔하다는 거였다. 우리에게 다른 선택은 없는 듯했다.

최성옥이 했던 것처럼 철문을 넘을 수는 없었다. 점호가 끝나면 철문 옆의 수위실에서 수위가 자정까지 당직을 서기 때문이다. 1층 창문으로 나가 담을 넘는 방법뿐이었다. 그쪽은 가시 철망도 쳐 있지 않았다. 그러나 담장이 높아서 누군가 안쪽에서 복학생이 담을 탈 수 있도록 도와야 했다.

먼저 그 방의 주인인 약대생이 방문으로 가서 잠겨 있는 손잡이를 두 손으로 단단히 붙들었다. 그러는 사이 이경혜가 소리가 나지 않도록 최대한 조심스레 창문을 열었다. 최성옥이 앞서서 창턱을 밟고 밖으로 나가 주변을 살폈다. 그러고는 복학생이 창문을 넘었다. 그 뒤를 송선미가 따라 나간 것은 예상하지 못한 일이었지만 최성옥 혼자 복학생을 밀어 올리기는 역부족이었으므로 적절한 결정이었다.

추석이 지난 지 얼마 안 된 달빛 아래 최성옥과 송선미가 복학생을 담으로 올리려다 번번이 실패하는 모습은 지나치게 선명히 보였다. 그것이 오히려 그 순간을 현실과 거리가 먼 영화의 한 장면처럼 만들었다. 그들이 보든 말든 이재숙은 창가에 달라붙어 빨리 서두르라는 손짓을 애타게 반복하고 있었다. 나는 눈앞에서 벌어지는 일을 믿을 수 없어 하며 박동 소리가 새어 나갈세라 두 손으로 왼쪽 가슴을 누른 채 벽에 기대 간신히 서 있을 뿐이었다.

복학생의 그림자가 기숙사 철문 앞의 세 갈래 길 중 어딘가로 사라지고도 남을 시간이 흐른 뒤였다. 모두 각자의 방으로 돌아가 있었다. 갑자기 스피커에서 내 이름이 불렸다.

사감실 호출이었다. 반사적으로 심장이 내려앉았지만 이내 오픈하우스 행사에 대한 학보 기사 때문이란 걸 깨달았다. 사감은 나를 호출해서 기숙사 관련 기사의 원고를 사전에 읽어보곤 했다. 밤 10시의 면담도 종종 있는 일이었다. 그럼 에도 사감의 지시를 받아 적을 대학노트와 볼펜을 챙기는 내 손은 덜덜 떨렸다.

그날 밤 나는 사감실에서 평소와는 달리 심하게 말을 더 듬었다. 사감은 물을 한 잔 가져다주며 내 입에서 나오는 얘 기를 더 들어보려 했지만 나는 손이 떨려서 물잔조차 똑바 로 잡을 수가 없었다. 무슨 말을 했는지 기억도 잘 나지 않 았다. 방으로 돌아오자마자 이불 속으로 들어가 소리를 죽 이고 오랫동안 울었는데, 물을 끼얹은 듯 사방이 지나치게 조용했으므로 최성옥과 오현수 모두 침대에 누운 채 깨어 있다는 걸 알 수 있었다.

이틀인가 지난 뒤에 우리는 한 사람씩 따로따로 사감에 게 불려 갔다. 최성옥이 가장 먼저였고 이경혜와 약대생, 나 의 순서였다. 최성옥 뒤에 불려 간 사람들은 최성옥이 털어 놓은 사실이 맞는지 아닌지만 질문을 받았고 대부분 맞다고 대답했다. 질문은 주로 복학생이 어떤 경로로 기숙사에서 탈출했는지에 집중되어 있었다. 어떤 경로로 들어왔는지에 대한 질문은 없었고 불려 간 네 사람 이외에 다른 사람의 이름은 거론되지 않았다. 106호의 약대생을 뺀다면 계단에서 김희진의 눈에 띄었던 사람들만 조사를 받은 셈이었다.

결국 이경혜와 약대생에게는 퇴사 조치가 내려졌다. 침입 사건을 알고도 신고하지 않았다는 명목이었다. 나는 학생 기자라는 명분으로 학기를 마칠 때까지는 기숙사에 머물도록 선처를 받았다.

최성옥은 퇴학이었다. 긴급조치 위반 수배자를 오픈하우스 행사에 초대해 기숙사에 숨겼고, 발각되자 강압적으로 후배들을 동원해 탈출시켰다는 명목이었다. 또 다른 행적들도 사유에 포함되었다. 사감실에서는 최성옥이 점호 시간에 늦어 기숙사 철문을 넘은 것도 알고 있었으며 학기 초 총장 퇴출운동과 스터디 그룹 활동, 그 이전 학도호국단 반대 시위에 참가한 것까지 흠잡을 데 없는 퇴학용 각본을 갖고 있었다.

그것은 학생의 생활지도를 위한 주의 감독이 아니라 포획량이 더 커지도록 덫을 치고 기다리는 사냥 같은 것이었다. 거기에 적힌 최성옥은 학생들을 선동하고 학내와 기숙사의 질서를 교란, 파괴하는 위험인물이었다.

최성옥의 퇴학은 기숙사 게시판을 통해 간단히 통보되었다. 여러 추측이 나돌았지만 사감실 캐비닛 안에 전체 기숙사생들의 행실과 동태를 체크하는 개인별 서류가 있다는 말이 떠돌자 모두가 입단속을 하는 눈치였다.

그 사건 이후 한동안 기숙사는 평화로웠다. 그해 11월에는 서울대의 심포지엄 행사가 또다시 경찰의 압력으로 무산되었고 최루탄과 돌이 날아다니는 유혈 사태의 현장에서 수백 명이 연행되었다. 신촌로터리까지 진출한 연대 시위대가 경찰에 쫓겨 서강대로 들어갔고 거기에 서강대 시위대가 합세해 때 이른 종강 사태가 벌어지기도 했다.

기숙사는 여전히 조용했다. 서울대생들이 유신 철폐를 주장하는 유인물을 배포하려다 무더기로 검거되었던 날에도 텔레비전의 저녁 뉴스에서는 그동안 쌀 부족으로 금지되었던 쌀막걸리 제조가 재개되어 시민들이 반가워한다는 소식만 흘러나왔다.

나와 이경혜는 자연스럽게 멀어졌다. 그녀가 기숙사를 나간 이후 일부러 밖에서 만난 적은 한 번도 없었다. 강의실에서도 서로를 피해 멀찌감치 떨어져 앉았고 어쩌다 눈이 마주치면 마지못해 웃어 보이며 지나치는 사이가 되었다. 그것이 우리를 보호해주는 거짓에 연대감을 표하는 동시에 거기에 야합한 자신들의 모습과 맞닥뜨리지 않는 방법이었을 것이다.

밀고자는 김희진이라고 모두가 짐작했지만 사감의 질문에 군말 없이 고개만 끄덕였던 이경혜나 나도 결코 떳떳할 수는 없었다. 책임을 묻자면 이경혜의 몫이 가장 무거웠지만 사감에게 불려 간 날 밤 내가 엉겁결에 입에 담은 사소한 이야기도 퇴학 각본에 도움이 된 건 분명했다.

그 사건의 결말은 송선미의 자퇴일 것이다. 겨울방학을 겨우 한 달쯤 앞두고 송선미는 하루아침에 기숙사에서 사라졌다. 최성옥의 경우와 달랐으므로 그 일은 기숙사의 가십거리가 되었다.

최성옥에게 내려진 징계에 반발해서라고도 했고 최성옥이 사라진 이후 우울증이 도져서라고도 했다. 자살 시도를 했다는 말까지 있었다. 송선미가 한여름에도 긴팔 옷을 입는 것은 고등학교 때 이미 여러 번 있었던 자살 시도의 흔적을 감추기 위해서라거나, 정신병원에서 그림 치료를 받다가 재능이 발견돼 미대에 진학했다는 등의 소문에서 나아가 멤피스에 사는 이모가 간첩이라는 말까지 돌았다. 월요일마다 KBS 반공 드라마 〈실화극장〉에서 구룡반도 여간첩들의 활약을 익히 보았던 기숙사생 중에는 송선미가 이모에게 포섭되어 가짜 여권으로 이미 미국으로 건너갔을 거라고 말하는 사람도 있었다. 그중에서 진심으로 송선미의 행방에 관심을 갖는 사람은 없었다.

세상은 그렇게 돌아갔다. 달빛이 환하고 개가 짖는 밤. 뜨겁게 경직된 뺨에 닿던 싸늘한 외기. 송선미의 사자 갈기 머리와 판탈롱의 실루엣. 이틀 뒤 사감의 취조를 받고 방으로 돌아왔을 때 최성옥의 몸에서 느껴지던 걷잡을 수 없는 경련. 그 떨림이 결연함이 아니라 두려움에서 왔다는 걸 깨달은 순간 나를 덮쳐왔던 혼란과 불안. 그런 기억은 그 자리의 누구에게도 간직되지 않았다. 오히려 모두가 지우고 덮어버리려 애썼다.

그 결과 그 기억은 다른 물줄기를 타고 흘러가 변형되면서 20년이 지난 뒤 여자들의 술잔에 일일이 잔을 부딪쳐 가며 '인삼 위에 산삼, 산삼 위에 고삼' 시리즈를 늘어놓는 한 환멸스러운 남자와의 조우로 돌아왔다.

그날 밤은 아무리 마셔도 취하지 않았다. 나에게 그날 밤은 그 무렵에 나를 둘러싼 다른 일들과 마찬가지로, 과거의 나로부터 배신당한 시간이었고 끝나지 않는 고배의 여정이었다. 그 반대일 수도 있었다. 어쩌면 현재의 내가 과거의 나를 배신한 것인지도 몰랐다. 나는 나를 누구라고 알고 살아왔던 걸까, 그런 질문이 머릿속을 떠나지 않았다. 나는 더 이상 약점의 더듬이에 의지해서 살아온 수동적인 사람만은 아니었다. 망가진 결혼 또한 짓궂은 운명에 휘둘린 게 아니라 회피라는 선택의 한 기착점이었을 뿐이었다.

나는 남자가 따라주는 술을 계속 마셨다. 그러나 내 잔에 자기 잔을 부딪치려 할 때마다 먼저 술잔을 들어 올려 남자와 선을 긋는 일을 적극적으로 되풀이했다. 그러는 내가 너무나 사소해서 견딜 수가 없었으므로 쉴 새 없이 헛웃음을 터뜨렸다.

4.

김희진은 자리로 다가오는 남자를 물끄러미 쳐다보았다. 홑겹 코트와 올리브색 셔츠, 면바지 차림의 남자는 그녀의 기억보다 키가 컸고 도회적인 무표정과 여유가 깃든 담백한 인상이었다. 40년 만에 만난 사람이라면 택시 합승을 한다 해도 쉽게 얼굴을 알아보지 못할 텐데 남자는 전혀 낯설지가 않았다.

페이스북에서 이미 사진을 봤기 때문이기도 했지만 무엇보다 남자의 몸에 밴 시간의 흔적이 무척 자연스러웠다. 남자는 젊은 시절 자기의 모습에서 크게 변하지 않고 그대로 늙었다. 젊어 보이는 것과는 상관없이 그 또래의 남자가 나이 들어서 지니게 마련인 전형적인 패턴과 그 경직성으로부터 자유로워 보였다.

오래 한국을 떠나 있어서 그런 것도 아닐 것이다. 자기가 한국을 떠났던 시기의 사고방식과 감각에서 멈춘 채 더욱 전형적으로 나이 든 사람을 그녀는 많이 알고 있었다.

자리에 앉기 전 남자는 그녀의 옆자리에 잠시 눈길을 주었다. 그녀가 혼자 있다는 게 예상 밖인 듯했지만 거기에 대해 아무 말도 하지 않았다. 카운터에 있던 종업원이 와서 마지막 주문 시간임을 알렸다. 남자는 김희진에게 필요한 것

을 물은 뒤 생맥주 두 잔과 가장 간단하게 만들 수 있는 안
주를 주문했다.

남자는 자신의 일이 생각보다 길어져서 늦은 시각에 온
데 대한 사과로 말문을 열었다. 올 때마다 서울 거리가 바뀌
어 자기를 이방인으로 만든다고 가볍게 웃어 보인 다음 잠
시 실감이 안 난다는 표정으로 그녀의 얼굴을 응시했다. 책
에서 본 프로필 사진보다 오히려 친근하게 느껴진다고 말하
는 남자에게 김희진은 이제 콘택트렌즈를 끼지 않느냐고 물
었고, 라식 수술을 받은 지도 오래되어 다시 안경을 껴야 할
만큼의 시간이 지났다는 대답이 돌아왔다.

오랜만에 만난 사람들이 주고받게 마련인, 서로의 모습이
그다지 변하지 않았다는 그런 인사말들은 기억 저편의 낭떠
러지 아래로 넘어가버린 시간의 끈을 조금씩 끌어당기고 있
었다.

지난밤 김희진은 인터넷 포털에서 오래전 알던 사람들의
이름을 검색하고 연관어를 찾아다녔다. 까맣게 잊고 있던
사람들이었지만 그들에게 새겨진 시간의 향방과 굴절의 흔
적은 소설가인 그녀에게 충분히 흥미를 불러일으켰다. 대부
분 남자들이었다.

몇 개의 링크를 타 넘다가 페이스북에 올라온 한 장의 사
진 위에 그녀의 눈길이 멈췄다. 대학 시절 친구 몇 명이 동

창 모임을 마치고 뒤풀이로 간 술집이 배경이었는데 거기에는 시간의 흐름에도 불구하고 누구인지 짐작할 만한 남자가 하나 있었다. 오랜만에 미국 사는 친구가 참석해 기념사진까지 찍게 됐다는 사진 설명 속 친구가 바로 그였다.

김희진은 인내심을 갖고 2천 명이 넘는 그 계정의 친구 명단을 검색해 남자의 페이스북을 찾아 들어갔다. 실망스럽게도 남자의 계정에는 정보가 그리 많지 않았다. 가족 관계를 짐작할 수 있는 사진도 없었다. 기본 정보에는 국제 변호사라는 직업과 그의 사무실이 있는 미국 서부 도시, 그리고 좋아하는 NBA 팀의 이름이 올라 있을 뿐이었다. 1년 전쯤 마지막으로 업데이트된 글에서 한 여성의 죽음을 알게 되지 않았다면 김희진은 그 남자에게 이메일을 보낼 핑계를 찾지 못했을지도 모른다.

남자는 자신이 살고 있는 도시의 한인 사회복지 단체에서 자원봉사를 하고 있었다. 주로 임시 보호소인 셸터에서 벌어지는 불법체류나 위장 결혼, 가정 폭력과 관계된 법률 자문이었다. 얼마 전 셸터에서 한 여성이 자살했다. 사망 사건은 처음인 데다 수습을 하는 과정에서 그 여성이 자신의 대학 시절과 느슨하나마 인연이 있던 인물이었음을 뒤늦게 알게 된 그는 거기에 대한 짧은 소회를 페이스북에 적었다. 죽은 이의 유품을 찍은 사진 한 장과 함께였다.

사진을 본 순간 김희진은 모니터에 얼굴을 가까이 가져갔다. 형태가 찌그러진 페도라와 유행이 지난 액세서리들, 노트 몇 권, 그리고 낡은 책 한 권이 찍혀 있었는데 그 책은 아무리 크기가 작고 부분만 찍혔어도 그녀만은 단번에 알아볼 수 있는 『지금은 없는 공주들을 위하여』였다.

죽은 여성이 그 책을 갖고 있었다는 이유만으로 자신과 관련 있는 사람일지 모른다고 생각하는 건 아니었다. 그러나 그 유품이 뒤늦게 죽음의 소식을 듣고 한국에서 찾아온 딸에게 전해졌다는 구절이 이상하게도 머리를 떠나지 않았고 결국은 죽은 이가 누구인지 알아봐야겠다고 마음먹기에 이르렀다.

그녀는 잠을 설친 새벽의 사려 없는 집중력과 시간을 들인 일의 결말을 원하는 일종의 관성에 떠밀려서 몇 단계의 구글링을 거친 뒤 남자의 회사 이메일 주소를 알아내 메일을 보냈다. 그리고 오전에 잠깐 눈을 붙인 뒤 잠에서 깨어나자 자신이 저질러놓은 일에 대한 생각을 정리할 겸 그 남자에 관한 한 가장 공유하는 부분이 많은 나에게 전화를 걸었다. 낭독회 때 그녀의 책을 가지고 왔던 트렌치코트 여자에 대해서 나와 대화를 나누었던 일도 떠올렸다.

그날 바로 남자에게서 답장을 받으리라고는 전혀 생각하지 못했다. 소식을 모른 채 지냈던 긴 시간의 간극을 메울 망설임이 필요할 것 같았고 무엇보다 시차 때문이었다. 남자의 이메일은 그날 김희진이 나를 만나러 나오기 두어 시간 전쯤 도착했다. 지금 한국에 출장 와 있으며 일정이 빠듯해서 만나기는 어렵지만 연락이 되어 반갑다는 글이었다. 다소 사무적이었고 이름 아래에는 의례적인 서식으로 직함과 한국 연락처의 번호가 찍혀 있었다.

김희진은 이메일을 보낼 때와 마찬가지로 충동적으로 그 번호의 수신인에게 문자를 보냈다. 빨리 답장이 온 데에 고무되었고, 그가 마침 한국에 있다는 사실이 그녀의 드라마틱한 성정과 자기중심적인 추진력을 자극했다. 사람을 찾는다는 적당한 용건까지 있었다.

김희진은 늦은 시간도 괜찮으니 출국 전에 한번 만났으면 한다고 문자를 입력했다. 그리고 전송하기 전 잠시 생각한 뒤에 한 줄을 덧붙였다. 마침 그날 김유경과 만날 약속이 있다는 내용이었다.

유리한 위치를 선점한 뒤 복잡하고 꼬인 게임을 즐기는 그녀는 나에게 미리 상황을 설명해줄 마음 따위는 애초에 없었을 것이다. 남자가 누구인지는 더욱이 말해줄 필요가 없었다. 그녀는 40년 전에 사귀던 남자와 갑자기 마주 앉게 될 나의 놀람이나 곤혹 같은 건 전혀 염두에 두지 않았다. 어디까지나 내가 아닌 그녀의 무대였기 때문이다.

종업원이 와서 하얀 거품이 봉긋 솟아오른 맥주잔 두 개를 치즈 플레이트와 함께 탁자 위에 내려놓았다. 그사이 김희진은 남자가 노부모와 함께 교외의 포 베드룸 주택에 살고 있으며 독신이고 1년에 두세 번은 한국에 출장 온다는 사실을 알아냈다. 그녀는 맥주잔을 끌어당겨 입술을 축인 다음 술을 빠르게 마셨다. 아무도 그들의 귀가를 기다리지 않는 늦은 시각의 자유로운 재회에 각별한 감회를 느꼈음에 틀림없다.

그러나 신통찮은 번역 일을 하며 혼자 그럭저럭 늙어가고 있는 나의 근황을 전하는 일과, 집이 멀어서 더 이상 기다리지 못하고 먼저 자리를 떠야 했다고 아쉬워하는 제스처를 빠뜨리지는 않았다. 내가 무사히 귀가했는지 확인하겠다며 남자의 앞에서 통화를 시도했을 때에 그녀는 모처럼 자리를 박차고 나간 내가 자신의 전화를 받지 않으리라는 걸 알고 있었다.

단숨에 맥주잔을 비운 그녀는 종업원을 불렀고 30분 남은 폐점 시간 안에 다 마실 수 있다고 호언하며 피노 누아 와인 한 병을 주문했다.

그날 김희진은 많이 취했다. 남자와 언제 어떻게 헤어졌는지조차 잘 생각나지 않는다는 그녀가 확실하게 기억하는 것은 남자의 출국이 다음 날이라 오래 붙들어둘 수는 없었다는 아쉬움뿐이었다. 또 한 가지 온전히 기억하는 것은 남자에게서 전해 들은 송선미의 죽음에 대한 이야기였다.

송선미가 처음 셸터에 들어왔을 때는 사기를 당해 전 재산을 잃고 버림받은 물정 모르는 귀부인 같았다. 오래전에 유행이 지나간 옷이지만 명품을 걸쳤고 부러진 손톱에는 네일 관리의 흔적이 남아 있었다. 그녀는 얼마 안 가 셸터의 직원들을 괴롭히는 골치 아픈 잔소리꾼이 되었는데 실상은 치료를 거부하는 정신병력 환자였다.

송선미는 자신이 교외의 스토리지에 엄청난 미술품들을 갖고 있다고 주장했다. 모두 자신의 작품이었다. 그런데 창고 회사에서 그 작품들을 빼돌리려고 음모를 꾸미고 있었다. 그녀는 작품들을 급하게 이베이에 팔 생각이었는데, 때마침 이베이에서도 자기들 사이트를 이용해달라고 사정하는 메일을 자주 보내왔기 때문이다. 아마존이나 구글 같은 회사에서도 꼬박꼬박 이메일을 보내왔다. 자신이 미술계의 거물이라는 증거였다.

그녀는 셸터의 직원들도 창고 회사와 한패라고 생각했다. 이베이나 아마존에서 보내온 편지가 광고 메일이라고 그녀를 속이려 들었고 그곳에 보낼 자신의 편지도 번역해주지 않았기 때문이었다. 그녀는 화를 내며 유일하게 믿을 수 있

308

는 자신의 딸을 데려오라고 소리치곤 했지만 정작 그 딸이 어디 사는지조차 몰랐다.

그녀의 증상은 점점 심해졌다. 대체 누가 그처럼 자신을 궁지에 몰기 위해 음모를 꾸미는지 연구하기 시작했고, 쉘터의 도서실에서 김희진의 책을 발견한 뒤부터는 누군가 자신의 과거를 추적하고 있으며 그 음모가 자신의 대학 시절부터 치밀하게 계획되어온 거라고 믿게 되었다. 결국 그 책은 영원히 반납되지 않았다. 그녀가 죽기 전 따로 상자에 담아 놓은 유품 속에 끼어 있었다.

그 상자 안에는 미국에 사는 이모의 주소와 전화번호가 있었다. 오래전의 번호라 결번이 되었지만 교민 사회의 여러 인맥을 통해 백방으로 수소문한 끝에 요양원에 있다는 이모 대신 그 아들과 연락이 닿았다. 송선미는 미국에서 오래 살았는데 두 차례의 결혼은 모두 한국에서 했다. 한때는 단란한 가정을 이루기도 했고 유산을 물려받은 뒤 그림을 그리며 풍족하게 살기도 했지만 그보다는 자살 시도와 우울증으로 병원에서 보낸 시간이 더 많았다. 이모의 아들도 최근 10여 년은 송선미의 소식을 전혀 듣지 못했다.

송선미의 딸은 어릴 때 죽었다고 들었던 어머니의 부고를 다시 한번 들어야 했다. 그녀가 쉘터에 도착한 것은 약식 장례를 치른 지 2주일쯤 지난 뒤였다. 뒤늦게나마 어머니에 대해 작은 부분이라도 알고 싶어 했던 딸은 유품이 든 트렁크를 건네받았고 스토리지에 보관돼 있던 물건들도 찾았다.

물건들은 송선미의 말대로 페인팅이었는데 '바니타스'라는 주제로 일련번호가 붙어 있었다. "메멘토 모리"라거나 "뜻이 없는 모든 행위는 헛되다"라는 문구가 휘갈겨져 있기도 했다. 누가 보기에도 낙서에 불과한 그것들은 한자리에 모아 불태워졌고, 관공서에 소각 허가를 받는 것까지가 법률 자문의 일이었다.

내 기억 속에 남아 있는 송선미의 모습은 대체로 온화했다. 무엇보다 최성옥과 함께일 때 그녀는 편안하고 유쾌해 보였다. 〈은파여관〉에서의 인연을 이야기해주며 환하게 웃던 얼굴은 지금도 어렴풋이나마 기억이 났다.

봄 학기를 맞아 기숙사로 돌아오면 겨울 내내 난방 장치를 꺼두었던 방은 이가 딱딱 부딪칠 정도로 냉골이었다. 개강 하루 전에 올라온 기숙사생들 중에는 첫 밤을 학교 근처의 여관에서 보내는 경우가 적지 않았다. 그중에서도 적산가옥을 개조한 〈은파여관〉은 정갈한 툇마루와 마당이 있어 3월의 하루 이틀은 기숙사생들로 붐볐다.

그곳에서 아침 일찍 잠이 깬 송선미는 아무도 없는 마당으로 세수를 하러 나가다가 마루 끝에 앉아 담배를 피우고 있는 중년 남자와 마주쳤다. 남자는 어김없이 수작을 걸어왔고 송선미가 반응을 보이지 않자 급기야는 수돗가로 다가가서 본격적으로 시비를 걸기 시작했다. 그때 이 방 저 방에서 문이 열리고 여학생들의 항의하는 사투리가 터져 나왔다. 한 여학생은 이미 마당으로 내려서서 외까풀 눈을 부릅뜨고 허리에 손을 얹은 채 남자를 가로막고 있었다. 그렇게 해서 처음 최성옥을 만났다. 룸메이트가 된 것은 딸의 간청을 못 이긴 송선미의 아버지가 사감에게 특별히 청탁을 넣어 방을 바꾼 거였다.

송선미는 자신의 죽음이 나의 오랜 기억의 창고에서 「장미와 빤따롱」의 음률을 꺼내고 거기에다 중년이 된 이동휘의 모습까지 상상하게 만들리라는 건 꿈에도 모른 채 타국의 셸터에서 죽었다. 결국은 그렇게나 도망치려 했던 운명으로부터 벗어나지 못하고 슬프고도 인상적인 방식으로 모두의 기억에서 되살아났다.

5.

1977년 겨울에 대한 기억이 그리 많지는 않다. 잔뜩 흐렸던 12월 첫날 종일 기숙사 방 안에 틀어박혀 있는데 오후 늦게 사방에서 함성이 터져 나와 무슨 일인가 나가보았다. 현관 유리문에 부산 출신 기숙사생들이 달라붙어 밖을 내다보고 있었고 공중전화기 앞에는 벌써 기나긴 줄이 계단 위까지 이어져 소란스러웠다. 모두들 표정이 들떠 있었다. 첫눈이었다.

그해는 롱부츠가 유행이라 학교 앞 제화점에 일제히 '파격 대할인!'이나 '3천5백 원부터'라는 문구가 나붙었다. 기숙사로 오르내리는 골목길은 꽁꽁 얼어붙어 연탄재가 뿌려져 있곤 했는데 부츠나 통굽 구두를 신은 기숙사생들이 하얀 입김을 날리며 엉금엉금 그 길을 드나들었다.

오현수와 함께 명동에 나가 〈몽쉘통통〉에서 먹었던 계핏가루가 뿌려진 갓 구운 토스트의 냄새, 한국 야구팀의 슈퍼월드컵 우승 소식을 알리러 322호로 뛰어 들어오던 이재숙이 감당해야 했던 낮잠에서 깨어난 양애란의 히스테리, 양애란으로 하여금 국산품 애용에 회의를 품게 만든 국산 담배의 종이에서 발암성 형광물질이 발견되었다는 뉴스, 혼자서 동네 극장에 갔던 날 치워도 치워도 무릎 위로 올라오는 옆자리 남자의 손등을 옷핀으로 찔렀을 때 들려왔던 숨죽인 비명, 굴다리 아래 새로 생긴 'TV 스포츠' 간판과 몇 대의 흑백 모니터 속에서 빠르게 움직이던 벽돌 깨기 게임의 공들, 캠퍼스에 나붙었던 취직 특강 현수막들, 한 학기 내내 읽기를 지목받을까 봐 마음을 졸였던 〈고전문학강독〉이 종강하던 날 학생 휴게실 의자에 놓고 와버린 영인본 『한중록』, 종강 파티에서 기념으로 한 모금 마셔본 14년 만에 등장했다는 쌀막걸리, 레코드점에서 울려 퍼지던 산울림의 "아니 벌써, 해가 솟았나"라는 낯선 노래 가사, 이재숙에게 이끌려 생애 최초로 경험해본 겨울 여행과 새벽 청량리역에서 기차를 기다리던 때의 뺨이 찢어지는 듯한 맹추위, 그리고 아침마다 스피커의 음악보다 30분쯤 먼저 가동되어 마치 겨울의 미명 속을 달려오는 먼 기차처럼 규칙적으로 덜컹거리면서 잠을 깨우던 라디에이터 스팀 소리. 그런 것들이 그 겨울에 대한 나의 기억이다.

나는 학보사를 그만두었다. 마지막 편집회의는 '올해의 10대 인물에게 보내는 편지' 특집에 관해서였다. 여느 때와 마찬가지로 빨간 볼펜 선배와 편집장이 주로 의견을 냈다. 지미 카터와 박동선과 화국봉이라는 이름이 나왔고 앰네스티와 로빈 모건, 적군파도 있었다. 에베레스트에 오른 고상돈의 "여기는 정상, 더 이상 오를 곳이 없다"와 WBA 챔피언 홍수환의 "엄마, 나 챔피언 먹었어"가 유행어로 뽑혔다. 나는 더 이상 그런 이름들에 관심을 가지지 않아도 된다는 데에 은근히 해방감을 느꼈다.

겨울방학이 시작되자마자 학보사에서는 '우리 시대의 과제'라는 세미나를 주최할 예정이었다. 민족통일, 경제자립, 사회정의, 문화주체 네 분야로 외부 강사가 정해졌다. 학생 기자들은 모두 질문을 준비해야 했는데 그 또한 이제 나와는 상관없는 일이었다. 대학 입시 날에는 문제지가 인쇄된 학보를 만들어놓았다가 시험을 마치고 나오는 수험생들에게 판매한다고 했다. 그 시간에 아마 나는 고향 집에서 늦잠을 자고 있을 것이었다.

내가 학보에 쓴 마지막 기사는 역시나 기숙사 소식이었다. 졸업을 앞두고 기숙사에서 환송 파티가 열렸는데 참가자들 모두 아쉬움 속에 작별 인사를 나눴고 졸업 후에도 변함없이 이어갈 애교심과 우정을 다짐했으며 사감이 밝은 앞날을 축복했다는 내용이었다. 내가 원고를 써서 갖고 가자 빨간 볼펜 선배는 "전체 졸업 예정자는 모두 944명으로 밝혀졌다"는 부분에 줄을 북북 긋고 "944명이다"로 고쳤다. 나는 더 이상 그런 훈련을 받지 않게 된 데 대해서도 안도감을 느꼈다.

대신 내 일기장에는 다른 글을 쓸 생각이었다. 기숙사에 있는 4학년들의 관심은 오직 고향에 내려가지 않을 방도를 찾는 것뿐이라고 쓰고 싶었다. 그들은 자신이 가까스로 떠나왔던 시절의 규율 속으로 되돌아가지 않기 위해 가구점과 아케이드와 기성복 대리점의 점원 자리에 이력서를 냈다. 그들이 마주할 현실 속에 변함없는 우정이나 밝은 앞날 같은 건 그다지 없어 보였다.

늘 화려한 차림새에 인기 많고 콧대 높았던 미대생 선배는 국민학생을 가르치는 화실에 조수 자리를 얻었다. 스터디 그룹을 이끌던 정경대 선배는 전철역 근처에 새로 생긴 서점에서 유니폼을 입고 판매 보조로 사회에 첫발을 디딜 예정이었다.

나는 내가 살아가는 그런 세계의 귀퉁이에 조용히 속하고 싶었다. 그리고 제 발로 걸어 나왔다는 사실로써 학보사 기자로서의 긴 열등감을 달래려고 했을 것이다.

1977년을 보냈던 사람들은 그해를 무엇으로 기억할까. 김승옥이 「서울의 달빛 0장」으로 첫번째 이상문학상을 받았고 리영희의 『우상과 이성』이 필화 사건에 휘말린 해였다. 의료보험이 시작되었고 제1회 대학가요제가 열렸으며 이리역에서 화약을 싣고 가던 열차가 폭발했다. 매스컴은 수출 백억 달러 시대와 함께 1인당 국민총생산이 8백 달러를 넘어섰다고 떠들어댔다.

그해에 대학 졸업자의 취업률이 96.4퍼센트를 기록할 만큼 유례없는 경제 호황이라는 신문 기사도 있었다. 그러나 학보에 실린 우리 학교의 취업률은 26퍼센트였다. '기업들이 일을 잘하지 못할 것으로 생각해 여성을 받아들이지 않았기 때문인데, 기업에서 요구하는 타자와 어학 능력을 충분히 갖추지 못하는 등 학생들의 실력이 부족했던 것도 낮은 취업률의 원인이다'라는 분석이 덧붙여졌다.

12월의 어느 날 아침 식당에서 삶은 달걀 껍데기를 벗기는 데 열중하고 있는데 오현수가 읽고 있던 신문을 내게로 건넸다. 인구조사에 따른 대한민국의 총인구수가 발표되어 있었다. 36,411,795명. 그 숫자를 가리키며 오현수는 인구조사 아르바이트를 할 때 문을 열어주지 않아 거짓으로 빈칸을 채워야 했던 산동네의 여러 집들을 떠올렸고 자신이 세상의 부조리한 통계 중 하나에 기여했다며 짐짓 안타까운 표정을 지어 보였다. 우리 모두 부조리한 통계에 속하고 말았다는 그녀의 말이 나는 어쩐지 마음에 들었다.

그해 겨울이 잘 기억나지 않는다는 말은 사실이 아닐지도 모른다. 나는 이동휘가 보낸 작별 편지를 몇 년 동안이나 서랍 안에 간직했었다.

그 편지를 받은 날은 그해 들어 가장 춥고 흐린 날씨였다.

며칠 전 내린 눈이 얼어붙어 회색 먼지를 뒤집어쓴 채 기숙사 담벼락 아래에 쌓여 있었다. 현관의 우편함 앞에 선 채로 편지를 다 읽은 뒤 나는 그 담벼락 옆을 울면서 걸어 내려갔다. 마주 오던 기숙사생 중 누군가 알은체를 하는 것 같았지만 아무에게도 시선을 주지 않고 빠르게 지나쳤다.

갈 곳이 있었던 것은 아니었다. 단지 가만히 있을 수가 없었을 뿐이었다. 뭐든 해야 했는데 그때 내 머릿속에는 걷는 것 외에 어떤 행동의 방식도 떠오르지 않았다.

어느 순간부터는 머릿속이 텅 빈 채 기계적으로 걸음을 옮겼다. 용산을 지났고 한강 다리를 넘고 그 다리가 끝나는 곳에 딱 한 대가 서 있는 공중전화 부스를 지나쳐서 흑석동 근처에 이르러서야 더는 걷지 못하겠다는 걸 깨달았다. 두 시간 가까이 구두에 쏠린 발바닥의 감각은 둔했고 양말 위로 피가 배어 나와 있었다. 골목길로 들어가서 제일 먼저 간판이 눈에 들어온 당구장 2층의 '주다야싸' 다방에 들어갔다.

화장을 진하게 한 주인 여자는 꽁꽁 얼어 있는 나를 호들갑스럽게 맞이하며 난롯가 자리로 안내했다. 그 2층 다방의 연탄난로 옆에 앉아 나는 젖은 구두에서 끊임없이 김을 피워 올리며 이동휘의 편지를 몇 번이나 다시 읽었다.

그때서야 두번째 행동이 떠올랐다. 그에게 전화를 거는 일이었다. 급히 가방에서 학생수첩을 꺼내 주소록을 펼쳤지만 그의 번호는 이름과 함께 검은 사인펜으로 꼼꼼히 지워져 있었다. 지난 주말에 그를 학교 앞 다방에 남겨둔 채 혼자 기숙사로 들어와버린 날 방에 들어오자마자 내 자신이 했던 짓이었다.

뜨거운 커피를 쟁반에 받쳐 자리로 갖고 온 주인 여자에게 나는 흐느껴 울며 수첩을 내밀었다. 지워진 전화번호가 뭔지 알아볼 수 있겠느냐고 간절하게 묻는 나를 잠시 바라보던 주인 여자는 혀를 끌끌 차더니 주방으로 돌아가서 따뜻한 물수건을 만들어 가져다주었다. 그때까지도 나는 연신 훌쩍이면서 두 손으로 수첩 귀퉁이를 틀어쥔 채 지워진 번호를 뚫어져라 내려다보고 있었다. 그런 낯 뜨겁고 예외적인 날을 잊어버릴 수 있는 사람은 없을 것이다.

유경 씨에게 이런 편지를 쓰게 될 줄은 몰랐습니다. 이동휘의 편지는 그렇게 시작되었다.

저는 유경 씨를 처음 보았을 때 제가 있을 자리를 정했습니다. 그리고 지금까지 언제나 같은 자리에 있었다고 생각합니다. 유경 씨가 때로는 가까이 왔고 때로 멀어지기를 반복하는 동안 제 마음속에 기쁨과 번민이 교차하며 몇 번쯤 그 자리가 흔들린 것은 사실입니다. 하지만 저는 우리에게 주어진 시간을 믿었습니다. 삶에는 선택할 필요 없이 이미 결정된 채로 다가오는 것들이 있지 않나요. 유경 씨가 자주 말한 대로 저는 그런 직관에 의지할 만큼 단순하고 평범합니다. 그래서 제가 유경 씨에게 무엇을 증명해 보여야 하는지 끝내 알아내지 못했는지도 모르겠습니다. 유경 씨가 제게 바란 것은 의외성과 특별함과 격정 같은 것이었는지요? 그게 무엇인지 정확히 모르지만 저에게는 없는 것입니다. 제가 유경 씨를 떠나는 것은 우리들의 시간에 대한 믿음을 잃었기 때문입니다. 언제나 유경 씨를 바라보며 서 있었던 곳은 이제 빈자리입니다. 늘 건강하고 행복하시길. 바라는 대로 꼭 작가가 되기를 빕니다.

편지의 어느 대목에서 내가 울었는지는 정말로 기억이 나지 않는다. 김희진이 소설에 쓴 대로 그때의 나는 허위의식과 자기방어의 성채에 갇혀 있었고 둘 중 어떤 것을 건드리든 비관적으로 변하게 돼 있었다.

비관은 가장 손쉬운 선택이다. 나쁘게 돌아가는 세상을 저항 없이 받아들이는 일이기 때문이다. 에너지가 적게 소모되므로 심신이 약한 사람일수록 쉽게 빠져든다. 신체의 운동이 중력을 거스르는 일인 것처럼, 낙관적이고 능동적인 생각에도 힘이 필요하다. 힘내라고 할 때 그 말은 낙관적이 되라는 뜻인 것이다.

그런 점에서 낙관과 비관의 차이는 쉽게 힘을 낼 수 있는
지 아닌지의 차이인지도 모른다. 역설적인 점은 비관이 더
많은 희망의 증거를 요구한다는 사실이다. 어둡고 무기력
하게 살고 싶은 사람은 아무도 없다. 비관을 일삼는 사람이
야말로 그것이 깨지기를 간절히 바란다. 그래서 자신 같은
비관론자도 설득될 만큼 강력한 긍정과 인내심을 요구하게
되고, 결국 유일하게 그 희망을 줄 수 있는 사랑하는 사람
을 괴롭히게 된다. 아마 이동휘는 그것을 알고 도망쳤을 것
이다.

그해 12월이 잘 기억나지 않는다는 것. 그것은 기숙사를
떠나게 되고 신문사를 그만두고 가까웠던 사람들과 멀어지
고 그리고 연애에 실패한 일, 이 모두가 나의 도망침이었다
고 말하지 않기 위해서인지도 모른다. 망각도 회피의 한 방
식이다.

한 가지의 기억이 더 남아 있다. 417호 2학년 곽주아의 자
퇴이다. 송선미에 이어 곽주아까지 떠나버려서 이제 룸메이
트라고는 그리 사이가 좋지 않은 김희진뿐이라고 이재숙은
한숨을 내쉬었다. 그러나 떠난 사람들의 빈 옷장과 책상을
아무렇지도 않게 자기 것처럼 활용하는 김희진은 곽주아의
자퇴를 은근히 반겼고 또 가장 노골적으로 비웃었다.

곽주아의 자퇴는 임신 때문이었다. 인생 상담을 자주 하던 사회인 교회 오빠와 그즈음 지나치게 가까워진 탓이었다. 설령 결혼을 하게 되더라도 교칙에 따라 어차피 퇴학이었다. 기숙사생들의 입방아에 충분히 오르내릴 만한 일인데도 조용히 넘어갔던 것은 내막을 아는 사람이 322호와 417호의 다섯 명뿐이고 모두 굳게 입을 다물어서였을 것이다.

게다가 그즈음 기숙사생들의 관심은 부사감의 비련에 쏠려 있었다. 부사감은 석사논문을 준비하고 있었는데, 정년 퇴임이 얼마 남지 않은 지도 교수에 대한 존경심의 도가 지나쳤다는 소문이 그해 기숙사의 마지막 가십이었다.

그 당시에는 입을 다물었지만 김희진은 그 두 가지 사건 모두를 『지금은 없는 공주들을 위하여』에 썼다.

K 공주 편은 거의 여관 괴담에 가까웠다. 그런 장소에서 있을 법한 남녀의 실랑이나 애를 태우고 다짐을 받고 수줍음과 열정이 교차하는 장면 같은 건 나오지 않았다.

목적했던 일을 무사히 마친 교회 오빠는 이내 잠에 곯아 떨어졌다. K 공주는 오빠의 코 고는 소리를 피해 머리 위까지 이불을 뒤집어쓰고 오랫동안 뒤척이다가 마침내는 벌떡 일어나고 말았다. 욕실에 들어가서 평소에 전혀 하지 않던 밤 세수와 그리고 빨래까지 하기 시작했는데, 어쩐지 이제부터 더욱 착하게 살아야 할 것 같은 마음이 들어서였다. 교회 오빠의 것까지 양말 두 켤레를 짜서 문고리에 널고 바닥에 물을 뿌려 욕실 청소를 한 다음 다시 자리에 누웠는데도 머릿속은 말똥말똥하기만 했다.

새벽녘에야 겨우 선잠이 들었던 K 공주는 여관이 불타는 꿈을 꾸고 놀라 깨어났다. 고향에 있는 아버지가 구하러 달려와서 여관 방문을 두드리는 꿈이었는데 누군가 진짜로 문을 두드리고 있었다. 임검 나온 경찰이었다. 그리고 그 경찰이 학생증을 요구해 신분 확인을 하고 돌아간 뒤 교회 오빠가 방문 잠그는 걸 잊었던지 아침나절 눈을 떠보니 빗자루와 걸레를 든 청소 아줌마가 침대 머리맡에 서 있었다. 팬티바람에 이불까지 걷어차고 오빠의 알몸에 꼭 붙어 본격적으로 잠들어 있던 참이었다. 아줌마가 나간 뒤 울먹이는 K 공주에게 교회 오빠는 청소 아줌마가 미처 얼굴까지는 못 보았을 거라며 등을 토닥여주었다.

부사감 편도 괴담이기는 마찬가지였다. "B감의 모험심"이라는 소제목에 걸맞게 대체로 코믹했지만 집착과 착각에 관한 한 호러물에 가까웠다.

부사감은 스스로를 자신이 아끼던 소설 『비를 기다리는 달팽이』의 여주인공과 비슷하다고 생각했다. 사랑을 믿지 않는 차가운 여자였지만 한 남자를 만난 뒤 사회의 편견을 거부하고 상처투성이가 된 채로 거룩한 순정을 바치는 인물이었다.

그러나 현실은 남의 관심을 끌지 못하고 외톨이였던 부사감이 노교수의 무책임하고 습관적인 애정 행각을 위대한 사랑으로 착각한 나머지 무제한 노동력을 제공하고 잠자리 상대로 이용당하는 스토리였다. 김희진은 소외와 결핍감이 권력에 대한 흠모를 불러일으키고 그것이 헌신으로 표출되며 사랑의 감정으로 포장되는 과정을 가까이에서 지켜보았고 그것마저 희화화했다.

'술과 장미의 나날' 시절에 김희진과 나의 처지가 양극으로 나뉘었다면 그 이후 20년 동안 우리의 인생 포물선은 둘 다 큰 굴곡 없이 느린 속도로 하향하고 있었다고 할 수 있다. 김희진은 그때 이후 발표한 작품들이 주목을 받지 못해 점점 원고 청탁이 줄어들었고 반면 나는 그때의 문제들에서 어느 정도 벗어났다. 나의 경우는 스스로 어떤 변화를 시도하지는 못하고 소심한 다수라는 자리를 감당했을 뿐이니 어쩌면 시간의 결론에 따른 것이었다고도 할 수 있다.

크고 작은 시간의 구비를 돌 때마다 김희진은 마치 키를 재듯이 우리 둘의 인생을 나란히 세워보기를 좋아했다.

딸이 대학에 들어가자마자 자취방을 얻어 독립해 나갔을 때 김희진은 내 딸에게 선물할 자신의 사인본 책을 건네며 가장인 나의 돈벌이가 딸을 뒷바라지하기에 너무 모자라다는 점을 환기시켜주었다. 그녀가 장편소설 두 권과 산문집을 계약했던 무렵이었다.

김희진은 부인과에 입원해서 종양 제거 수술을 받은 적이 있었다. 병실을 찾은 나를 그녀는 그리 반기지 않았다. 그 당시 사귀고 있던 남자가 유부남이어서 드러내놓고 병문안을 올 수 없다는 사실이 못마땅한 나머지 나처럼 가족에게 둘러싸일 미래의 환자에게 적대감을 품었던 것이다.

그녀는 내 역성을 들어준다는 빌미로 내 남편에 대한 험담에도 거리낌이 없었다. 거기에는 어김없이 남편의 무책임한 충동과 지속되지 못할 집중력을 사랑이라고 착각한 나의 허영심에 대한 지적이 뒤따랐다. 그녀의 말이 맞는지도 몰랐다. 남편의 그런 점이 언젠가 이동휘가 자신이 갖지 못했다고 편지에 썼던 특별함과 격정 같은 거라고 생각했던 시절이 분명히 있었으니까.

남편이 오십대에 심각한 알콜성 질환을 얻어 2년의 투병 생활 끝에 세상을 떠났을 때 김희진은 장례식장에 찾아와 넉넉한 조의금을 낸 다음 고독에서 벗어나려면 가식과 자만심부터 버리라는 다소 알쏭달쏭한 충고를 해주기도 했다.

그때에 비하면 최근의 김희진은 조용하게 사는 편이다. 적어도 나에게 과시하거나 의중을 떠보거나 모종의 일을 꾸

미는 데 끌어들일 만한 흥미진진한 사건은 일어나지 않은
듯했다. 그러나 내가 대학 졸업 후 한순간도 멈출 수 없었던
밥벌이를 이어가며 내 인생의 포물선이 하강하는 것을 다소
덤덤하게 지켜보고 있다면 그녀는 여전히 위로 올라갈 일을
궁리했다.

『지금은 없는 공주들을 위하여』의 첫 부분에 쓴 것처럼
김희진은 여전히 욕망과 그 박탈에 예민했고 깨어지는 순간
에도 소란스럽게 남에게 고통을 전시하며 에너지를 얻었다.
그녀 스스로의 표현을 빌리자면 재산도 배경도 자식도 없는
가부장제 사회의 중년 여성으로서, 또 나처럼 단순 작업으
로 꾸려갈 수 있는 안정적인 직업을 갖지 못한 탓에 자신은
먹고사는 궁리를 멈출 수 없다고 한다. 이 나이가 되어보니
생각했던 것보다 젊지만 생각보다 가진 것이 없다는 게 입
버릇이었고 나도 그 말에는 이의가 없었다.

6.

김희진을 다시 만난 것은 일본식 식당에서 헤어진 지 열흘쯤 지나서였다. 한 계절에 한 번 만날까 말까 한 만남의 주기에 비춰 예외적인 일이었다. 김희진은 이동휘에게서 연락이 왔냐는 질문으로 말문을 열었다. 그가 내 연락처를 알려달라기에 이메일 주소를 줬다며 "전화는 아무래도 네가 힘들 테니까"라는 말을 덧붙였다.

나는 별다른 반응을 보이지 않았다. 그날 밤 그녀가 기다리던 손님이 이동휘라는 것이 놀라운 일이 아니었기 때문이다. 나는 이동휘의 이메일을 받았다. 그리고 김희진이 다시 나를 만나자고 한 이유가 표면적으로는 송선미의 소식을 전하기 위해서였지만 이동휘에게서 연락이 왔는지 떠보고 싶어서라는 것도 짐작하고 있었다.

그날 이후 김희진은 SNS에서 오래전 알던 사람들의 소식을 찾는 데에 완전히 재미를 붙인 모양이었다. 이동휘가 자신의 친구 요청을 수락한 뒤로 관계망이 더 넓어졌다. 자신이 소설에 등장시켰던 인물들과 마주칠까 봐 그동안 동문회보 같은 것도 들춰 보지 않았지만 이제 오래전 알았던 사람들의 소식을 찾기 위해 여러 대학교와 학과의 동창회 계정을 드나들기 시작했다. 인터넷판 회보만 봐도 새로운 소식이 꽤 있었다.

이재숙이 '혼자 떠나는 여자'라는 닉네임으로 여행 사진을 꾸준히 업로드하는 파워 블로거라는 건 분명 반가운 소식이었다. 기숙사 시절, 배낭 멘 여자를 만나면 무조건 남자랑 텐트에서 자고 나온 걸로 여기고 도끼눈으로 바라본다고 투덜대던 그녀는 그해 여름 엽서에 쓴 대로 "고난의 여정 끝에 용기를 배운" 사람답게 모험을 즐기면서 사는 모양이었다.

양애란이 교수가 됐다는 건 뜻밖의 소식이었다. 동문 회보에 실린 그녀의 에세이는 대학교 2학년 철모르는 시절에 만난 철없는 남자와의 결혼 30주년을 기념해 떠났다는 철지난 유럽 여행기였다. 김희진이 휴대폰으로 링크된 페이지를 찾아 그 글을 내게 보여주었다.

"마드리드에서 리스본으로 가는 밤 기차 안에서 깜빡 잠이 들었나 보다. 점퍼를 벗어 덮어주는 남편의 손길이 느껴졌다. 남편의 주름진 손을 보자 한 가지 추억이 떠올랐다. 남편은 찰스 브론슨을 찬 손 부르튼 손이라는 농담으로 나를 웃겨주던 다정한 청년이었다. 그 생각을 하니 가슴이 뭉클해졌다. 하긴 그해 여름방학에 종로의 영어학원에서 첫눈에 그에게 반하지 않았다면 나는 청춘의 방황을 계속했을 것이고 아마 영문과 교수라는 천직을 얻지 못했을지도 모른다."

김희진의 휴대폰을 돌려주며 내가 말했다.

"변함없네."

"뭐가?"

"그냥. 자기가 알고 있는 자기로 사는 것 같아서."

"넌 안 그런다는 뜻이야?"

김희진이 눈을 가늘게 떴다.

"넌 네가 누구로 사는 거 같니? 지적이고 냉소적이고 고독한 독신녀?"

"거기서 고독이 왜 나와."

"너 태어나는 순간부터 똑똑하고 고독했잖아. 네가 깜빡 잊어버렸을 때 빼놓고 늘. 옛날에 미팅 때도 내가 분위기 다 잡아놓으면 너는 입을 꾹 다물고 남자애들이 무슨 농담을 해도 안 웃는다는 거 하나로 관심을 차지했지. 아니야?"

그녀는 갑자기 턱을 쳐들더니 입꼬리를 살짝 올리며 물었다.

"근데 지적이고 냉소적이란 말은 패스니? 맘에 드는 모양이지?"

"그러게 말야. 네가 왜 그냥 넘어가나 했다."

"나 예전 회사에서 소문에 시달릴 때, 너는 변명 한마디 안 해줬잖아. 친구라면 내 편을 들어줬어야지. 그런 것도 다 냉소적이어서 그런 거겠지?"

그녀의 삐딱한 눈길을 똑바로 받아내며 내가 응수했다.

"정확한 관찰력은 그게 결여된 사람들이 흔히 냉소주의라고 부르는 그것이다."

"꼭 저렇게 자기 말로 안 하고 남을 인용해서 빠져나가더라. 너 그거 준비된 대답이지? 권위 뒤에 숨는 인간들이 용의주도한 데는 좀 있잖아. 회피하려면 핑계가 필요하니까. 남들은 또 그런 걸 지적이라고 오해를 하는 거지."

나는 결국 피식 웃고 말았다. 그녀의 말에 틀린 점은 없었다.

종종 내가 왜 이처럼 비관적인가 생각해볼 때가 있다. 어떤 일이든 내가 주도하기를 피해 비켜서 있다 보니 누군가의 처분을 기대하는 입장이 되게 마련이다. 그런데 그 누군가를 미리부터 불신하거나 혹은 내게 호의적이지 않을 거라고 단정해버리는 건 또 왜 그럴까. 혹시 지금까지 나를 왜곡시킨 힘들을 폭력이라고 생각하기보다 피할 수 없는 부당함이라고 받아들여버리는 비겁함이 세상에 대한 비관으로 나타나는 것인가. 아이러니하게도 그런 수동성이야말로 비관보다는 낙관의 도움을 바라는 태도일 텐데 말이다.

무슨 생각이 떠올랐는지 불현듯 김희진이 그녀답지 않은 착잡한 표정을 지었다.

"난 뭔가 열심히 쫓아간 것 같긴 한데, 그것도 좀 허망할 때가 있어."

그녀는 정치인 자서전을 대필할 때 이야기를 들려주었다.

그 정치인은 자신의 어린 시절 가난을 부각시키면서 역경을 딛고 성공한 인물이라는 이미지를 만들라고 요구했다. 그는 가난을 불행한 개인사로만 해석했고 그것을 벗어나기 위해 일신의 출세를 향해 달려왔다. 그러나 김희진은 그가 자신의 가난을 통해 부조리한 사회구조에 눈떴고 훗날 사회정의를 구현하는 정치가의 길을 걷게 된 계기가 되었다고 포장했다. 개인적인 출세의 욕망을 정의로운 사명감으로 바꿔놓은 것이다.

정치인은 매우 만족하여 그 보답으로 김희진을 5성 호텔 레스토랑의 코스 정찬에 초대했다. 그녀는 공통 화제를 찾기 위해 자신의 대학 시절 이야기를 꺼냈다. 서울여대에 다니던 친구가 육사생과 미팅한 적이 있는데 상대가 박지만이었으며 겉으로는 평범한 미팅 같았지만 그가 앉을 좌석의 위치와 머무는 시간과 파트너까지도 경호원이 미리 정해놓았더라는 이야기로 분위기를 돋웠다.

열여덟 개의 식기와 마흔두 개의 접시를 사용하며 자신의 사교성에 만족감을 느꼈던 그날 밤 그녀는 자신이 그와 같은 부류라는 걸 확실히 깨달았다. 그녀가 어떤 권력을 부조리하다고 생각한 것은 단지 자신의 것이 아니었기 때문이었다.

거기에 대해 나는 "대필이 아니라 자기 자서전을 쓴 거네.

잘 썼겠는데"라고 대꾸했고 김희진은 "그럼. 내가 또 깨어
있는 작가다 보니 이렇게 훌륭하게 내 한계를 뛰어넘는 거
지"라며 농담으로 받았다.

우리의 화제는 다시 김희진이 최근 확인한 몇몇 동창들의
소식으로 돌아갔다. 동창 중에는 노래 강사와 수녀도 있었
고 샌드위치 프랜차이즈점 사장과 노인 요양 시설의 대표도
있었으며 힐링 플래너라거나 코디네이터 강사라는 생경한
이름의 직종에서 일하는 사람도 있었다. 우편함에서 동창회
비 고지서를 발견하면 곧바로 찢어버리는 김희진이나 그것
조차 받은 일이 없는 나와는 달리 기부금을 쾌척하는 동창
들도 적지 않았다. 그들에게는 강남의 고층 아파트에 살고
대형 교회에 다니고 자식들이 의사나 법관이나 교수이며 외
국에 체류한 경험이 있거나 해외여행을 자주 간다는 공통점
이 있었다.

그러나 그런 식으로 자신의 사는 모습을 드러내 보이며
살 수 있는 사람은 소수였다. 안 보이는 대다수는 어딘가에
서 각기 다양한 모습으로 자기 몫의 삶을 살아내고 있을 것
이다. 오래전 국사 강사의 말을 조금 바꿔보자면 행동하는
사람들이 만들어놓은 불만스러운 세상에 적응하려고 애쓰
면서 말이다. 나도 그중 하나일 것이다.

내가 최성옥의 소식을 들은 것은 만년 고시생이었다가 나

이 제한에 걸려 그마저 못 하게 된 남편 대신 생계를 꾸리며 두 아이를 키우고 있다는 데까지였다. 다단계 판매를 시작해서 동창들 몇 명에게 연락을 했더라는 소식을 들은 것도 거의 20년쯤 전이었던 것 같다. 아들이 법관이 되었다는 얘기도 얼핏 스쳐 가는데 그건 내 상상 속에서 만들어진 희망 서사일지도 모르겠다.

오현수의 소식도 모른다. 졸업 후 의류 회사에 공채 디자이너로 뽑혔지만 판매직으로 발령이 나자 그만두었고, 일본에서 소포를 보내주곤 하던 친엄마를 만날 겸 나가사키로 건너간 뒤 그곳에서 디자인 공부를 시작했다는 엽서를 보낸 다음부터 소식이 끊어졌다. 언젠가 대학 병원에 갔다가 담당 의사의 이름이 오현수의 오빠와 같다는 걸 발견했을 때, 커피 광고에서 흘러나오는 드보르자크의 「아메리카」를 들을 때, 그리고 외국 영화에서 주근깨가 많고 맵시 있고 시니컬한 소녀가 등장할 때마다 오랫동안 그녀 생각에 빠지곤 하지만 일부러 찾아본 적은 없다.

어쨌든 우리 모두 각기 다른 지점에 가 있었지만 사는 게 비슷해 보이는 나이에 이르렀고 또한 비슷한 내리막길을 향하고 있었다.

김희진과 나는 찻집의 테라스 자리에 앉아 차를 마시고

있었다. 가을 오후의 공기가 약간 싸늘했다. 그러나 실내로 들어가고 싶지는 않았다. 우리는 바람이 불 때마다 길 건너 호수공원에서 나뭇잎이 우수수 떨어져 내리는 풍경을 말없이 바라보았다. 나는 김희진이 내가 사는 동네로 왔다는 사소한 사실만으로도 어쩐지 기분이 좋았고 그녀도 그 정도는 양보할 만큼 여유 있는 모습이었다.

근래 들어 가장 생기 넘쳐 보이는 그녀는 웃음 띤 얼굴로 내게 물었다.

"너, 내가 이동휘한테 무슨 수작을 부린 거라고 생각하는 거 아니지?"

"아니야?"

"맞겠지 뭐."

애매하게 대꾸한 뒤 그녀가 말을 이었다.

"너 나한테 고마워해야 하는 거 알지?"

"뭘?"

"내가 연락하라고 네 이메일까지 알려줬잖아. 후회는 좀 되지만."

"생색내시게?"

"이런 건 그때그때 생색을 좀 내놓아야 해. 안 그러면 도움받았다는 사실 자체를 잊어버린단 말야. 인간들은 다 자기를 주인공으로 편집해서 기억하는 법이거든."

"그건 맞는 거 같네."

나는 "네 소설 보니까"라고 덧붙였다. 김희진은 피식 웃으며 나를 건너다보았다.

"내가 소설 왜 쓰는 줄 아니?"

"설마 답을 맞히라는 거 아니지?"

그녀는 퀴즈식 화법을 즐겼지만 나는 그처럼 남을 떠보는 듯한 대화 방식을 좋아하지 않았다. 그녀가 말했다.

"외로워서 그래. 그래서 나를 주인공으로 해서 편집한 이야기를 진실이라고 우겨서 내 편을 많이 만들려고 쓰는 거야."

"우기면 다 진실이 되는 거고 말이지."

"너 그거 알아?"

김희진은 되레 내 말투를 지적했다.

"그렇게 삐딱한 화법을 쓴다고 지적으로 보이지 않거든."
그러고는 하던 말을 이어갔다.

"진실이 어디 있어. 각자의 기억은 그 사람의 사적인 문학이란 말 못 들어봤니?"

그녀는 그 문장을 쓴 영국 작가의 책에서 한 줄을 더 인용했다.

"우리가 아는 자신의 삶은 실제 우리가 산 삶과는 다르며 이제까지 우리 스스로에게 들려준 이야기에 지나지 않는다."

나는 나대로 최근에 읽었던 책의 구절을 머릿속에 떠올리고 있었다. "오래전의 유성우로 지금 존재하는 커다란 호수를 설명할 수 있다."

어차피 우리는 같은 시간 안에서 서로 다른 방향을 바라보는 사람들이었고 우리에게 유성우의 밤은 같은 풍경이 아닐 것이다. 그리고 그 책에서 말하듯 과거의 진실이 현재를 움직일 수도 있다. 과거의 내가 나 자신이 알고 있던 그 사람이 아니라면 현재의 나도 다른 사람일 수밖에 없다.

또 한차례 바람이 불면서 나무가 흔들리고 이파리가 우수수 바닥으로 떨어져 굴러갔다. 탁자 위의 빈 찻잔들은 싸늘하게 식어 있었다.

그녀가 손짓으로 종업원을 불렀다.

"여기 피노 누아 있어요?"

종업원이 와인 리스트를 가지러 간 사이 김희진은 나에게 이제 맥주는 그만 마실 나이가 된 것 같다고 말했다. 위스키나 진은 의외성이 너무 없어 재미가 없으니 이제부터는 와인의 세계를 탐구해볼 예정이라는 거였다. 그리고 지금 쓰고 있는 소설을 탈고하면 미국 서부 도시와 내파밸리의 와이너리를 여행하고 싶은데 아마 안내해줄 사람이 있을 것 같다면서 빙긋 웃음을 지어 보였다.

그것은 자신의 계획이 즐거워서 짓는 웃음 같기도 하고 흥미로운 일을 꾸밀 때 혹은 누군가를 따돌리고 원하는 것을 얻었을 때 그녀가 짓는 특유의 득의의 미소 같기도 했다.
그냥 지금 쓰고 있는 소설이 만족스러워서 짓는 웃음일 수
도 있었다.

7.

『지금은 없는 공주들을 위하여』에는 내가 도무지 기억할 수 없는 에피소드가 하나 등장한다. 곽주아의 결혼식에 공주들이 모두 가서 축하해주는 장면이다. 드물게 공주들에 대한 야유가 없고 공격적이지도 않은 부분이었다. 나는 그 것이 그 소설에서 거의 유일한 김희진의 픽션일 거라고 생각했다.

그러나 그녀는 그런 내 생각을 반박했다. 실제로 우리가 결혼식에 갔었다며 스무 살 무렵에 또래의 첫 결혼식인데 어떻게 그걸 기억 못 하냐고 의아한 표정을 지었다.

그 말을 듣고 집에 돌아와 책을 다시 읽어봤지만 그 장면 어디에도 내 모습은 등장하지 않았다. 그 자리에 내가 없었다는 사실을 또 한 번 확인했을 뿐이었다.

우리 둘 중 누군가의 기억이 틀린 것일까. 아닐지도 모른다. 기억이란 다른 사람의 기억을 만나 차이라는 새로움을 만들어낸다. 그리고 한 사람의 기억도 시간이 흐르면서 새로운 모습으로 되돌아오기도 한다. "차이 나는 것만이 반복되어 돌아온다"라는 말처럼.

내가 기억하지 못하는 그 부분은 『지금은 없는 공주들을 위하여』의 마지막 장면이기도 했다.

공주들이 마지막으로 모인 것은 이듬해 5월의 결혼식장에서였다. 주름이 넓게 퍼지는 디자인으로 감추려 했지만 웨딩드레스 속 신부의 모습은 얼마 남지 않은 산달을 예고하고 있었다. 그녀가 그토록 강조해오던 청순미와 순결의 부덕과는 다소 거리가 있었지만 양가의 교회 하객들 덕분에 은혜가 넘치는 자리였다.

거기에는 공주들의 활약도 빼놓을 수 없었다. 한 공주는 신부 대기실에서 신부의 화장과 옷매무새를 고쳐주고 베일이 벗겨지지 않도록 핀으로 꼼꼼하게 고정해주고 있었다. 또 다른 공주는 예식장 곳곳에서 카메라 셔터를 누르다가 급히 약국으로 우황청심환을 사러 뛰어갔다. 신혼여행 떠날 가방을 잃어버리지 않도록 옆에 챙겨놓고 팔짱을 낀 채 대기실 구석에 서 있는 사자 머리 공주도 있었다. 그도 저도 아닌 한 공주는 양장점에서 새로 맞춘 화사한 베이지색 투피스를 입고 화장실 거울 앞에서 부케 받을 연습을 하는 중이었다. 그들은 특히 기숙사를 떠난 뒤 만날 수 없었던 한 공주가 뒤늦게 신부 대기실에 나타났을 때에는 순식간에 주변으로 모여들어 감회 어린 재회를 연출했다.

북적이는 게 싫어서 줄곧 예식장 바깥뜰의 벤치에 앉아 있다가 실내로 들어왔던 나도 자연스럽게 그들과 합류하게 되었다. 공주들은 신부를 중심으로 둘러선 채 서로 안부를 묻고 웃음을 나누었다. 하나같이 얼굴이 밝고 환했다. 이제 공주들은 더 이상 같은 성에 살지 않았다.

곧바로 예식이 시작되었다. 공주들은 마지막으로 신부에게 앞다투어 축하의 말을 던지고 식장으로 향했다. 그들 뒤를 따라 들어가려던 나는 문득 걸음을 멈추었다. 그리고 주랑이 늘어선 텅 빈 복도에 잠시 그대로 서 있었다.

웨딩 마치를 연주하는 피아노 소리가 들려왔다. 5월의 무성한 신록, 변덕스러운 바람에 실려 온 꽃향기, 박수갈채, 그리고 아무도 믿지 않는 사랑의 맹세와 그 곁을 무심히 가로지르는 젊은 웃음소리들. 나에게 그날은 그런 것들로 기억된다. 기울고 스러져갈 청춘이 한순간 머물렀던 날카로운 환한 빛으로. 나는 그 빛을 향해 손을 뻗었다. 손끝 가까이에서 닿을락 말락 흔들리고 있지만 끝내는 만져보지 못한 빛이었다.

작가의 말

너무 많은 이야기를 했다. 그러는 동안 나의 나쁜 버릇에 대해 더 많이 알게 되었다. "소설을 따라가는 일기"라는 제목의 파일에는 이런 문장들이 적혀 있었다.

── 그럴듯함,을 경계하자. 가장 비겁하고 천박한 것.

── 자꾸 외연을 넓힌다. 힘이 덜 빠진 것이다. 힘을 잘 빼면 안 무거워지는 한편 안 가벼워진다.

── 왜 집중이 안 돼? 아무 쓸모 없는 화려한 문장만 공들여 만들고 있다니. 이게 공허한 무기 자랑이 아니고 뭔가.

결국 만들어놓은 이야기를 버리는 데에 가장 많은 시간이 걸렸다.

그리고 너무 오랫동안 썼다.

이 책은 나의 여덟번째 장편이다. 10년 전에 실패하지 않았다면 여섯번째였을 것이다. 8년 전에 실패하지 않았다면 제목은 "번개 들판"이었겠고 내 주인공은 처음 계획대로 오십대 초반이었을 것이다.

그리고 3년 전에 실패하지 않았다면 내 어머니가 이 책을 읽을 수 있었을 것이다. 어머니는 연희문학창작촌으로 나를 찾아와 어린 시절 내가 얼마나 의젓한 아이였는지 몇 번이고 얘기해주었다. 그해 가을 잠을 설친 어느 새벽 토지문화관에서 어머니의 부음을 들었다. 다음 해 21세기문학관에서 가까스로 이 소설을 시작할 수 있었다. 모두 감사드린다.

연재를 끝낸 뒤 원고를 고치는 과정에서도 실패는 계속되었다. 왼쪽 눈의 망막에 구멍이 나기도 했지만 그보다 책의 저자가 되는 일에 의욕을 잃은 것이 더 큰 실패였다. 이렇게 마칠 수 있었다는 건 많은 도움을 받았다는 뜻이다.

글 쓸 공간을 마련해준 분들과 오래 기다려준 출판사, 나의 독점 피처링 편집자 K, 그리고 문지의 이민희 편집자와 이경진 디자이너께 감사드린다. 정세랑 작가와 신형철 평론가에게도 각별한 고마움을 전하고 싶다.

하나, 무조건 짧게, 빨리 쓰자. 그것이 내게는 가장 새로운 소설이다.

둘, 이해받으려고 하거나 편을 들어달라고 하는 글에는 결코 '발견'이 없다. 그런 나를 바라보는 신랄한 외부 시선이 동시에 있어야 한다. '나는 단지 조금 빠를 뿐이에요'라는 설정은 '단지 조금 느릴 뿐이에요'보다 약간은 신선하다. 그러나 그런 말을 하는 속셈은 뭐지? 결국 변명 아냐? 라고 반박하는 시선이 반대 방향의 장력으로 잡아당겨야만 이야기라는 평면이 펼쳐지고, 그래야만 누군가가 그것을 읽을 수 있다.

셋, 그 시절 우리 참 치졸하고 나이브했지. 그래도 과거의 나를 조금이나마 바꿀 수 없다면 현재의 내 삶에 어떤 새로움이 있겠어.

넷, 도대체, 이 망할 장편을 어떻게 써야 하는 걸까.

이 소설을 쓰면서 가장 많이 했던 생각이다. 하지만 아시는지? 끝난 소설은 무조건 해피엔드이다.

2019년 늦여름
은희경

『빛의 과거』는 1977년에서 2017년까지, 한 기숙사에서 만난 여성들의 미묘한 관계를 통해 우리 사회의 '다름'과 '섞임'이 어떻게 탄생하였는지를 다룬다. 출신 지역과 계층적 배경과 성격의 단단하고 무른 부분과 은밀히 간직한 비밀까지 철저히 다른 기숙사생들이, 막 사회에 던져져 한 사람의 성인으로 빚어지던 때는 하필 독재 정권이 가장 강경한 시대였다. 젊음은 폭압 속에 방향을 가늠하고, 여성이기에 그 가늠은 이중적으로 어렵다. 소설은 인물들이 선택한 것과 선택하지 않았음에도 닥친 것을 40년을 오가며 조망하며, 이 은유는 너무나 정교하여 완벽히 조각된 가구가 못 없이 결합하는 모습을 감탄하며 바라보는 것과도 같은 경험을 선사한다. 읽는 내내 중얼거리고 말았다. 나의 은희경, 우리가 바라보고 걷는 등, 한국 문학의 가장 전율적인 작가…… 은희경을 읽는다는 것은 언제나 한국 현대 여성의 목소리를 듣는 일이다. 나와 닮은 목소리를 드디어 만나 그이의 차분하지만 낯설고 독보적인 말에 과녁처럼 관통당하는 일이다.

이 소설은 삶을 아름답게 접어, 접힌 곳을 관통하여 렌즈를 끼운다. 그리하여 삶에서는 좀처럼 할 수 없는 입체적인 투시로 개인과 개인들을 이해할 수 있게 한다. 우리는 이토록 다른 서로를 미워하지 않을 수 있을까? 희비극 속에 중첩된 오해를 해소할 수 있을까? 이 소설이 내어놓은 예상외의 대답에 마음이 방향을 조금 바꾸었다.

정세랑(소설가)

343

은희경이 1970년대 말 서울 어느 여자대학교 기숙사 이야기를 썼다고 하면 우리가 다음과 같은 기대를 품는 것은 당연하고 정당하다.

첫째, 이 소설은 당대의 정치적 공기와 문화적 풍속도를 생생하게 복원해낼 것이다. 게다가 그것을, 정치적 중심부가 아니라 (반)주변부에서 더 미묘하게 흔들리는 주인공의 눈으로, 문화의 지역 격차를 예민하게 감지할 수밖에 없는 지방 출신 상경민의 눈으로 그릴 것이다.

둘째, 77학번 신입생의 첫 1년이 그려진다면 이 소설은 여성의 경험적 진실에 충실한 '입사 이야기initiation story'의 전형을 보여줄 것이다. 거기에 '제2의 화자' 혹은 '소설 속 소설'과 같은 장치를 동원해 소설은 본래 '경합하는 진실들의 장'임을 입증하기도 할 것이다.

셋째, 이 소설은 또렷한 젠더 렌즈에 포착된 한국 근대성의 성별을 드러낼 것이다. 군사주의적이고 가부장적인 시스템의 폭력이 여성 주체의 삶의 가능성을 제한하고 억압해왔음을 말할 때 이 소설의 주인공은 여럿이면서 하나이고 하나이면서 여럿이 될 것이다.

넷째, 은희경 문학의 힘은 '무엇을'에도 있지만 '어떻게'에 더 있다. 관념어를 적재적소에 투입하고 빈틈이 없게 구문을 압착하여 서술 대상을 틀어쥐는, 특유의 악력握力 넘치는 문장이 매력적일 것이다. 그런 문장으로 씌어진 인간 연구와 지적 논평을 향유하는 것은 은희경 독자의 특권적 쾌락이다.

그리고 이변은 없다. 기대는 어김없이 충족된다. 은희경의 신작이 '나왔다'는 소식은 뉴스가 되지만 그 작품이 '좋다'는 사실은 뉴스가 되지 못한다.

신형철(문학평론가)